阿卡捷娅

Acageia

郑浩然　著

Billson International Ltd.

Published by
Billson International Ltd
27 Old Gloucester Street
London
WC1N 3AX
Tel:(852)95619525

Website:www.billson.cn
E-mail address:cs@billson.cn

First published 2024

Produced by Billson International Ltd
CDPF/01

ISBN 978-1-80377-086-4

CONTENTS ｜ 目 录

一场上古的战争，一位嗜血的女武神。

她胜利后的力竭，化作四等份的灵魂。

亦是魔女的灵魂。

深黄的欲望，淡红的诡局，漆黑的伪善之心。

断剑之女踏上路途，远古七龙彻底苏醒。

双剑折断，龙与魔女回归祭坛。

那四等份的灵魂，在交织时重生。

她带着死亡与满天黑鸦重生。

那一天已不久矣。

以龙血为证，只有等价的灵魂能打败灵魂。

序：往事

　　"给你们讲个故事吧。"

　　一阵微风吹过，附近的麦浪簇簇而生。孩子们整齐坐在谷堆旁边，睁大水灵的双眼，每当老人们讲故事时他们都会这么做，不管是有意还是无意，每一次都如此。虽然有时不知道这故事究竟讲述了些什么。

　　"这是关于一位女神的故事。"讲故事的老者捋着长须，神情投入，貌似已经进入了状态。他似乎有些陶醉于这个故事，那神情像是要与某位老友相会。他年少时的麦浪想必也如此时这般悠扬，想必是看到了当初的场景吧。

　　"爷爷我啊，并没有见过那个女神，但是我年轻时特别喜欢听她的故事。话说啊，这许多年以前，我们的世界上爆发了一场战争……"

　　老人家说的其实是千年前的故事了，但这个故事似乎经历了时间的洗礼，被口口相传。

　　"她的名字，叫阿卡捷娅。"

　　阿卡捷娅，这个名字似乎拨动他记忆里的一根弦，与之关联的一切都响出声来。

　　"她从天而降，正是我们所熟知的天使一样的姿态，当时的战场无比寒冷，似乎是铁盾也冻出了裂痕，但她只是身着短袍，就加入了战斗。"

　　老者脸上浮起了一丝淡淡的笑意。

"我们的祖先浴血奋战，却也差点没抵挡住敌人的进攻，他们的武器似乎很先进，也许，哪怕我们今天有了火铳，有了连弩，也似乎不是他们的对手。好在她来了，就像我刚才所说的那样，英姿飒爽神兵天降，她伴着七条天龙加入战场，敌人的火炮甚至都没法擦伤她的皮肤，她舞着乾坤剑，直接冲入敌阵，所有人都吃了一惊！"

正说着高兴时，老者忽地身形晃动，他已过了古稀之年，却真有动若脱兔的神态，孩子们方才听说这些，正陶醉时，又险些被他的举动拉回现实。

老者感叹着，似乎已经做过很多回，他闭上眼睛，吟曰：

"争入十余载，亡子忘归家。

江东草落尽，云西泪枯花。"

孩子们并没法马上听懂诗句中的含义。

"她这一战就是十天十夜，不久便平定了战争，七龙也出了不小的力，但依然，有数以万计消逝的生命。"

"那后来……"一略有稚嫩，却掺杂着求知欲的声音，从孩子群里传来，"这位女神怎么样了呢？"

"她啊？"老者站了起来，此时人群也越聚越多，他穿过人群，指着麦浪那一点夕阳余光道："就像古人对于夕阳有无数的说法一样，飓风有无数名字一样，她的结局也有无数个不同的结论，有人说她回到了天堂，有人说自己的祖先亲眼见证她战死沙场，还有人说她已经化为凡人，与某位战士谈婚论嫁……"

"或者，她在战争之后，已经力竭，在临近倒下的时分将自己的灵魂转生，化作了四位人间的半神？"

这陌生又成熟的声音让孩子们都略略一怔，让老者摇了摇头。现在的人对于这个故事的执着结论还真不如自己以前和朋友们谈笑风生时那么多元。

"我说了多少次了？那只是个预言。"

老者喃喃自语，但人群中还有的是听到他声音的人。

"为什么你还会觉得这只是个预言……"一妇女感叹着，"传闻已经遍布几百个村落了，那七条龙已经苏醒……至少说有苏醒的动静了。"

"可它们并不是来伤害我们的，不是吗？"老者似乎对这样的传闻有一些厌烦，他摇着头，"它们是女神带来人间帮助我们的。"这传闻到底是哪出来的？这会不会是个谣言？尽管这样的故事，几乎每个人都会在创作，只是他坚信自己听到的版本，就是最贴合数千年前那场真实战争的。

"那只是你的故事所说的而已。"

又不知道是谁的声音从人群中传出来，这次还镶着一丝丝嘲讽。

"现在都有报信了，好吗？有人因为接触了龙血，精神失常，这你怎么解释？"

老者长叹一口气。人群中已经有了骚动。

"是啊是啊，你怎么可以担保它们不是有害于我们？"

这伙人似乎是摆明了来砸场子的，老者辩不过他们。

"尖冰带着锋芒，如果一心一意执着于以某种方法将其拔下，则终有一天会只见其锋利而不见其融和后的圆滑。哪怕这冰已落地，化作了水，可水却不见得已无关联于寒冰，只不过是分流无数，融入大地而已。"

一人之释在众人云云之中终究还是太苍白了，可我更愿意相信那个陪伴了我一生的故事。这是老者走前的最后一个念头。

第 1 章：画片

　　清晨，微醺般的雨后，水天似乎早已交融成一色。这样的天气并不燥热，相反，放晴之前会有无比的清凉感。

　　阿祖拉就喜欢这样的天气，对她来说，这已经是大自然最好的馈赠了——至少相对于她所有到过的地方而言，这样的日子简直不要太美好。

　　但是，这对她而言只是片刻的"享受"，甚至连真正意义上的享受都谈不上，她打算太阳完全出来后就收拾好行囊，把小帐篷支起来，还有那一个随身携带的小提箱，最后要把这些东西通通塞进她的小马车里。今天似乎还有很长的路要走。她前天在途经的村庄听到报信员传来的消息，示意又有一批新船要到了，它们很快就要在附近的海边小城出发，经过一段旅途后，到达阿祖拉此行的目的地。

　　而她并不打算再等下一批。

　　虽然是四海为家，但阿祖拉倒是谨慎，就算这一片地方真是荒无人烟，她也依然提着心眼。她这样的四处旅行已有好些年了。每时每刻小心着不说，甚至准备了不少应急的状况，尤其是这些年，听说了那些巨龙的苏醒，出行更是不得怠慢，却也要更加防备居心叵测者来偷袭。

　　紧身衣已经干了，于是她便换了上去——这衣服贴身，便于运动，显身材又不暴露，她十分偏爱——将便装塞进袋子里，只留一件大衣在身上来保暖，那小提箱也放在身边不容易掉却一抓就能拿到的地方，她还特地取出提箱里的一张画片看了一眼。

但不出一会，随着耳边细细的声响，直觉告诉阿祖拉现在定有人接近。她立马谨慎的寻着声音的源头转过身去，一只手已经摸到了手提箱里的剑柄。

"阿祖拉小姐，是你吧？"

阿祖拉本就算走投无路的漂泊者，她对文笔言行也只是略知一二，对人性也不知何以揣摩，但有一件事她非常清楚：有不少人想要自己，有些是为了些许金银，有些是为了一个响亮的名号，还有些只是单纯馋着自己的身体——什么样的人都有。

"哦，哦，哦……"

来者是个白脸满头毛的老人家。他似乎猜到了阿祖拉接下来想要做些什么，于是张开双手示意自己没有敌意。

"放心，我来找你不是为了赏金什么的。"

"我也许得罪过很多人，或者很多人得罪过我。"阿祖拉说道，"很多想拿下我的人，都说过这样的话。"

对方叹了口气，找了块干净的石头坐下来。

"我就一个人一匹马，如果是官兵，应该不会在这个点埋伏的。而且我知道你其实不是害人的家伙，倒不如说，是个江湖侠客。"

阿祖拉轻轻松了口气，既然是个老人，还穿着正式的衣服，谈吐得体，像会见哪个重要的领袖一样，那多半没什么大不了的。对方还不经意露了露脖子上的徽章，就像一个身份证明一样，那徽章也刻着一些奇异的标志，阿祖拉并不懂这些，但怎么想都能知道，多半是个名门望族的管家，或者一个使者。

"你有什么事？"

她依然没有放下握着剑柄的手。

"那张画片。"对方指了指阿祖拉手上的画片。

"这是非卖品。"她条件反射，脱口而出。

"不不不不，阿祖拉小姐，我知道它们对你的重要性。"

来者轻轻从口袋中取出几乎一模一样的画片，而且还是三张。

"娜迪娅、卡拉、捷玛。"

这三个名字几乎震颤了阿祖拉的神经。

"你知道她们？"

"是的。"

老者略显吃力地站起身，慢慢走到阿祖拉面前，一边做着手势来表示自己没有威胁的意思，一边将画片交给她。

"你知道她们在哪？"

"是的。"

话刚说完，老者又将手伸进了口袋，阿祖拉下意识地压低了重心。对方只得赶忙将手再亮出来，像在哄一个不听话的小猫一样。

"放轻松，拜托了！阿祖拉小姐，我都说了不是来找你麻烦的。"

老者从口袋中取出一张叠起来的地图，还退后了半步，轻轻地将地图展开。

"我的主人告诉我，不久之后，她们将会在这个地方被处决。"他指的指地图上已经标好的红点。

"那些想要害死你们的人，花了不少的时间去研究那篇预言，然后花了更多的时间去找到她们……恕我直言，阿祖拉小姐，预言中的深意实不足向外人道也，但我们还是将其解读了个十有八九，加之那些巨龙最近的不安分更是使人们笃定这样的事。而你们四人，虽说是预言中的女神转世，但也着实不是很低调啊。"

她打心底里知道对方在说什么。行侠仗义向来被阿祖拉看成正事，但她自己也不好解释自己这种与生俱来的正义感。哪怕说自己是女神转世的言论传得满天飞，自己也没有一丁点关于"前世"的记忆，更别说得知自己这异于常人的体质是从何而来的。

"我们认识了多久，怎么认识的我都记不清了。我只知道我们之间血浓于水……后来我们说好了，要去寻找各自的生活。"阿祖拉只得将自己知道的或者还记得的一切回忆一遍，"虽然说我没有她们三个的消息，已经有好些时候了。但，'处决'？呵，我不认为以我们的体质会那么轻易地被抓起来，更别说被伤害了。"

其实说这话的时候阿祖拉自己心里也没底，在寻找伙伴的这段时间里，她曾在无数个夜晚幻想过各种可能发生的情况，但这是不是其中之一，她也不得而知。

"是这样吗？"

老者又拿出一张照片，这种技术可比画片真实得多，并且更加难以杜撰。但重要的是上边的内容，只瞟了一眼，阿祖拉就立马将其夺了过来。

"这，这是真的？"

"千真万确。"老者说道，"你的姐妹们已经被囚禁，而且貌似，只是貌似。囚禁她们的那些人们已经找到了伤害她们的方法。"

阿祖拉愣了愣，有种不祥的预感在心头升起。

能伤害我们的方法？难道……

"龙血。"

这两个字如同两把利刃，直击阿祖拉的心灵。

"似乎只有与女神一同降临世间之物，才能伤害其转生。"他看向她，"虽然目前还没证据能证明你们与那女神有什么血缘关系，但我想你们都有害怕的东西。以我所知，这条地图上已经标注了七龙最后出没或确认栖息的地点，你要是想帮助你的姐妹们，就得斩草除根，至少要在他们把巨龙引来伤害卡拉小姐她们之前。"

这些似乎也是预言得出的结论，只不过是一般人用嘴来转述出的而已。因为这些东西往往极其复杂，若非知道真正的含义，寻常人很难去脱口而出，可对方倒是有不少自信，又不说研究者为何人，自己却能把基本的调理都讲得一五一十。而其中的几条，似乎也和阿祖拉这些日子下来的所见所闻相似。

"他们？"

"是的，正如你所说，且不论目的，想要你们的人还真不少。"

"你为什么要帮我？"阿祖拉的声音已经有些颤抖。

"阿祖拉小姐，听我一句忠言。"老者没有直接回答这个问题。

"什么？"

"好马或许能认主……"他将地图留下，附带着一些其他的东西，像是送礼一般，向阿祖拉脱帽敬礼，随后转身离去。

"但物是人非之后，谁敢保证呢？"

阿祖拉目送对方离开，随即飞身跳到马背上，只扫了一眼自己的行囊便大喝一声"驾"驱马狂奔起来。她自打最后一次和姐妹们共同狩猎异兽以来，从未有过如此迅捷的动作。

　　除开地图与画片，老者还留下了一沓羊皮纸和一封书信。

　　她决定先去那个靠海的小城。那书信并不是写给自己的，阿祖拉心想，这位老先生交给自己时就应该多吩咐下，到了小城去找老先生信得过的那个人。接下来的路途必是要一人一马、风餐露宿，只带一些必要的装备和干粮，就要日行千里了。老先生考虑的倒也周全，还让那人替阿祖拉看着她的小马车，可能是生怕阿祖拉看不懂那些文绉绉的字眼，还夹了一张特别简易，且写清楚了那人地点的小纸片。

　　至于那些羊皮纸，在路上她也翻开来浏览了几眼，虽说只是寥寥几眼，但她也逐渐惊讶于现在人们对这种古生物的研究，上边详细记载了这条路上她将遇到的七条龙以及各自的习性，后来阿祖拉才参透了老先生话中的含义，那七龙，或许本就是当年那女神的下属，但现在她不在了，他们不见得会听自己的，更何况还有人要利用他们去伤害娜迪娅她们。

　　也许最坏最坏的情况，就是不得不先处理掉这些威胁，阿祖拉盘算着。

　　很快她便来到那座小城，循着纸上标明的地点，她将马拴在后院，又绕了一小圈，走入一间酒楼。这是城里一家小酒楼，店面算不上大，不过从香气能闻出他们的葡萄酒倒是异常甘甜。

　　那人正将喝干了的杯放在鼻下，回味着酒的余香，乍一眼看去是个长相平平的少年，脸上还沾有些江湖风云留下的痕迹。

　　靠近时，他将酒杯放下了说道："像你这样主动靠近我的美人可不少，可我不曾有能判断你们是否蛇蝎心肠的能力。"

　　阿祖拉没有搭理对方，反而是将书信丢在这人面前的桌上。

他淡淡一笑，只拿起信来扫了两眼，便起身，用扭曲的手势行了个奇怪的礼，不过这也是客套罢了，阿祖拉并无所谓。

"请问小姐，你的马车停哪了？"

阿祖拉将对方引到了后院，便开始收拾起必要的东西，放到马鞍包里，老先生的信里虽然没夹带些银子，但似乎有让这个少年再给她买一些干粮的指示，对方倒也乐意。

"所以，你不是那种特别简单的女人啊。"

在阿祖拉收拾东西，并从手提箱里取出自己的双剑，背在背上时，那少年似乎有些惊诧。

"看这意思，那老家伙是要你去屠龙了？"

"是的。"阿祖拉回了一句，非常的果断。

"这可不是简单的活。"

"我不在乎。"

"你可能会死的。"

"这不重要。"

天色越来越暗了，阿祖拉并没有闲心和对方闲聊。

"哦。"对方耸了耸肩，"看来你已经是名花有主了，看样子你也并不像是那种只会依偎的女孩。让我猜一猜，这是要去美女救英雄？"

"差不多。"

说话时，耳畔传来一阵隐隐约约的歌声，发音并不算清晰，但那风花雪月的调调着实婉转且动听。

此时东西也装差不多了，阿祖拉索性闭上双眼回了回神。唱这歌的人应该算是羽翼未满，高音有些拉不上去是真的，还反复了几轮，估计是见实在不行越来越不成调子，干脆就直接换下一段落了。

那少年倒是有些兴致，向自己靠了过来。也许他不知自己是另有心事，也许他只是单纯的不太识相。

"姑娘，我想这曲风是不是挺应景的。"

阿祖拉脸上本已经有些疲劳，还对今天听说的一切有些迟来的怀疑，听到此言，也没下意识地去思考对方语调中的含义。

对方开口又说了些什么，温柔的语气中似乎充满着诱惑，声音非常非常轻，原本也只有阿祖拉才能听到，可话音未落，她便睁开双眼，很果断的，提起嗓子回道。

"不，我没有时间。"

第 2 章：天驭

"长翼断空，驭四海风。"

这是关于第一条龙的诗句。不知道为何，还真有人挺对这些东西感兴趣的，竟会给巨龙提名赋诗，而且倒也成了一定的权威，被后人如此的引用。

天驭龙，传说中随着女神降临，巨大的羽翼笼罩天空，带来席卷世间的疾风。

后边那大串的文字阿祖拉已经记不清了，不过也大多是些流水账，来讲述这条龙曾经有多么强大和令人生畏，也许这些东西对于她来说都是些无稽之谈吧。她飞速浏览，只想知道最重要的二三事。

名字、地点、能力、弱点，甚至有时候连名字都无关紧要，只要自己还记得住大概就行。

这不是她第一次对付这种巨兽了，在她经历过的数不清的年头里，部落的猛犸、巫术召唤的巨猿和树妖、深海的巨鲨群，甚至是被人解封的奇美拉都死于她或同伴们的手下，巨龙？不过是下一个手下败将而已，哪怕这一次它们会威胁到自己。

在骑马疾行的途中，阿祖拉这么想着，她已经连续赶了一天路，却不觉太多疲惫——或者说她已经没时间去疲惫了。

但在赶路的这些天，她确实并没有将自己休息得足够周到，尽管一些药物派上了点用场，耗费的精力还是一丝不差。

阿祖拉却也只是轻描淡写告诉自己，还没到休息的时候。

直到她又翻过个山头，然后缓缓勒住马。

前方的山谷并不算极为深邃，但已经融入了天空的灰白，远看去，似有小片残破的小楼或者庙宇，它们陪着枯死的树木和没有生机的野草告诉阿祖拉：这里早就没有了人烟，不信就看看我们，我们早已和这灰白的天融为一体。

是的，天驭龙，在前方的山谷中栖息，远处那与这一切有些不着调的蓝白色的翅膀，告诉了阿祖拉。

她吞下两颗药丸，将大衣脱去，比起自己那一身娜迪娅与卡拉用咒术和不知是什么材料共同制作的连体服，一般的衣服根本挡不了几下龙的攻击——更何况她还要用这大衣来保暖——随即将双剑背上，然后在虽然枯死，但还算结实的树旁将马拴得死死的。

夜空中突然传来鸟鸣之声，在这种天色里根本看不清到底是个什么，但可以下意识地感觉到，那或是一只黑鸦在空中扑腾。

悄声靠近着巨龙，阿祖拉将自己融入黑暗里，此刻她的脑子里已经什么都没有，只想着如何出其不意。巨龙此时已经是盘踞在地上眯眼，半睡半醒，就算是幸运的情况，也顶多是受一次攻击就会彻底清醒甚至暴怒，如果从头算到尾，天驭大抵有十三四丈长，如果算上双翼，怎么着也有八丈高，如此之差距，硬碰硬也是两败俱伤，嗯，那完全不是阿祖拉想看到的。

她早就绕到了巨龙看不到的地方，藏身在乱草丛中，而身处于这个视角进行观察时，也有一些意外收获，它翅膀倒是看着结实，但前后爪肢体和关节似乎有些瘦弱，也许是太长时间的休息，让其并没有那么强的实力了。

偷袭，是很不错的决定。

说干就干。

距离足够近的时候，阿祖拉猛地箭步上前，从背上抽出剑来，巨龙在朦胧中吃了一惊，它都不知道突然冒出来的这人究竟什么时候来到此处的，居然能让自己如此之久的未曾发觉到异常。

"吃"一声，利刃已经切开空气，刺入巨龙左翼下关节处并迅速拔了出来，但随即阿祖拉脚下并传来一股令人胆寒的凉气，她立马退开，若还站在原地定会立足不稳。

随即寒芒闪过，她在瞬间架起双剑，说时迟那时快，龙爪已经伸到她跟前，却苦于双剑的构架，没能划到她的身体，阿祖拉只觉得巨龙的攻势竟没有自己想象的那么重，接下来她不退反进，马上就顺势转身将右剑直接刺入巨龙的腋下，此处虽不算致命，但可以废掉它整条手臂的力道。

但此时她也无暇变换身形，巨龙在疼痛中完全清醒，自己的突袭优势已经过了。随着一声咆哮，巨龙身体的全貌展现在阿祖拉的眼前，修长的脖子与四臂覆盖着蓝白的皮肤，向后延伸的长角以及撑开便能挡下一片天的翅膀还缀着一点紫——其中一边的羽翼已经脱力，只能堪堪地撑起。那双蓝色的双眼似乎没有瞳孔，但愤怒的神情溢于言表。它轻轻一甩，来不及取一下刺入的剑，阿祖拉就被甩飞开来。

随即巨龙扑腾，又是一爪将至，此时想要硬生生地吃下自然是办不到的，只不过可能连巨龙都没有想到，她居然有着远超常人的身手，灵活异常。

阿祖拉向上方比较高的石块跳动，自己还有着灵活的优势，毕竟七十余斤不到的身体和两吨重的巨龙，差距就摆在那里，又因为自己第一击伤到了巨龙重要的关节处，想必它就算还能支撑起双翼，也飞不高了。

天驭龙的怒吼声几乎响彻整个天际，也快要震碎阿祖拉的耳朵，她屏住呼吸，"啪"一声，从高处跃下，在重力加速度的帮助下，一剑扎进巨龙的眼睛里，但她却没有及时松手，或者说没打算松手，而是试图让插进去的剑进一步伤害到巨龙。但不出一会儿，剧烈的晃动让她感觉到自己的内脏在翻江倒海，只见她感觉双手松动，眉头紧皱，想着："完了！"便被甩回地上，重重摔了下。

好在两把剑都插在巨龙身上，剧烈的疼痛使得对方根本来不及对自己加害，她强忍着地转天旋支起身子来，快速闪过巨龙甩来的石头，又冲向已经变成只无头苍蝇般四处乱撞的巨龙，她高跳躲开巨龙盲目的扫尾，落地后又紧接着侧身闪开一记肘击，随即抬手抓住还刺在腋下中的甩来的剑柄，用尽全身气力将其拔了出来，接着奋力向眼前挥手斩去，虽说她自己也不知这一下啊是否能命中，但刀光闪过，一下削去了巨龙垂下的一片羽翼，好容易缓过神来，胸口又吃了一击，这一下似乎很重，轰的一声，甚至周围的空气都出现波动，阿祖拉只觉得眼前一花，巨龙的脸好像近在咫尺。她倒吸一口凉气，在一瞬间思考了局势，手法只剩刺一式，右脚在前，脚掌一蹬，瞬间前进了一尺有余，那把剑直直刺入。但此时由于过大的动作，她也收不住力，只片刻停顿，便觉得腹部受到不小的冲击，神色顿时灰了一片。

随后她就撞在一块巨石上，结结实实的将其撞得稀碎，又翻了几个滚，最后才停在不远处，直接昏去。

这回她倒可以好好"睡"一觉了。

而旁边的天驭龙也逐渐支撑不住身体，意志力败给了巨大的痛苦，它吼叫的声音逐渐压低，逐渐无力，它似乎并没有准备好自己突如其来的死亡。

在倒下之前，它看向了不远处的阿祖拉，她就躺在那里，似乎已经丧失了反击的能力，拖着残破的身体，巨龙用最后的一丝愤怒支撑自己来到阿祖拉身旁，但在血肉模糊中看到她的脸时，它却平静了下来……

直到"砰"一声响，残破的肢体再也无法支撑时，它再一次陷入沉睡中，只不过这一次是永恒。

奏响为伟大战士的离去而哀悼的乐章，天驭龙，亡。

巨龙倒下后，如同墨水般的黑色液体从它千疮百孔的尸体中流淌出来，阿祖拉的双剑也随之滑落到地上。龙血流动着，在地上扩散着……

"啊！！！"

本应失去意识的阿祖拉突然尖声惊呼起来，身体开始不受控制的抽搐，随着感觉到自己胸部的一阵闷热，且头疼欲裂。

她捂着身体，吃痛翻滚了几圈，直到她的四肢逐渐瘫软、无力，而因为痛苦变得清晰的意识又逐渐模糊……昏死前的最后一刻，不知道是否为幻觉，她看到自己早已躺在那黑色的液体之中。

第 3 章：烈棘

随着脸部传来阵诡异的感觉，阿祖拉醒了过来。

这到底是怎么回事？

片刻之后她才意识到，这是下雨了。一些毛毛细雨，这个季节总不缺绵绵阴雨及料峭的寒意。

惊觉倒下的巨龙就在自己身边时，她更是觉得心里冷清。但看天色，好像自己昏睡的也不久，倒是两腿都有些麻了。

阿祖拉站了起来，走去拔出还插在龙身的两把剑，借着雨水将其擦洗干净，可惜剑身上有些痕迹是一时半会磨不掉了。又走了五六步，才感觉所有的疲劳竟一扫而空。

拴在那儿的马似乎未曾察觉几里开外的动乱，一直十分安静，只是乖乖在原地等待主人。

怕不是吓傻了吧，阿祖拉暗自好笑，从鞍包中取出点粮草，一手轻拍着，一手喂了几口，随后又取出面小铜镜，本以为自己的脸和身子都沾了黑血，检查一番后才发现，居然一丝痕迹都没有。

果然还是操心太多了啊，阿祖拉在内心盘算着，但又转念一想，这也没什么大不了的，再说，给自己的压力反而是件好事。

她决定在路上将心念稳定，此刻也耽搁不得太久。正如自己期望的那般，雨很快便停，上了马，寻路完毕，她再次取出那张画片。

还是那些熟悉的脸庞，那些熟悉的衣裳，手指轻轻在画片上划过，擦去那不知为何落下的水滴。而不经意间，她又看了看自己的手背。

那是一个白色的、倾斜的圆环，还有一个蓝色的菱形，她们四人有各自的印记，不过大多的区别只是菱形的指向以及颜色有些不同。不知是不是出生起，反正从四人有意识开始，她们的手上就有各自的印记了。

阿祖拉打起精神，尽量不让自己过分地沉浸在回忆里。

"我很快就来。"

下一张羊皮纸。

"烬燃骨骸，刺棘丛生。"

仿佛只是内心在回荡着，这个声音很轻，难道是一个人久了，难免有些自言自语？她正想着，却突然觉得眼前一花，那些文字突然立体起来，蓝黑的笔墨似乎化成一幅画卷，如一个幻象突然卷动自己眼前天地般，她陷了进去。

她眼前的一切仿佛燃起了战火，耳边传来兵戈相撞的声音，烈棘龙，应该是它，发出阵阵刺耳的尖吼，完全没有雄浑豪迈可言，只是种听起来像什么东西相互剐蹭的难听刺吼，还有气无力的。

这条龙的块头似乎没有天驭那么大，从身形上看相当瘦弱，甚至到了有点皮包骨头的程度，但很快，阿祖拉的直觉告诉自己，不可以那么武断。

龙身上的火焰逐渐散去，连皮都不剩。

因为就在刚才，几大桶炸药招呼在了它身上，将其狠狠重创了一番。"炸药"可能是这个时代最贴切的描述因为曾经在巨龙的身体上找到许多爆炸的痕迹，但究竟是什么武器造成的，没有人知道。千年以前的人，说话都不一定利索呢。

她这时才迟缓地意识到当年的战争里，人们所对抗的异文明科技已经发展到什么地步。

但似乎它的生命没有那么脆弱，哪怕露出了燃烧的骨骼，双翼也成了两片薄薄的破布，也将尖刺般的利爪伸向所有来犯之敌，全身上下已尽是尖利，像披了层荆棘。

一个念头从阿祖拉脑中闪过：这么灵活的躯体，又不见什么铁锁巨网一类的束缚，为何其不躲闪，而是结结实实吃下那般爆炸？

可接下来的文字似乎没有直接地给出答案，随着接下来翻看过愈加平淡如水的记叙以及巨龙最后位置的收尾，她想到这个，就略有一些莫名的遗憾，只有些许词汇能给她自行头脑风暴。

村庄，战火，天降。

她似乎有些头绪了。

回到现实，下段路程似乎没有想象的那么遥远。

隐隐约约的感觉，这条龙算不得完整活着，不过作为与阿卡捷娅共同征战的神龙，只剩个骨架却还有生命力，想必对付起来也不会特别简单。

但真正透过望远镜看着这个爬行的骨龙，阿祖拉却颇有些诧异，她们一路走来，也是见过许多奇珍异兽的人了，自然也懂得一些狩猎之术，可从现在看来，似乎没有特别妥当的战术。

因为以前的巨兽，大抵都是血肉之躯，而这条龙已经只剩条骨架——或者说，它就是一条会动的骨架，而且上下皆已面目全非，只有黑色的血液和一些奇怪的血红色结晶体维持着。翅膀也是残破的一层，想必是飞不了了，她花了好些时间才认出哪里是眼睛，哪里是心脏，或者说心脏原本在哪。

那些羊皮纸中对于巨龙弱点的记载，几乎是稀少无比，只能说聊胜于无吧，毕竟都是以前的人们在巨龙沉睡期做出的记录，虽说真实性还有待考证，但目前看来也仅限于帮助寻找巨龙而已，不能奢求更多了。

阿祖拉精神一振，已经开始摩拳擦掌。一是她并不同于凡人，即使都是以巨龙为敌，自己也不显得其他人那般恐惧；二是虽说自己看着还是个少女身，个头还不及大多数人脖子高，却也因为无数年来的经历退去了大多的娇媚，取而代之的是一些英气与风尘。

更何况这次或许与以往大不相同，她没时间"犯矫情"了。

她很快便认出烈棘龙接下来的轨迹，便快速骑马绕了一小圈，这里已经快步入片沙漠地带，只见得寥寥几片绿色。

接着，如同上回一样，她找了个看着结实的地方把马拴上，带上所有的装备，还多从包里取出了几枚炸药。

这些小球形的炸药是阿祖拉仅存不多的宝贝，自然，她做不出这样的发明，这些都是卡拉送给自己的，自己也懒得去研究其中的原理，只知道提前拔掉防护条，按下红色的按钮，数半秒，投掷出去。

随后她快速步行，来到巨龙会经过一处低洼的峡谷地带，阿祖拉所处的巨石在其上方约二十八九米——打一场伏击，足矣。

难怪娜迪娅总和自己说斗力不如斗智，阿祖拉现在才算体会到这句话的意思了。

光天化日，烈阳当空，想必没有多少人会直视那团火球，巨龙也一样，但说实话，以其作为掩护的代价就是背部的炙热感，不一会儿阿祖拉就觉着冒汗。

好在巨龙没让自己等太久，大约不到一刻钟，那骨爪拍打沙面的声音便传了过来。

接着出人意料的，是略显刺耳的嘶嘶声，如同潜伏的毒蛇，一开始阿祖拉还以为是沙子摩擦的声音，直到靠近了才发现那就是巨龙的"低语"。

她轻轻撕开了炸药的白色防护条，并将手伸出，按下了按钮，默念一秒，松手。

随后她快速缩了起来。

砰！

一阵剧烈的响声和地面的晃动瞬间占据她意识到的所有，接着一层飞沙打在自己背上，然后便是更加刺耳的嘶吼声。

再来一个！

拿出第二个炸药，同样的步骤，往刚才的爆炸之后的深坑里一掷。

砰！

又是很响的一声，火光冲天，又有一堆沙子直冲天际。

"卡拉，你可真是个天才。"

阿祖拉看着升起的烟，嘴角浮起一抹淡淡的微笑。

是的，两次爆炸之后，巨龙所在的位置，估计已经多出一个大坑，烟并不是很多，但还是看不清具体的情况。

整整一分钟，对于阿祖拉来说像一年一样，都没有听到其他的动静。

"成了吗？"她心里想着。

当然没有。

突然，浓烟中蹿出一道黑影，几乎是在一瞬间，便跃起二三十米高。

烈棘龙！

直到那略显猩红的身影和骇人的嘶吼重新显现，阿祖拉才作出反应，甚至都来不及惊讶于巨龙的速度，更别说将手伸到背后取出双刃，便是一声凄惨的尖叫。

"呃啊啊啊！"

她先是被狠狠扑倒，砸在地上，又感到一根坚硬的骨刺已经深入自己的小腹，还带着炙热的灼烧感。

前所未有的疼痛直接在瞬间传遍了阿祖拉的每一个神经。她从来没有，也从来没想过自己会受到如此的创伤，上一个想捅自己的人，还被碎开的刀片给伤着手了呢。

巨龙此时已跳到她的所在处，死死压着她，那双红色的眼睛写满了杀戮。它拔出骨刺，鲜血喷涌而出，她除了疼痛之外，甚至都没有恐惧、惊慌失措的机会。

"你可能会死的。"

现在她才意识到，那给自己送行的少年话中的含义。

巨龙又伸出了骨爪，似乎不想与自己控制住的猎物玩耍，这一下，她应该非死即残了。

"不！"

阿祖拉没有多想，只觉得有一个念头，或者一道光，在自己的脑海中闪了一下，她下意识地作出反应，伸出手去试图抓着。

"我可没有时间去死。"

她抓住了打下来的骨爪，但这一爪也伴着巨大的冲击力，直接将她身下的地面击出裂痕，她自己也差点没有扛住。

"呃呃呃……"

阿祖拉也不知道自己哪来的力量在死撑，仿佛身体已经麻木了，但她还是撑着，从每一寸神经与肌肉中迸发出更多力量来。没人知道在这种时刻她在想着些什么，她本人却愈发觉得轻松，好像有些什么人在助着自己发力。

巨龙察觉到不对，立马收回爪子，随即一脚踩了过来，但转变攻势的瞬间便足够阿祖拉作出反应了——这一次她再也不能愣神，她翻身滚开，立马两腿发力站了起来，但腹部却传来巨大的，撕裂般的疼痛。

"咳……"

如此般疼痛，还是让她一个不稳，险些半跪在地，她死咬着牙，一手捂着伤口，一手拔出了剑。侧身将剑一直，剑身与巨龙甩来的骨尾剧烈摩擦，好一阵火花溅射开来。

借着冲击往后退了两步，拉开了些距离，也给自己换来一些喘息的时间。剑身上有一块貌似被磨得通红，隐隐约约已经可以用肉眼看出一些刮痕和裂缝，阿祖拉抄起另一只剑，向巨龙伸头的红色晶体甩去，扑哧，正中目标。

轮到巨龙来体会一下她现在钻心的痛。

虽然还了一下，但却痛得越发难受，她知道对方不会善罢甘休，便决定速战速决，又扑了上去，速度要快，阿祖拉知道，虽说小腹上的伤应慎重处理，恶化的话半身将使不上力，但坐以待毙更不是个合理的选择。

她对着插进去的剑飞起一脚，直接给巨龙捅了个通透，但这一剧烈的动作，自己似乎也是感同身受。

"让你也体验下这个！"

她小声吼着，伸手用力将其拔出来，事后想想，巨龙就剩这么些身体的残余部位了，她也不确定它是否还有痛觉。

但现在，她绝对认定巨龙是钻心的疼，没有别的理由。

感同身受罢了。

"还没完呢。"

她在心里大声嘀咕着，另一把剑也脱手而出，但巨龙却做出了反应，举起骨爪将其拍到一边，随后拔出了还插在身上的剑直直刺来。

此时格挡自然是办不到的事了，但阿祖拉却又展现出自己奇异的灵活，只是刹那便已如飞羽般一闪，一个有些奇异的姿势，帮助她躲过这一下。

但虽然闪过了这一击，那从眼中如闪电般转瞬即逝的锋芒，还是让她心头阵阵凉意。

果然，阴冷的嘶吼再次传入耳膜，似乎是种愤怒的控诉，一种冷漠的嘲讽……不过更可能像是种诡计得逞的庆幸。

巨龙也顺势转身，将尾巴横起来猛地一扫，又中了阿祖拉腹部一下，好容易才鼓起来的气瞬间就散了，她只听见自己的哀嚎，然后无力瘫倒。太快了，她根本听不到对方动作的声音，正喘着粗气，又仿佛有些什么往自己身上一压。

是那条该死的龙！它又一次将她扑倒，估计是惯用的伎俩了，但这回它用爪卡住阿祖拉的身体，把她举了起来，并不给她从地面借力的机会。高高举起已经沾了黑血的，带尖刺的尾部，只需要一下就能致命。

娜迪娅、卡拉、捷玛，或许你们如今也想出了逃开的办法吧。

阿祖拉放弃了用手掰开抓着自己的龙爪，她眼前一黑，一个可怕的念头占据了她的思绪。

要不然我们只能在另一个世界见了。

她心中一沉，又突然泛出许多苦涩，说不出那是怎样的滋味，她从兜里取出身上最后一枚炸弹，并按下了按钮，全身上下，最后的气力凝聚在手腕上，甩进巨龙张开的嘴里。

这一下我们都没有后路了，阿祖拉没有闭上眼睛。

轰！

这回，它已听不到那哀悼之乐，便瞬间粉身碎骨，血雾铺满了天空，甚至都没给它留下最后一瞥的时间。

第 4 章：殒仙

　　疼，又不是那种熟悉的、单纯的疼痛，而是似乎有什么东西渗透进皮肤的每寸时，炙热灼烧之痛，当这一切消停后，阿祖拉潜意识里，本以为能有些安宁，但事与愿违。

　　因为她做了个噩梦。

　　她看着身前这一场屠戮，似乎有谁的尸身在自己脚边，鲜血已经溅了满地，一块黑一块红的，即使已经入夜，伴着微弱的灯火，这一切也显得比较清晰。而那黑色似乎与尸身上身着的黑色短裙没什么两样。

　　"娜儿！"

　　阿祖拉看到这人手背上的印记，终于认出了她的身份，先是怔了怔，又狂叫一声。

　　"娜儿！"

　　怎么可能会有回应呢？她在心里嘀咕，却又不甘于就这么承认。此时，远处又传来些许打斗声，虽说稀薄，但着实有辨识度，她下意识把目光移了过去。

　　可就是移动目光的这刹那，又一个身影直直地向自己的方向飞来，直觉告诉阿祖拉，她应该闪开，但短暂想到了这人是什么身份时，两腿就像生了根一样立在原地，她还张开双臂，砰的一声，生生接住了飞来的这人。

　　这是捷玛，却好像昏死了一样。她几乎被打得面目全非，浑身都是血，但是那淡黄色的裙子哪怕只露出一角，还有她那标志性的臂铠，也是碎了几块，但也足够认出来了。可惜的是，她已经失去意识。

"捷玛！捷玛！"

她再次放声叫唤，却再次得不到对方的任何回应。没有办法，只得先将她放在安全的地方，然后循着打斗声去。

阿祖拉在几个石柱间穿过，几个大跨步飞上台阶，这似乎是块巨大的圆形石台，半径似乎也有几十来米，平台插满了火把，照得像白昼般亮堂。脚下还刻着些符号文字，她看不懂。这里好像是个祭坛，但中间还用木头立了四个十字架，上面还缠绕着锁链，不知是做何用处。

平台的另一边，阿祖拉无比害怕的场景又一次上演：卡拉！那个品红色的上衣！是卡拉！她倒在地上大片血泊中，显然已经放弃了挣扎，而且已是奄奄一息，巨龙的爪子正狠狠压着她，也许已经刺破了她的身体。

这只巨龙通体血红，前所未见的庞大，两只角长的吓人，双翼巨大，甚至比天驭龙还要大，翅膀的最高点还有烧得焦黑的角，每片龙鳞都是修长且锋利，四腿的爪更是骇人的尖锐，除此之外还有些尖锐的甲壳，似乎是獠牙般。仔细看看，巨龙脖子上貌似还缠了些布料……不知为何。

"你！"

阿祖拉怒了，拔起双剑就冲了上去，她知道，她心里必然知道，自己的姐妹都扛不住，且量级差距如此巨大，这一战定是凶多吉少。

但她不在乎。

但巨龙却显得很冷静，甚至都没有看着阿祖拉，而是盯着自己的猎物，却又没有多的动作了，只是端详着爪下喘息的卡拉，阿祖拉见过巨龙的眼神，但这次却又不像得意，也不像愤怒……甚至还有一丝空洞，或者说是迷茫，而且无比熟悉。

已经奄奄一息的卡拉嘴唇动了动，许多血液从嘴角流出。

"呃呃呃……求求你醒……醒……醒醒吧……祖拉……"

"啊！"

脸上有些湿湿的、痒痒的，阿祖拉一声大喊，从沙地里坐了起来，把自个儿的马吓了一大跳。

上一秒，她记得那么的清晰，她挥起剑就像那巨龙斩去，在下一秒，她就给马儿舔醒了。

她没有立刻起身，只是坐着，花了些时间冷静下来，阿祖拉才发现自己身处一片狼藉中，四周都是焦黑的土，要么就是已经失去光泽的，这里一块、那里一块的龙骨头或者已经焦黑到难以分辨的残骸。

她摇着脑袋，又揉了揉眼，确认自己算是真的醒了过来。又感觉到有些什么不对，下意识摸了摸自己的全身。

除了破了几个洞的衣服，一个伤口都没有。

奇怪。

但是随着一阵又一阵逐渐恢复的思潮，这些事情立马被抛之脑后，因为又是一些可怕的想法，从自己脑子里快速闪过，阿祖拉飞起身来，直奔被吓跑的马。

"下次我就应该拴紧些。"

费了好些功夫，她终于打开马鞍包快速翻找，甚至不在乎今日的干粮已落在沙里，她翻出了巨龙的羊皮纸，甚至都不在乎顺序了。

尖锐的龙鳞，头上和翅膀尖端修长的角，焦黑与血红交织的身体……脑海中快速闪过关于刚才那只巨龙的每一个细节、每一块颜色，还有那令人战栗的凶恶眼神……现在回想起来还感觉还有些熟悉，好像那眼睛与自己认识的某人甚是相似。她想找到答案。

这条该死的龙，到底是个什么货色，这前所未有的凶恶，让她感觉无比的不安。

但她大失所望，这条龙根本不存在。

"……"

阿祖拉张口想骂，却又不知该骂些什么，欲言又止的感觉，加上心里隐隐作痛，她很不喜欢。只得重新整理起来。她从地上拿起面包，在衣服上还没破开的地方擦了擦，张嘴就啃；随后取出罐水，猛灌三四口，又给马塞了些粮草块。此刻她才发现马鞍包里还有一瓶香水，是捷玛送给自己的礼物，用一些草本植物来调的，也不知有什么神奇功效，据传卡拉曾经靠这玩意儿去猎捕那些嗅觉灵敏的动物，竟没有被发现过，也不知道她们是不是在吹牛。但阿祖拉自己一直舍不得用，只是看了两眼便放了回去，在被炸的满地的巨龙残骸里找回两把剑，随便扫了两眼自己身上那层衣服和剑上的破损，又刻不容缓踏上路程。

她不能懈怠了，没有时间休息。

下一条龙。

"陨星已落，仙灵未末。"

陨仙龙，它的记载最为详细，甚至画像也最是生动，相比于其他的画像，这张好像是被当做艺术品一般仔细雕琢了许久。一番观察后，那色调，那身形，似乎和刚才梦中那只巨龙有些相似，同样是红色，同样让人有凶恶之感，但头上的角以及肢体的长度似乎又不太相似，也没有那一层焦黑和锋利的龙鳞，只有火红的皮肉而已，阿祖拉对着那眼睛看了好一会儿，猩红的瞳孔倒是多少有些似人，但眼皮却又反常识的叠在个眼角里。再看文字，似乎是谁忧心忡忡写下来的，字里行间都有不祥之感，怎么看都觉得这会是个硬茬，还强调了它是巨龙之首，不知是作者自己给予的冠冕，还是本就如此。但即便如此，想必也足够令人毛骨悚然了。

不过除此之外，羊皮纸里还有些额外的段落，用红墨水特地标注出来，像是新写的，阿祖拉草草翻阅了下，倒没什么重要的事，用了许多的文字，只是说明巨龙似乎在看守着什么东西罢了，什么东西？并没有具体的说明，从批注的文字里能得到的解释，只有巨龙栖息在洞内，那看守之物只可远观那么一眼，全貌都看不清。可能是些黄金？阿祖拉想了想，但又很快否认了自己。龙为什么想要黄金呢？人世间的金银财宝大抵对这些生物没什么诱惑吧。

路上她都在猜想着这个，哪怕再怎么想，也给不了自己一个具有足够说服力的理由，似乎是在给自己分散些无聊的感觉，又或者只是找个理由，来避免过多的忧心。

入夜，一阵微风让阿祖拉略感松弛，倒是个不错的缓解。但即便如此，她心中也有说不出的忐忑。

此时她又走了两天，出沙漠范围，又行数十里，周遭全是花草，走到天色暗下来后，又感到些凉风，自然有些异样之势。从地图看来，目标似乎就在对岸的山里，这河虽是不深，但水流之急，貌似不是随便就能过的。她便在这岸边寻了块地，这回把马拴得死死的，但留下的绳子长度却足以它四处走动一阵。

阿祖拉皱了皱眉，拿起水壶灌了一口，又透过望远镜看了看对岸那山峰。因为对着月，所以倒不难看出那龙穴的方位。进山的路线也早在地图中有过标识，看到有人为修饰的入口后，一切都好说了。

　　而她并不打算等待，便直接蹚水过去，自己的个子并不算得高，还好河水也不深，底下的石头非常滑溜，还有些地方比较绊脚，估计长满水草了，水流最多不过漫过臀部，倒是本来就破了些许的衣服又被打湿，让她略有不适。阿祖拉本想洗个澡的，先前在沙漠那战打完，自己身上尽是汗臭，还掺着一些奇怪的焦味，但再想想，还是等解决了巨龙在给自己个小小的放松吧。

　　走至山腰，路上似乎有些碎石，想必之前发生过不少落石事件吧，向上走个七八十余步，又转到山的另一侧，果不其然，只抬眼看，前方有处陡崖边有几个大红网，高低不齐。羊皮纸中似乎也有记载此事，人们见如此多的巨石正松松垮垮，摇摇欲坠，所以说现在不见得什么坍塌之势，但若是闹出什么动静，唤醒巨龙……

　　那时的人也是聪明。

　　在靠近山最高峰的一处勉强称得上是平地的尽头，有一个看似深不见底的洞穴，那就是巨龙栖息之处。来到小平地上，阿祖拉轻轻走到边缘，靠河那一边是极陡的山坡，而另一边坡度倒还缓和，只不过密布着绿色，再往北，便是巨龙栖息的洞穴了。今夜月色甚是明亮，而阿祖拉也自觉是夜中的好手，就算周围全是伸手不见五指之暗，自己也能感觉到那些刮破空气的骚动，更何况现在能见度还不甚糟糕。气温也是很低，此时的山峰上更是冷冷。一声非常轻的响动传入云霄，双剑已经出鞘，透着丝丝寒光。

　　她猜测巨龙虽身形庞大，但脑筋应该不会灵活，更何况深夜时分，定不知道自己的到来，此刻绝对在打呼呢。换作往常，如此的天气，连自己都巴不得窝在被窝里躺着呢。

　　阿祖拉这么想着，却也没有放开脚步，她练就的这静步已经可以出一套理论，只是这次的进攻策略，又要和上次或者说上上次有些雷同。

出其不意，攻其不备。

但直到进入洞穴，又走了几十步，却不见巨龙的踪影。

阿祖拉打心眼里纳闷，洞口向内三十步开外，便可看到栖息的巨龙，但这里却什么都没有，又走了些，除了洞口透来隐约的光外已经彻底黑下来，向上，看不到顶，但向内，似乎有些什么嵌在那头的岩壁之上，仔细端详一番，那材质并不粗糙，又隐隐有点反光。

直到一声轻微的鼻息从耳畔传来，阿祖拉才猛然意识到自己中计了，她本以为自己神不知鬼不觉的进来，可以像之前一样出其不意捅巨龙关节一刀，而且她脚步太轻，本来觉得十拿九稳，没有被发现的道理，但头顶上传来的呼声，让她瞬间一身冷汗。

抬头，那双写满了杀意的红色眼睛正盯着自己。

轰！

周围瞬间传来地动山摇之声，巨龙从盘伏的岩壁上扑下，阿祖拉猝不及防，只得用尽全身的力气，向外猛地一翻，自己原来站着的地方已经多出一块坑洞，她立刻向外跑去，瞬间的恐惧过后便是巨大的吃惊。她跑出了洞口，甚至都没回头看一眼，巨龙紧随其后，眼看就要追上时弹起一爪，由下至上，掀起一片尘土，将阿祖拉拍翻在地。

顾不得疼痛，千钧一发，阿祖拉飞身跃起，然后又站在了月光之下，如同遇料到了什么，边战边退，侧身闪开了接下来的攻击，又原地起跳，因为巨龙的长尾横扫而过，将地面削掉了一层。但此时已是来不及进攻，对方招招是冲着自己命门来的，而且像是久经沙场的老将，每一下都似乎有所留手，以便保证攻击的连续。

接下来便是利爪的横扫！这念头闪过，她就架起了双剑，双腿开架，这个距离已经不再好躲，只能在极短的时间内做好一切的准备来扛下一击。

果不其然，巨龙已经出手，刀片般的利爪直直切开空气，凌厉无比——先前翻阅记载时，便有文字强调过这只巨龙身上生长出来的那些"刀刃"，阿祖拉还在想着，刀刃？怎么可能有真刀锋利、坚固呢，讲难听点，只不过是龙的指甲罢了——直到一声脆响，就像风铃般响亮，打了阿祖拉的脸。

因为她的双剑断了。

叮！铃，铃……

整个天空都回荡着这声音。

龙爪轻易就切断了双剑，从阿祖拉的眼前划过，她根本没有想到这一招竟有如此威力，自己就看是有用的防御其实外强中干罢了。而自己眼前那瞬间的电光石火，只不过是巨龙轻描淡写的划过。

这双剑一断，自己便败局已定了，阿祖拉握着那两把只剩半截的剑，心里一沉，又好一阵恍惚，似是在梦里，然后才是吃了一大惊，而这些时间，已经足够巨龙攻击了。

轰！

雄浑的火焰从巨龙口中喷涌，断剑的金属印出火光时，阿祖拉意识到大事不妙，刚要动身闪避，就听轰的一声，等她往旁滚动，身上已着满了火。

"啊！！！"

想必这火焰也不一般，换做一般的火，就算放在那烤，也连她这一身衣服都没法烧出口子，但如此炙热之龙火，让她感觉连内脏都在沸腾。剧烈的疼痛下，她像个无头苍蝇一样乱跑，接着在地上滚了几圈，巨龙倒是没有接着喷出火柱，要不然自己不一会肯定成一个焦黑的骨架了。

跌跌撞撞的翻滚后，阿祖拉也不知自己来到了哪里，但前方似乎一片虚空，伸脚踏不到地。

悬崖。

而那巨龙，将两只前爪高高抬起，双翼开始煽动起风暴，口中凝聚了团小太阳，将方圆百里都照亮。

"完了！"

当光芒已经不能再更加闪耀，全身的力量已经不能再提高时，巨龙将身体往地上一倾，两只前爪与口中凝聚的火球砸在地上，她完全躲不了，毕竟身后就是悬崖，先前她上山就看到，悬崖底下就是来时渡过的那条河。

她心一横，管不了那么多了，用尽最后的力气将身体向着那方向猛地一靠。

"轰！"

一时，炸声仿佛动摇了云霄，震颤了整个世界，这核爆般的巨响直接刺破耳膜，撕裂了阿祖拉每一个神经，在那一瞬间，哪怕是闭上双眼，也能看到闪烁的白光，而身体，在巨大的爆炸中，还好没有被直接蒸发，阿祖拉也不知自己为何会有这样的想法，也可能是自己已经成一团血雾了？但很快，她感觉到了些什么东西。

坠落。

我要死了吗？

阿祖拉这么想着。

第 5 章：断剑

还是那个石台，只不过这一次，它并不是在谁人梦中。

这一次石台上聚满了人，这地方倒也算大得让人有些心慌，几千号人在这也算不上拥挤。但从衣着上看，似乎是来自五湖四海、各行各业。其中自然不乏一些王公贵族，即使到了这个鸟不拉屎的地方，也依然摆着架子。这石台已经是个老旧的祭坛了，传说中这正是女神下凡之处，部分的人却不知下凡究竟是为何，既言之她是引起战争、带来毁灭的家伙，那携手阻止便是。细看此地，虽说是个神坛，又没有口头上那些宏大故事讲述的那般光彩。夜色当空，人们点起火把，周围似乎与白昼无异，却也看不出此地先前有什么生机。

先前和阿祖拉交流的老者来到主人的身边，果然是个管家，想必已为这贵族的家族效力许久。他并没有换掉那身正装，且没有换掉那套相当恭敬的动作，依旧文质彬彬。当他进场时，似乎很多人都对他所得的进展感兴趣，但他只是轻轻告诉围起来的众人："再等等。"

"到底还有多久？"那主人听了，只是觉得非常不耐烦，虽然管家办事倒有条不紊，家族制定的计划，以及所有的步骤他都一五一十地完成了，但他就是不太喜欢这种莫名其妙的从容。

听到主人话语中不悦之气如此明显，管家连忙说道："在下真不知，按照预言，她需要经历这一屠龙的过程，才能保证计划的实施，而不像我把话跟她说完后就直接走小路过来，为了斩杀巨龙和拿到我们之前放在殒仙龙那里的东西，她是得绕一圈的，如果活下来的巨龙太多，搞不好往这里一聚，她们还顶不住，又得让我们的人来擦屁股……少爷，所以说我们家族话语权确实不小，但这些和我们不打一气的巨龙和魔女，可不是那么容易就搞定的。但在我看来，您想想，我们大家用了多少年破译预言，用了多少年才结成一气，老爷……你父亲，花了多少心思才组织好这一切，又用了多少年来拿下这三人，现在终结预言里的末日的计划，就要走到最后一步了，还请您多沉住气。"

"老人家说的是。"人群中听到此话的人，大多是点头称道，"我们在此地轮换看守了不下几周，终于要等到今日，再怎么说也快了。"

"行吧。"这一番话倒是有些用心，也算得上合理，况且自己常疏于倾听，照他们说的形式变好。那被称作主人的贵族男子，从椅子上站起身来，向着石台的中心走近了几步，细细端摩着眼前的景象。

"我得确认一下，你们没抓错人？对吧？"

"没有。"另一位贵族正站在旁边见对方发问便回答，"首先，就和你管家告知我们的一样，这三个人和你说的那个……阿祖拉，是叫这名字没错？我们只称之为断剑——手背上都有类似的标记。且这三人的活动都算异常，还携带着我们未曾见过的奇异之器。"说罢他指了指另一边的一张长桌。

"你不得不说啊，她们怪是真的怪，但做出来的这些东西倒很神奇。你可见过如此奇形怪状的长杖？通体黑色，还镶着这种我们没见过的珠宝，抠都抠不下来；这双拳套……或者说是臂铠，所用材质前所未见，更是极重，不知那魔女何来如此大的力量；还有这把大铳，其结构之复杂，并不是我们所见过的，甚至是我请来的那些发明家都没法搞清楚，不瞒你说，连拆开来研究都困难。"

"那倒无所谓，反正这些魔女的东西，等灭了她们世间安宁之后，自然有大把考究的时间。"

话说着，远方的天空便来了动静，此时众人都没有再说什么，熙熙攘攘的人群也都住了嘴。人们不约而同竖起耳朵，这种声音并非莫名其妙，而是非常清脆的一声，如同风铃声一般颇为响亮，直直传过天际，最终被众人捕捉。

"断剑。"那管家认出了这声音。这种声音如此的奇特，一般的材质无法制造出来，但他们用现成的三把武器做过碰撞，发出的也是类似的声音，只不过比现在这一声断刃空鸣弱了数十倍。

断剑，直接使众人明了一切，本来人群中还有一些因为不耐烦而发出的质疑之声，此刻皆消失殆尽。

"她折断了自己的武器。"那贵族男子说道，"按照预言，这会让所有的巨龙彻底恢复行动。"一抹微笑浮现在他脸上，当初这个宏大计划制定时，自己还总觉得不靠谱，现在他倒没什么怀疑的了。

随着主人的示意，老管家开始拍起手，很快获得了所有人的注意。

"好了，各位，一切按计划进行，接下来会有一些巨龙来到这里，先前安排好解绑的人在哪里？"

管家立马开始替主人主持大局，费嗓子的活想必他是不会做的。而且虽然是主人的家族制定的计划，但是一眼看过去，好像他才是头脑最清晰的人。

“这里！”几位青年站了出来，都是些身强体壮的小伙。

来到这里的不外乎就是那么些人，要么是有人脉或有权有势的贵族；要么是些忧国忧民的大人物；要么只是百姓，却听得进那预言，来这帮帮体力活，或是为了显显名声，或是带着些胸怀……但从来没有人细说过。但可以知道的是，在这里他们都有一个充分的理由。

“记住，这是最后一次复述你们的任务，你们到祭坛旁边等待，巨龙一到，就用提前布置好的机关，把她们三个解开，然后马上按定好的路线跑，千万不要引起多余的注意力。只要时机算好，她们就不得不与巨龙战斗，打起来的时候就没人管你们了。至于其他事情，我已经留后手了。”

“那如果巨龙打败了她们呢？”

并不是所有人都及时了解组织者们的宏大计划。

“没有关系，断剑之女会赶过来，既然传来了现在这个声音，就说明她至少已经和殒仙龙交手了，按照我给的路线，已经有两条龙死在她手下——她有这个实力。以此推断。如果在她到之前，这三人就被巨龙干掉，那也是件好事，只要能打起来，两边都不会好过，她有那个能力处理剩下的。”

老管家说了一大串，也没去关心听众似懂非懂的样子，只是顿了一下。

“就算四个魔女聚一起了，我们也能利用断剑身上过多的龙血和那件衣服来让她倒戈，你们只管看就行了。总之鹬蚌相争，到最后龙和魔女就算存活也是半残，龙血也还有，我们只需要动动手就能处理干净。”

老管家很耐心地解释道，但又在说话时，向周围打了个手势，那些青年和随行的仆从们便恭敬地行了个礼，随后又四散开来，着手自己的布置任务去了。

"当然如果龙和四人都把对方灭掉，那自然是对我们最有利的。"

说完，老管家不再多言。只是默默往旁边一站，有时他的主人也不知他究竟想的是什么，但他的语气中，依旧是一如既往的精打细算。他只管这一切能不能成就是了。

布置好一切，几位颇有话语权的人开始获得大家的注意力。

"各位，我们没什么要多说的。"其中一位贵族大喊道，他似乎是最有声望的那一个，甚至连老管家及其主人都让他先发言。他站在一块石头上，吸引了所有人的目光。"很快我们生死攸关的重要日子就要到来，预言中那女神降临的末日不远了，你们会怎么做？坐以待毙吗？"

他似乎很擅长演讲，而且更擅长的是通过演讲来鼓舞人心，他的气势很激昂，兴奋地扭动双臂，一身上下似满是能量。

"我们在这里答案自然是，不！去他的末日！今天我们聚在这里，我们要为之而战！"

温度升高，激情上涌，人群逐渐沸腾。

"今天我们要终结毁灭的命运！"

掌声如雷动，过后，人群开始涣散，却不曾是因为志气消磨，相反，现在更需要所有人配合来完成计划，众人快速离开，如同潮水涌向无尽的夜色，那老管家和贵族们更是一马当先，只有那几个小伙藏到了预定的地点。

"你们到底对那衣服做了什么？"在路上，随行者其中一人向贵族和管家发问。

"龙血是会侵蚀人的，会使人变得狂暴，然后很快就死去，记得吧？"老管家将了将胡子，"我当年只是给那黑衣女孩施加了点压力，然后早在殒仙龙苏醒迹象出现前，我就把那衣服和先祖们留下的女神之刃放在了洞里。"

"看出来你们家族制定了很周密的计划。只不过，我有些隐隐的担心，魔女和龙都被利用，不单是利用他们的力量，还利用了他们的行为，或许还有生命，这样真的好吗？"

"你的担心并非无道理，先生。"贵族男人骑在马上，还没等管家开口就回答了这人的问题，且一脸轻松，"但那些在我们大多数人的生命，甚至是大义面前，又算得上什么呢？"

贵族男人看向发问者，似乎惊诧于居然还会有人问如此简单的问题。

"你能想象吗，先生？预言大多已经成真，巨龙和这些魔女，都是确确实实的证据，如果那位上古女神……也许只是个巫女，或者女鬼？呵呵，谁知道呢，她重回世间，那带来的想必只有战争和死亡，我们所看到的一切都会灰飞烟灭……"

"可是，这个预言是哪来的呢？"对方接着发问。

"……"

"先生……"老管家见这人还想张口追问，可能是个记录员吧，便替自己的主人回答，"当你一个人拿着武器，落在一处丛林或沙漠中，只知道有更多的人拿着同样甚至更强的装备，为了活下来，你要做什么？你能指望他们和你坐下来喝茶吗？不，你能做的只有杀了他们才能活下去，不管他们是否要干掉你，原因很简单：保命。对方手上的武器越恐怖，就越要提前这么做，宁可信其有，不可信其无。"

时间逐渐推移，聊天的声音渐行渐远，当人烟散尽，世界不再传来任何多余的声音时，那目睹了一切的三个女孩才缓缓抬起头来，三人六目，先是用尽了角度试图看到对方，发现无比艰难后才归于平静。或许她们不约而同地，眼角泛着一丝莹光，她们各自的左手上，都印有一个白色圆环，以及品红、黄和黑色的菱形。她们什么也做不了，甚至连移动一下手臂或者身躯都做不到，肢体早就使她们感到超越酸痛的麻木，其中一人本想开口说些什么，可似乎又难以启齿。但更重要的原因是：她们都被死死绑在十字架上许久。

第6章：神遗

阿祖拉爬上岸时，已经力不从心、衣不遮体了。

向上远望而去，山峰上边直接凹进去一大块，现在都还能隐约听到一些落石翻滚的声音，想必是那爆炸所致，如此巨大的破坏力，虽是躲开了正面，却也从极高之处落下，又连翻带滚进河里，自己能活下来已经是万幸了。

她躺在河边，有些劫后余生的侥幸，更多的却是上气不接下气，对于常人来说，如此定是要粉身碎骨，还好自己与他们有些差距，但即便如此，往身上一看，青一块紫一块的，甚至都有些暴露了。她放松身体，催促自己无视那些疼痛，才发现手上依然紧紧攥着其中一把断剑，另一把已经不在手中，可能也随着爆炸落在河里或什么地方了吧。

虽然逃过了一劫，但心神却是恍惚无比，如在噩梦中一般。

而眼泪已经流了出来，她实在忍不住抽泣，一直以来所伪装或强加给自己的坚强一扫而空。

取而代之的是对盲目莽撞的自责。

因为先前山上的动静，似乎天空还有些寒鸦在扑腾，听着刺耳无比。

"对不起……"她一只手捂着双眼自言自语，却又像是和谁说话一样。

"我太弱了，帮不了……帮不了你们……对不起……"

她知道眼泪收不住，就放开了哭一场吧。自己既没有力气，也没有打算伸手去擦脸上滑下来的泪水，便放声哭出来，任由自己的情绪占据所有。

我真是个废物。

大废物！

她在内心这么吼着，不断斥责自己的鲁莽，以及那不知为何的天真。

愚蠢，太愚蠢了。她对着自己破口大骂。

……

就这么样的，似乎过了一整晚，直到眼泪都哭干，握紧断剑剑柄的手也逐渐失去力度，连意识都骂不动自己了，她才给自己一点静下来的时间。

好冷。

她打了个喷嚏，前不久自己还差点被龙息之火做成烧烤，但那种炙热的感觉在如此般夜晚，似乎很快就忘得一干二净。她一点一点坐起身来，尽量不去回想刚才发生的一切，尽量使自己从发呆的神态中回复过来，好在很幸运的，这个地方离拴马之处并不算远，慢慢站起身，用身上最后留下的一些破布将有些裸露的私处重新遮好，虽说以自己的体质，还不至于伤到行动不便的地步，哪怕是那样的火焰造成的烧伤，也能很快的治愈回去。但她还是一点一点慢慢地，慢慢地走回马的身旁，生怕半途又把腿脚给折了。

药酒很苦，而且后劲还不小，但是如今在阿祖拉看来却已经不是什么事了，她披上大衣，终于觉得有些暖和，也不再暴露得像个脱衣舞女郎。

废物就废物吧。当各种交织杂糅的情绪造成的冲击在脑海中变淡，阿祖拉开始给自己做开导工作。

　　人往往是这样，会因为某些事情产生一个特别突如其来且难以控制的、爆发般的情绪，很难说这样有什么好与不好，关键在于自己冷静后怎么去处理。

　　而对于阿祖拉来说，现在再怎么责怪自己，似乎也没有太大用处，方才自己与巨龙正面交手，确实是无比失败，而巨龙的洞察力也让阿祖拉印象深刻，哪怕是那些微小的动静它都能察觉，她其实也难以预料如此的情况。但现在她确认了此龙会做如此防备，要做些另外的打算了。很自然的，她心里是咽不下这口气，但这回先前的那些战法自是难以应付，得想些别的招。

　　但在那之前，得将自己心神定定。阿祖拉如此想着，眼眶还是有些湿润。如果是尚未经历那么多的阿祖拉，并不会想那么多，但在好些年头的分别、孤独和生死搏斗之后，她也打心底里开始害怕起失去她们了，好像就是满身是火然后坠下山崖之时，她觉得心里有什么东西一下子烧尽了，变成无数的灰烬，就好像是在认为自己要死之时，这份血浓于水的感情，好像要在这艰难的日子里彻底逝去一般。

　　阿祖拉能忆到的那些事，她们是谁，怎么拥有如此超乎常人的能力，如此的一切从来没有人和她们说过，只知道从那手上的标记看来，她们可能是亲生的姐妹，四人从孩提时代开始就一直在寻找答案。刚开始还只是自己身上的些许谜团，但后来像雨后春笋般，她们有了许多的故事，有些广为流传，最甚者直言她们是人是女神的转生，还有那预言，什么狗屁四等分的灵魂，对于阿祖拉来说，不过都是些阴谋论，越是详尽便越是难以相信。对于她们自己而言，别人的说辞永远没法真正解读自己，那些意义那些原因，还得自己去寻找。她在四人中似乎年纪最小，也没有她们三个高，但却是最早有如此觉悟的，但如今阿祖拉却觉得这也许是个什么诅咒，若是没有为了寻找意义而暂时的分别，如今她们可能也不会身陷如此的危险。

但如今事已至此，她只会尽力去弥补，阿祖拉不断告诉着自己，我还没死，所以这一切都还没算结束。

一定是这样的。

想到这里，阿祖拉似乎有了振作一些的理由，面对如此之窘境，也不曾有什么兄长、导师来开导，自我疏导便是唯一且不得不完成的事情。但即便如此，接下来如何动手，她也拿不定主意，且不说有没有什么妙计，自己身上的道具就只剩了些炸弹。除此之外顶多还有一些引线和一个小小的起爆器，这两样东西阿祖拉几乎没用过，也没想过要用在什么场景，引线可以让炸弹变成一个远程引爆的陷阱，她只在打猎时用过，而且是很早以前。都快要丢了，还有一把……半把剑，她还攥在手上。

阿祖拉抬起了头，看向那浸在月光之中的山峰，在自己被炸飞——或者说是被炸飞前跳下来——的同时，山体看着就像被哪只饿狼啃了一大块，至今烟尘都貌似没有完全散去，还有些细细碎碎的声音，说远也算不上，往湖那边看去，原来是一些落石滚进了水里。一个主意悄悄爬上她的心头，但很快就被她打消了一半，虽说可行性不高，但她还是需要重新上山去看看。

稍作休息后，阿祖拉拿上所有装备，再次蹚过河，开始了第二次的讨伐。这回她并没有多少信心，向来的速战速决，似乎都不算颇有成效，如今失败过一次，更是急不得了。她边走着，眼睛还不停寻找着自己想要的东西。若是走运，没准还能有些机会，但若是倒霉的话，估计自己只能拿着折断的剑去捅巨龙。

那样和找死没多大区别。

但是那又怎么样呢？阿祖拉不免觉得有些好笑。反正自己已经游走在生死边缘了。

就在阿祖拉按照原路继续上山，巨龙也多半回洞之际，月光已开始逐渐有些偷懒，摆出看完一场好戏将要歇息的模样，变得更加暗淡了些。她不得不用尽自己所学所悟的夜中观察之本领。她手上只有一盏提灯，如今仍挂在拴马之处，若是随身携带，则可能被巨龙发现，况且深更半夜，此灯是寻找马匹的重要之物，要是自己这一趟还回得来，还得节省时间去接着赶路。权衡利弊以后，阿祖拉便决定不随身带上去。

尽管如此，似乎这也不是计划中有什么关键作用的那份变量，阿祖拉还是找到了自己想要看到的。

没错，巨龙的那一击宛如雷震，甚至可以有些戏谑地去说，没有人比她更有体会。其他人若想看看那一下有多大威力，只消找到那个河对岸可以直接观察到那片悬崖的角度，看下这山靠近山峰那块的缺口就知。但很幸运的，先前阿祖拉看到那些被网起来的巨石，虽说在偏高的那些，已经随着震动而坍塌，成为无数落石的一部分，但山腰上还是留下了一些，不过看样子也摇摇欲坠。

阿祖拉连忙开始了布置，卡拉曾经教过自己一个陷阱，本来就是用来捕猎大型猎物的——用她发明的炸弹和引线，以及一些小石块作为支撑搭建起来，把炸药和引线连接，接在石网格将近破裂的脆弱部位，接着把简易的起爆器也连接上，带到阿祖拉找到的一块几十步开外较隐秘的山林中，她觉得这样的先后顺序肯定不是正确的。卡拉曾经强调过，如果没有处理好，要么想炸的时候哑火，要么不小心把自己炸飞。但阿祖拉转念又一想，自己毕竟不是卡拉，只能把想到的先做了再说，她自己也没信心百分百成功，这样的方法她只炸到过野猪，还因为没算准时机搞得那天晚上只能吃烂掉的肉。

回忆到这里便已经停止，随即陷阱也一同完成。接下来便是闹出点动静，但阿祖拉并不打算以身试险，她先是回到预先设计好的地点，拔出了断剑，最后看了两眼，在心里和这老朋友做些道别，她也不知自己为何会有如此的想法，也许早就应该这么做了。并切下身上那些有些多余的破布——或许这些东西遗留着的气味会多些——将剑与布放在地上，接着向外又走了十步有余，到山路的最外侧，接着回头，快速回忆着设计好的路线。

阿祖拉闭上眼睛，做好最后的心理准备。这一次，不成功便成仁。

随后，她将手上的炸弹启动，猛地往天上一扔。

砰！

巨大的炸响又一次打破夜的宁静，丛林中又飞出一些什么东西，在这个夜晚它们似乎不得安宁。在扔出炸弹的那一秒，阿祖拉便将身心都往面前猛地一压，拔腿狂奔，约几秒之后，头顶上将近百米的地方传来龙的吼声时，她就知道成功吸引到它的注意力了。

她回到引爆器身边，并快速掏出香水。

先前突然之间被发现，也许有留下的那股气味很大的因素。她也不知道自己在水里泡了多久，但她觉得那样并不会使自己身上的气味完全消失，至少还要有些加以掩盖才是万全之策。

　　带着一丝不舍，她拧开了香水的瓶子，还不自觉凑上去闻闻，似乎放的有些久，设想中浓郁的草本香早已挥发得差不多了，但若只是掩盖一下，融入周围的自然，倒也合适。不过阿祖拉并不知道香水要怎么用，喝肯定是不能喝的，干脆就在手上倒些，然后就往身上抹，抹了一会，又干脆直接往背上猛地一浇。

　　她也不知道这样的主意是非上策，自己也没把握单靠这些玩意儿，就能让自己的气味比那两把断剑和衣服上的气味还要显得清寡。

　　但是如今也只能赌了，赢了自是皆大欢喜，输了大多不过丢条命，但要是不做尝试的话，那代价未免会过于沉重……

　　她摇了摇头，再想下去多少有些不吉利了。

　　只消三分钟左右，巨大的龙翼拍打空气的声音就传到耳边。阿祖拉盯着声音传来的方向，非常紧张，整个人以一种匍匐的姿势藏在草丛中，如同一条即将捕猎的眼镜蛇。

　　不要闻到我，不要闻到我！

　　似乎是回应了阿祖拉默默的祈祷，巨龙虽然很快便找到了声音传来的大致位置，但是注意力似乎都在阿祖拉放断剑的地方，一番扫视之后，巨龙发现了一些东西，便缓缓降落，话虽如此，卷起的风还是差点将阿祖拉藏身的树林掀起来。她并没有详细判断过去龙那庞大的身躯是否能站在这片小小的山道上，但如今看来似乎也不必多虑。

　　巨龙侧着身勉强能落在这一片区域里，龙头低了下来，它细细打量着地上的断剑还有一些蓝色破布，或许是在纳闷，还是那种熟悉的气味，为何它们会落在这里。

　　当然，它所思所想，阿祖拉怎么会知道呢？一切只不过是她在内心的揣摩而已。

不过那都不重要了。

机不可失，时不再来。阿祖拉按下起爆器的开关。

啪！

……

几秒后，哪怕竖起耳朵听，除了巨龙的呼吸，什么声音都没有。

炸弹没有爆炸。

或者说没有立刻炸开。

就在阿祖拉心凉了大截的时候，轰隆的巨响才姗姗来迟，崩一声响，如凭空一记炸雷，将她吓了一跳，但炸雷过后又开始有滚滚轰隆之势——接着是巨石滚落。

微笑浮现在阿祖拉的脸上，轮到你试试被埋伏的滋味了。

巨龙根本没有时间作出反应，几枚炸弹在自己附近炸开，火焰与冲击几乎是在自己的脸上爆发出的，这些已经够它喝一壶了，但还没玩呢。接下来那些碎落的滚石，更是让它防不胜防，阿祖拉已经向山顶冲刺而去，甚至都没有敢回头看，但似乎从那吼叫判断，巨龙被摆了一道。

事实也确实如此，若不是几乎在脸上炸开的火焰，区区落石，或许根本没法碰到它，但事已至此，它甚至都没能缓过劲儿来，更别说做出什么闪展腾挪的动作了，接下来，爆炸的连锁反应似乎有些超出阿祖拉的预料，除了那些被网住的巨石，还有部分山岩也随着冲击而脱落，不少和巨龙自己差不多大的巨石冲着自己而来，根本没有躲开的机会。

轰的一声，地动山摇，想必是有块够大的岩石，实实在在地夯在巨龙身上，就希望能砸断巨龙的两根骨头吧。

她玩命般向洞口跑去，身后的吵闹很快就归于平静，不知是攻击已经尘埃落定，还是距离将她与事发现场分隔了太远，以至于再也无法察觉。

此刻阿祖拉是真正意义上的手无寸铁，她能做的只有狂奔。她就指望着巨龙看守的箱子里有些什么好东西能够帮助自己扭转局势——她可不指望对方就这么被砸死，即使自己巴不得发生这样的事。

但可惜没过多久，云霄中再次传来那她不想听到的声音，阿祖拉虽是心里一怔，意识到确实不能高估这陷阱的威力，但仍然没有停下自己的脚步。

就快到了，就快到了！

阿祖拉冲进洞穴里，立马就感到那片刺骨的寒意，还下意识以为又会有人暗算，随着双目逐渐被黑暗笼罩，她不得不放慢脚步，沿着记忆或直觉的方向走去。走着走着，就已感觉到冰冷的石壁近在咫尺，黑暗之中也不知是否为下意识所作，好像是有人在暗中引导着，令她感到莫名的有些自信。她伸手摸索，并且希望自己记得够准或者猜得够准。

是的，这里确实有些什么东西。它与岩石的材质不一样，阿祖拉一摸到那皮质的提手，便大喜过望，这大概是个什么手提皮箱，长条方形的，放在石壁一个凹进去的地方，用力一抽便拿了出来。

同时的洞口，殒仙龙已经落地，阿祖拉的诡计它倒是没猜想出来，但既然已知有如此的埋伏，那想必这古灵精怪的女孩大概率就是冲着洞穴里去，其实巨龙根本就不知有谁在自己沉睡时往洞穴里放了些什么东西，但这个洞穴是埋伏的好地方，这倒无以反驳。

它并没有急着进入。自己怎么想也得吃一堑长一智，如此的情景哪怕是人用上自己的双脚来想都知道可能有埋伏。

更何况是已经能证实有类人智慧，甚至有可能超人智慧的龙。

轰！

并不打算做过多的打探，巨龙直接喷出熊熊火焰，闪耀的火柱直接冲破了寒冷与黑暗，仿佛火焰中有许多燃烧的猎马与骑士，伴随激昂的战吼，挥舞着长矛向着洞穴深处奔涌而去。

随即，整个洞穴变成了燃烧的火炉，一眼望去，尽是深红之火焰。再细细看，目之所及，似乎已经有些许岩石被烈火烧融，化作熔岩落在地上。

片刻，巨龙似乎本是气度从容，但此时却有些气急败坏，怒气写在了脸上。

火光之中，身影穿过热浪，那气质也是与之前所见的截然不同，地狱中才有般的火焰无法伤及哪怕半片衣角，如果可以以人之神态形容，巨龙脸都可能煞白了。

阿祖拉，身着一袭黑衣，仅几道蓝色线条贯穿衣裤，她颇有风姿，步调也与先前大不相同。即使身着兜帽，也遮掩不了凛冽的杀意，先前的担惊受怕荡然无存，如今站在巨龙面前的，仿佛是一位女武神。

此外，她手握一柄银白乾坤刀，一头刃指天，一头刃向地，轻轻挥动，似乎唤醒了月光。仔细看去，若有游龙之光盘旋其上，那些花纹也是极其精致，大多想必为神来之手所刻。双头的刀背还各有一精密装置，形似某些发钗，却又显得颇具风格，装置之中，藏有长弦，只消将弦接上，便可做长弓之用，正如现在阿祖拉所为。

嗖！

只听那洞中传来一声风啸，伴着隐约的闪光，一支蓝色箭影撕裂长空，卷起一片小型的飓风，将沿途的火焰在瞬间吹散。巨龙虽是做出了反应，双爪一蹬，双翼一振，提前闪到箭的线路之外，却不承想那蓝色的箭光在瞬间弯来，划出一个弧，直穿巨龙心脏。

这箭也并非常规的木石或铁器所做，而更像是冰霜般的能量晶体，自弓弦拉开一刻起便凝聚其上，而在击中目标后又逐渐消散——其实在事后，阿祖拉有好一会儿暗自惊喜，世人所传言之魔法，除去卡拉那些奇异的小发明，自己只见过娜迪娅施展过。也不论她是否天赋异禀还是真的像一些人所言般继承了女神的什么东西，如今自己似乎也开始追赶上她了。

不待对方反应，阿祖拉大步向前，只是瞬间便来到巨龙跟前，此时她的出手，已是大不相同，只轻描淡写一跳，又横臂一舞，银月之下，刃光闪过，甚至只能听见风啸三分，人却已然落地。再看那乾坤刀上只沾几滴黑血，自是从刀尖滴落，却与龙头同时着地。

此时世界，便只剩沉默。沉默是世界的哀悼，沉默在哀悼中宣告：殒仙龙，亡。

阿卡捷娅之刃及这身圣衣，乃女神的遗物以及她曾赠予人类的礼物，在火焰照亮洞穴时，那皮箱中留下的字条叫阿祖拉还有些不太相信。老头子那帮人不知是作何打算，居然将这些东西放在这。起初她只觉得是些仿制品，毕竟这种理论上遗失了千年的东西，怎么可能这么随便就给自己找到，可如今看来，都是真货。

第 7 章：藤隐

斩了殒仙后，疲劳再次席卷阿祖拉的身体。

"居然还有如此强大之神器，我一点也没有印象。"她一屁股坐在地上休息了会，借着这个时机好好打量着手上的新装备，因为沾了点血，所以她不得不轻轻擦拭一下，而且是万分小心，却也因此注意到刀上的符文。

那箱子里的信件，以及一瓶黑色的水，阿祖拉还护在袖里，并没有被烈火烧灼，拿出来查看，眼下这些字，就和手头上正有的这些文献一样，全都是先前那个老者或者其主持而做的笔记。

阿祖拉小姐：

无意冒犯，我尽量将语言写的简洁明了了一些，有些字眼可能你没有进行过了解。

此刀名字叫阿卡捷娅之刃，或许你有些熟悉？自从一些对这种古代圣物的考证出现后，我们族人已经寻找了将近百年，这武器上的金属不是我们认知中的物质，或许和你们四人的装备……就是与你可能已经折断的双剑类似，但也许更胜一筹。这件圣衣则是我们族人传下来的物件，据说是当年女神赠予人类的衣物，也是随着这把刀一起出土的。可这两样东西在我们手里，没有任何威能可言。而当我们发觉或许你能使用它们时，你已经在路上了，没有办法，我只能趁着巨龙未醒，提前将它和这件衣服放在这里。另外这瓶药剂，是我们专门调制能短暂加强体能、缓解龙血效应的药剂，但数量不多，只能给你这一瓶，也许你用不上，但到了最关键的时候，也许也能助你一臂之力。若是置于显眼之处，尤其是峡谷或者沙漠中的巨龙旁边，定会有人将其盗走，还请谅解。如果你看到这封信，说明你已经击杀了殒仙龙，或者你已经以奇技淫巧拿到了这些东西，将要击杀它。只不过面对它的强大，付出了一些代价，但这都是值得的，对吧？

让我告诉你：预言恐怕要成真，你的双剑被斩断，也是预言中的一部分，我们也发现了剩下的巨龙开始骚动起来，这已经证明你即为预言中那断剑之女，那如果再按预言来看，接下来巨龙就要前往当年女神降临的祭坛——也正是你伙伴们如今的所在地，此刻想必最近的龙已不足八百里了。

也许你并不相信这预言，但我的主人可不是这么想的，更何况是我们的族人。很显然，人们并不打算放任如此的威胁而无动于衷。况且，你也需要和伙伴重聚，你们得有好些年都没见了吧？接着上路吧，要不然就不是几年、几十年、几百年甚至几千年没见这么简单了。

阿祖拉沉思了片刻，确实觉得有些用词颇为陌生，让自己觉得文绉绉的又没有什么特别的必要，歪着头前前后后又再看了一遍，还是有一点点摸不着头脑。也不知这老先生为何知晓如此之多。但她知道，已经既定了发生这一系列的事件，他所写所言必有一定的道理。放下信纸，站起身来。她打定心神准备下山，伸手将一旁插在地上的阿卡捷娅之刃拔起来，却不想食指扣到了中间刀柄上什么东西，手腕习惯性地轻轻一拧，又往上一发力，竟触发了机关，只听见非常清脆"咔"一声响，双头刀被一分为二，在一瞬间还以为自己粗心大意，不小心把它弄坏了，但确定这也是一种用法后，阿祖拉有些惊喜，此刃不仅可近可远，竟然还可做双剑之用，如此便是更加顺手。

惊喜过后，不做过多的停留，她立马快步下山，想着继续赶路。

可行至中途，本在一边注意脚下道路，一边盘算着下一步往何方而去的阿祖拉，突感有阵晕眩爬上身，汇聚在脑中，她顿感重心不稳，好似醉酒般，头变得沉重异常，一个踉跄，差点踏空。

"咳……"

奇怪，她从没有过如此的感觉，仿佛胸口有一股炙热，心神开始变得模糊，又走了几步，便靠在树上，感觉每个细胞都在莫名骚动着，似乎身体里又有些火光，要迸射出来，当这种感觉达到顶峰，阿祖拉不知怎的，感觉全身都要炸开了。

然而这种感觉，既陌生又熟悉，若是再进行一番细想，非常熟悉，却又有些说不上来。可就像这晕眩感来时的突然，消散也是转瞬之间。

阿祖拉猛地摇了摇头，又在瞬间清醒了过来，她发现自己已经趴在地上，但刚才那种每个细胞都在躁动的难受感，现在已经荡然无存。

可能是自己太累太累了。她心想，放慢了些脚步，先前那段路已经被落石堵得死死的，只能绕远些，下到山脚时，阳光已经铺到整片大陆之上。

阿祖拉看着眼前的河水，在潜意识里，她应该好好洗洗自己，如果可以的话，闭一会眼，可当那句话闪过眼前，她便开始痛诉自己有些懒惰了。

剩下几只巨龙已经开始向祭坛靠近，最近的那只不足八百里。

现在已知的事实是只有巨龙这样与女神同源的生物拥有伤害自己和三位伙伴的能力，那想要加害她们的人自然会利用这一切。

就因为那狗屁预言描述的，她们是那个带来死亡与战争的女神的转生。阿祖拉并不喜欢去探讨这些奇谈怪论，也不愿相信太多人们口口相传的所谓事实，或许对自己来说，越有说服力、道理越清晰的阴谋论越是难以相信。她现在满脑子只有救下她们三个，然后一起远走高飞，最好能离开这片该死的大陆。

找片荒岛，也有可能是个岛就行，深山老林没准也可以？反正就是足够隐蔽的地方，娜迪娅可以用魔法提供些材料，卡拉能加工，自己和捷玛能干点体力活，那样的日子，至少还有彼此，再过个几千年，不成问题，总之别再去掺和那些奇奇怪怪的事了。

她脱下了闷热的圣衣，顿时感觉身心一片清凉，仿佛空气都鲜甜了不少。先前的衣物已经彻底破了，她便打算换掉。她四下环顾，确认无人后，便摘下内衣裤，走到河里，快速地冲洗一番，其实春寒料峭，这水确实冷到有些难受，仿佛还停留在冬季。

快速料理好自己之后，阿祖拉继续上路。从地图上看，其实自己也已行至半途，如果够快的话，半路截下巨龙大抵也非天方夜谭，虽然说阿祖拉知道这种东西不是容易追赶之物，如果那老管家所言是真，自己的双剑和巨龙的苏醒有一定的关系的话——或许确实如此，毕竟先前一直在睡眠的殒仙龙在最后一次交手时都能恢复飞行能力了。但现实仍比自己算下来的要乐观一些，首先是自己浅浅浏览过接下来所有的对手，至少初步判断，都不如殒仙、天驭般擅长于飞行，而且也不排除像天驭龙一样还没有完全醒来，飞都飞不动的情况。这里出发，可以走上一条捷径，不出两日，可直接抵达下一条龙大致方位外几十里处，对方只要多伸两个懒腰，自己就能提前埋伏好。

不过自己要是再慢点，那就难讲了。

哦，对了，下一条巨龙的情报，自己还未曾细细读过。如此这般重要之事，竟差点忘却，确实不太应该。

"藤绕泥涛，隐龙伏沼。"

藤隐龙，画像的完成度虽比不上殒仙，但也是数一数二的清晰。它似乎是七龙中与自然融合最深的一个，因为打量过后会发现，全身上下都染上了丛林的叶绿，叶绿色之上还缠上了一些花草，且正如人们给予的名字所言，伴着不少藤蔓枝条，这些东西便是一眼看去能发现的全部，甚至难以辨认眼睛到底在哪。若是对着地图看，不难发现它的藏身处就在前方湿地丛林之中。一方面，阿祖拉可惜着，搞不好又要惹上一身脏，但另一方面她似乎有一些淡淡的庆幸，盘算着要是将丛林点燃，想必这龙就断了大半的活路，可阅读完那些文字，还是觉得不要轻敌的好。

有关藤隐龙的记载大致讲，自那场战争后，它拖着半残之躯来到此地栖息，当周围的自然经历了一轮衰老，且不论是否符合正常的生物凋零，此龙完全恢复了生命力，但如此大规模的枯萎，不久后，便导致沉睡而去的巨龙被发现。对于沉睡的七龙，自然没有多少人敢贸然尝试偷袭，但确实有人曾试图伤害过藤隐龙，却不承想，哪怕它已经沉睡，人们倾力的攻击却如蚍蜉撼树，哪怕是擦破了那自然给予的外甲，也能快速生长回来，显然这不是好对付的主。

又走了一段，前方便是那片丛林，参差不齐长着无数巨树，估计这树林也已经年累月，遮天蔽日。隐隐约约有那么些血光线能够透进来。但依然没有办法改变这里潮湿阴冷的环境，虽说不是什么冰天雪地，但也会让人不自觉地打着寒战。

阿祖拉并没有催马，走着，无时无刻不留意脚下的泥泞，抬头，连日光都没法完全透入，眼前的世界便是一片绿，并没有多余的色彩。

阿祖拉没有多想些什么，只是一心一意留意周身的动静，无论如何，这一战无可避免，问题只在于何时会发生。此地本就绝非可以安全之词形容，有巨龙盘旋，则是更甚，只是不知它会从哪里钻出来，若是有些什么毒刺自下而上，一下穿心而入，也并非不可能之事。也许是很久以前了，捷玛给自己讲过丛林捕食者的故事，大致便是用涂了剧毒的陷阱埋伏在湿地或者丛林之间，待猎物通过，便发动突袭，只要一刻钟，便可要了对方的命。之前自己还听得津津有味，现在看来却完全没有当时那种感觉。

想到这里，阿祖拉不由得打个寒战，貌似眼神都有些模糊了，自己一人一马身在此地，却好像置身于另外一个奇异的宇宙之中，且不知何时会遇到黑洞。

可突然，她眼角微微一抽，似乎在这不深的水之中，有些暗流浮动，如此的波澜非常轻微，轻微到几乎听不到，阿祖拉却一下从马上跳下来，拎起缰绳就往最近的树上绑。

"小家伙，你先不要出声。"阿祖拉面色凝重，小声对着马说道，"我对付完这家伙就来找你。"也不知对方可否听懂，只能见它有些灵性地点了点头。

只祈祷现在这匹小马别被那龙给盯上，然后一把卷走去就当晚餐就好。

　　接着，阿祖拉如同一个影子般在丛林间无声穿梭，此时的空气也是压抑，她摘下兜帽，似乎这样更能察觉到什么风吹草动。前方八十步开外那一片茂密丛林看上去更是阴森，隐约还有残破的木屋藏身其中，定是荒废许久了，间隔这片丛林与现在她所在位置的水潭却平静无比，若不是已知这一片卧虎藏龙，平常之人定会觉得这没什么大不了的，可一旦确定此地暗藏杀机，哪怕是阿祖拉这般有不凡能力之人都会有些直冒冷汗，或许刚才在马上那些动静已是打草惊蛇了吧。

　　但只是片刻过后，阿祖拉就已经发现前方这片丛林有些异样，在如此天气之中，还说不上有什么大风大浪，但吹起头发的微风还是有的，一路走来，所过植物的摇曳也不少，若是按此风向，那林中的一片却不为所动，而是略有起伏。

　　像某种生物的呼吸一般。

　　"就你了！"

　　阿祖拉在心里一声大喊，没有丝毫犹豫，直接横起刀上之弓，空气中凝结的蓝色晶体瞬间成型，只做片刻的凝神蓄力，一支飞箭射出，卷起一片水花与飞叶，正中目标。

　　那丛林中传来的一声嚎叫，阿祖拉还以为自己打到了什么海洋生物，片刻后才意识到这就是巨龙的声音，可再往那个方向看去，阴影之中仿佛缺了一块什么物体，

　　该死的，阿祖拉暗骂一句，缩头乌龟。

　　又或者说，还没那么简单，敌进我退的迂回战术，她自己也不少用，但巨龙的行为却让阿祖拉有些意外，她总觉得这一击下去，不死也得是个半残，但事实上看似伤得很深，其实片刻就会恢复，估计要把它头给砍下来，才能有效造成伤害吧，阿祖拉听着内心的自己说道。

　　突然，脚下有些稀稀碎碎的动静，掺着泥土的水池中似乎有暗流涌动，阿祖拉连忙跳起，果不其然，从迟早中窜出一些不知从何生长的长藤，抽打在自己原来站立的地方，她表面上不动声色，实际却有了一些焦头烂额之感，自己算是在半空旷地带上动手的，这似乎不是特别高明的选择，她扣动机关换成双剑，在丛林和泥沼中又伸出无数的"藤蔓"——直到阿祖拉挥刀砍断一根，喷涌出来的黑血才让她意识到也有可能是沾满了植物的龙须。也不知为何有如此之多、如此之长，且不断疯狂而野蛮的生长，她心里已经知道位置暴露，对方绝对不会放过自己，而且如此的粗心大意，估摸着它多少有些气急败坏。

　　她舞出的剑花已经是今非昔比，气力恢复后，身形也完全不比以前慢了，倒是又多了几分灵动，电光石火间，那些来犯的龙须一条一条落地，或者说悉数落在水潭之中，激起一片水花与尘土，又扑腾挣扎了一下，随后一动不动。

　　片刻之后，阿祖拉发现似乎这些龙须并没有减少太多，斩掉一条后缩回去，不出几秒便又有一条向自己抽来，或许也是得益于那再生能力吧。可这家伙不露真身也就罢了，全拿这些玩意儿来应付自己。

　　她突然想起，捷玛还说过，捕食者除了用毒刺和陷阱来偷袭，确有其事。但他们若是想将猎物生擒活捉，便会想办法消耗猎物的体力，然后才出手将其击败。在这样的战术中，体力的悬殊差距会让猎物几乎没有再抵抗的力量，带入现实虽然自己挺不愿意承认，但好像目前的处境确实是这样。

　　她向后一跃，朝着面前一斩，后又紧盯着眼前的三只龙须，下一击到来前，便闪身斜跃，左臂手腕一挑，又是一条龙须落地。

口中有些轻轻的气喘，她知道不能消耗下去，与此等生物对敌，定数向来不好拿捏。虽说自己身法本就轻盈无比，但长时间下来还是有些力不从心，有什么东西从腰间悄悄刮了过去，她意识到那是一条龙须，似乎还带有些尖刺，如果不是穿着这件圣衣，这下她可能就要被擦伤了，诚然，这衣服确实让自己感到更加灵便，也似乎更有抵挡锋利之物的品质，但毕竟只是外物，身体的消耗还是不能缓解。

当机立断，阿祖拉扣上两把剑柄，左手中三指轻扳机关，又回到乾坤刀形态。只是这下空档，眼前便有黑压压的大片，定睛一看似乎有无数条龙须向自己伸来，但阿祖拉算得也精准且致命，两腿发力，小腰一转，手臂一横，说时迟，那时快，刀光朝着龙须的根处一闪而过，这次攻击出手之快，连她自己都略显惊讶，似乎又是超常发挥。那颇具压迫感的无数龙须，像飞舞的纸张般脆弱不堪，挥手即断。

也正是趁着这个空当，观察着这些龙须最密集的那一块来源，那大概就是巨龙此时的方位。

藏在水池里是吧？你以为你能躲过去？

"啪"一声响，阿祖拉双脚在石块上蹬起，整个人变高高跃起，在半空中以一个很优雅的姿势转了半圈，如同舞者般调整姿态，若是寻常的武器，可能还需要更大幅度的蓄力，甚至都不能玩这一出，虽然阿祖拉知道巨龙不是常人所及之物，但无论怎么样，她手上这把神兵利器可不是说着玩的。

她这招出的倒是奇妙无比，借着空中的转体，向预定的位置前方点点射出一发结晶之箭，箭身斜斜地插在土里，趁着结晶的能量未消散殆尽，顺势一个倒挂金钩，脚踩在剑尾上，顺着这个方向，两段足够的动能确保这一脚直接将箭直直插入湿地松软无比的土里。

　　土里只传来丝丝闷响，让人听着着实有些难受，这招下来其实胜负未分，阿祖拉自己也知道，随着脚下的地面开始剧烈晃动，她心里自知一招得手，向着身后的空间变步闪开，嘴角已经有些控制不住的得意。

　　当藤隐龙将全身都探出地面上时，阿祖拉心里却有些阴沉，或许是因为她眼前所见正是如此，巨龙之身遮挡了本就寥寥无几的几丝光明，脚下无数泥水，衬上周围的环境，便是她的绿色地狱。

　　虽说图画与巨龙本体大致都是相同，相比天驭和殒仙而言矮小却修长，但细微之处却与图画颇为不同，阿祖拉从来没有想过在一个生物上会见到那么多的触须，也从来没想过有哪个生物会让自己打心眼感到恶心。龙身是通体墨绿，但质感却是掺着泥泞以及湿漉漉的、不知何名的植物一起，从麋鹿般的角、粗大的头与脖子上，通过身体顺延而下，一直蔓延到还泡在水里的四爪，那些触须看这其实就是它的胡须或是体毛，并不粗壮却也密密麻麻，这时又生长出了不少，这再生速度着实是吓人。或许它没有双翼，在阿祖拉看来，只是两片盖在身上的绿色毯子，还是沾满了青苔那种，有绿色的液体滴落，好不叫人反胃。只有略显灰白的腹部以及藏在满头青绿中，暗红的眼睛还能看出点生物的样子，不像是巨龙披着绿色的伪装，而像是这一身绿色已经寄生在巨龙身上了。

　　事已至此，唯有一战。

　　没人能想到阿祖拉这一次居然会强攻，一手抄起利刃就是往前斩，在龙身上留下个不小的伤口。这一次对方的动作简直太好猜了，泡在水里的爪子往上伸，光是声音都不小，躲闪自是无甚压力。刚开始她像挑逗一个小毛孩一样闪展腾挪，更有甚时，巨龙直接甩脖，将粗壮的触须悉数甩向阿祖拉，只不过她很快就猜到对方的意图，早早就抓准时机，一脚踩在一条打在自己原本站立之处的触须，并再次两腿发力，上向后凌空跃起，又一次摆出舞者的态势，用身体画出优美弧线的同时，将刀刃提前架在了必将切过的空气与物体之前，这回她在半空中转体一圈，以不失风度的优雅姿态完美落地时，周身还落了些切下来的碎片。此后阿祖拉尽力保持着距离，若是身位过于紧贴，面对双爪以及于无数龙须，怕是应接不暇。每躲过一击，她就在对方身上留几下伤口，不过即使如此，那颗悬在脖子上的脑袋，依然是她死盯着的重点，显然此刻并没有足够的空档。

打的兴起时，已记不清自己何时换上的双剑，就算在这种环境下自己会出汗，也难以分清流在额头上的到底是什么。

还是乖乖伸头过来让我砍吧，保给你落个痛快的！

虽说是这么想着，但对方自然也不可能乖乖就范，巨龙还是想和自己耗下去。调整战法，想必是更好的选项，稳扎稳打，对于这喜欢消耗自己体力的对手而言，搞不好要好几个时辰才能等来一次机会。阿祖拉出手之时，却将全身重心压在右侧，既是便于躲开接下来那凌空一击，且自己左手发力也顺的多一些，更比右侧靠前的多，随后立刻向上，力从地起，望着高处挥剑，刀光直奔着巨龙的脖颈而去，效果也是出奇的好，只不过她略有失算，这个部位也是充沛着血液之处，自己几乎就处于下方，在刚才瞬间的决断中，光想着去造成什么样的伤害了，一刀斩过去，正中目标，她心里暗爽着，这下有够你受的。

可下一秒就出现了意外状况，或者说自己一开始就应该考虑到的状况——伤口是有了，但黑色的龙血稀里哗啦倒出来，落了自己一身。

"啊啊啊！"

脸色突然变得惨白，似乎是身上被泼了浓硫酸一般，那黑血就像一盆脏水直接猛的泼在衣服上，她吃痛退后，手捂着脑袋，放声惊叫。似乎这圣衣没有什么防护，她感觉全身皮肤都烧了起来。

随之而来的是每个细胞都在暴动，她竟然能感觉到每寸皮肤、每块肌肉、每条骨骼此刻都变成薄如蝉翼的外壳，而胸口中燃烧着的，似乎是心脏，还是什么器官，好像她一直带这个定时炸弹活着一样，如今快要撕碎身体这不足一提的外壳，然后爆裂开来。而且同是龙血却不知为何，这次的痛苦比以前还强烈，并且，与先前的痛苦并不是逐渐增加的累积，而是突然之间就有了个质的提高。

就是这个感觉！

阿祖拉猛然意识到，如此之痛苦，已不是第一次体会，虽说自己算不上好了伤疤忘了疼，但接触龙血的后果，她可能从一开始就确实没有多想过，如今这一回，却比先前都还要让自己受罪，先前那股子晕眩，还有些许陌生感，这回感觉一强烈起来，便马上有了认识——这就是一直以来自己因为接触了龙血所遭到的痛苦。原本可以追加攻击的大好机会也就这么付诸东流。

幸好藤隐龙也不好受，沉溺在痛苦的回味之中，两边都没有加害彼此的时间。

刚才阿祖拉那一刀似乎切到了大动脉上，抑或是呼吸道，总之是靠近头部的重要部位，虽说她并未考虑周全，但是单论收效的话还是异常丰厚的，这下差点没给巨龙干断气，它几乎整个身体都瘫软在地上，后肢扑腾着，前爪则捂着伤口，却因为些慌乱之中多余的动作导致本就剧烈的疼痛雪上加霜，即使是有自愈的能力，对抗如此之重伤也颇为吃力，这也是自然的道理。若是切花斩叶，对整个植物并无太大影响，但若对着枝条或者靠近根部之处攻击，则是能造成更大的伤害，若根部损坏，生死就只可听天由命了。

此时，谁先从痛苦中缓过来，谁就占了优势，即趁他病，要他命的优势。

阿祖拉自然清楚这一点，在撕裂头脑的剧痛以及若隐若现的各种幻觉之中，她仅剩的理智与潜意识告诉自己，至少要撑到了结这家伙，她放下捂着脑袋的双手，用力砸在水潭里，激起大片水花，这下力道极强，若是往水面下看，还将水里的石头生生砸裂开来，并嵌进泥土里。

以毒攻毒，以痛止痛，手上的伤痛似乎让阿祖拉清醒了一些，她拔出打下去的手，往眼角余光所勉强能及之处摸索着，碰到了阿卡捷娅之刃的把手。

"啊！"

她又一次放声喊了出来，却不知是否还为痛苦的喊叫，抑或是激昂的战吼。似乎有无穷巨力，顺着万千血管，直直调转到双腿之上，当她抬起头凝视着目标，那眼神似乎是将要终结猎物的神采。

"杀！"

积蓄已久的力量在瞬间迸发，她破水而出，这一走便为离弦之箭，巨龙似乎也深知难以阻挡，但还是隐着疼伸出触须，不过尽人皆知，这只是困兽之斗。

她用力挥舞着刀刃，似乎每动下手指，每转下手腕，每挥下手臂，都是顶着巨大的阻力在行动，若此时有人旁观，定会有人将这些动作看作轻描淡写的攻击，英姿焕发，但不久之后，想必也有人会认为，这是一位愤怒者摧枯拉朽的冲锋。

当阿祖拉斩断一切阻碍之物时，巨龙已是归于平静，且若有一副发愣的神情，似乎已经做好了决断般，原本攻势密不透风，却不想阿祖拉也不遑多让，直到对方那眼神已在咫尺之遥时，它才想起挥起利爪横扫而去。

而这一瞬间的愣神，似乎也被阿祖拉捕捉下来，哪怕是电光石火，转瞬即逝的一秒，也要紧紧攥在手里，她刀锋已出，痛楚悉数绽放开来，成了愤怒的力量。左臂横挥，刀刃直切入龙颈，鲜血淋漓。

一下貌似还不够，阿祖拉此时能感觉到自己身上有源源不断，似乎用不完的劲儿，却不知是出于愤怒，还是其他的感觉，她接着又挥起刀来，那架势却像是个醉酒的怨妇，看着毫无招式可言。除此之外，她脸上不断沾染着新的黑色血液，天蓝的发梢此刻也被染得漆黑，不知是否有血液流进嘴里，她怒吼着什么，也不如说就是发泄时不自主的喊叫，内容本难以清晰，但在阿祖拉眼里，却像是刻进骨髓一样。

她一刀下去。

"卡拉！"

又一刀。

"捷玛！"

接着，手臂上凝聚了一股不可阻挡的气力。

"娜迪娅！"

她挥出最后一刀，直接斩断了巨龙的脖子，随着不痛不痒的响动，似乎是一阵悲哀的呜咽，龙头落地，又一位战士陨落了。

可她依然不打算饶过它，哪怕是在把它身首分家后，杀红了眼的阿祖拉，一时半会还没有停下来，身上似乎还有一些发不完的火，她依然用刀不断插进龙身里。

"去死！给我去死！"

直到真的真的没有一丝力气时，她才停下来，这才察觉到对方早就断气了。

可就算那样，她却还不忘再踹两脚。

第 8 章：卡拉

这里的风，真的很冷。卡拉这么想着，无论是身上还是心里，都在打着寒战。

尤其是当置身荒外，还是以被禁锢者之身份时。若不算上埋伏在周围观察着的人，这里就只有她们三个，她们衣着也没有特别的保暖，本就是各自平日里最喜欢的装扮，更不指望有人"怜香惜玉"，递上三张毯子什么的，也不能搓搓手生点热，毕竟手脚甚至是腰与脖子都束以紧箍。风一吹，寒意直入心骨，似乎不久之后，天色行将入夜，风寒达到最顶时，能将全身的血液都止住不流。

虽然没有发出抽泣，也没有一丝的呜咽，但长久积累、锻炼起来的坚强，正一步步消耗殆尽，也许，仅仅是也许当最后一丝心力耗尽时，填补的也许就只有迷茫和恐惧了。

尽管体力和意志在一点、一点的流逝，似乎最后一日便在眼前，不过三人都是看破不说破，尽管置身于如此危险的境地，还是不要去破坏对方的意志吧。

不要想那些太悲观的事，卡拉在心里对自己说，她一点点睁开眼睛，有些吃力地转过头去，打破了长久的沉默。

"你们俩，还好吗？"

禁锢她们的十字架围成一个正方形，四面朝外，所以卡拉没法看到左后和右后方的两人，对方也是同理，想要知道彼此的存在，就只能等待耳边传来那熟悉的声音，可这句问候仿佛石沉大海，片刻的沉默后她甚至都有些怀疑自己是不是累到记忆出了差错，其实她们并不在那了。

要真是如此，那遭殃的就只有自己，她转念一想，某种意义上，这也挺好的。

也许那还是个好消息。

可惜事与愿违，耳边传来和自己说话时一样虚弱的声音，卡拉顿感有那么一些失望，但这一切本就是奢求。

"不太好。"捷玛即使有些奄奄一息之意，失去了往日的神采，却也还是没改心直口快的性情。

"真没想到啊……"另一边的娜迪娅也开口了，"我们居然以这种方式重聚。"

三人说话的声音都很轻，甚至有时要竖起耳朵来才能听到个大概，还得用上三四分的猜测，她们本就没有多余的体力。但既然有人打破了沉默，她们也不愿意继续一言不发下去了。

"有好几年了吧？"

"嗯。"

"这到底是怎么回事？"

虽然这个话题有些明知故问，但捷玛还是脱口而出。

"那个预言。"娜迪娅动用了所有的脑细胞，一边回忆自己的经历，一边判断着不久前从那些人口中收到的消息。如果把一切连接起来，似乎是一个复杂的局。

"这是个阴谋。"

娜迪娅长话短说，她也不确定这就是全部的真相，并且认为自己可以深挖一些，而且并不只是为了满足自己的好奇心。

"我们是魔女？"捷玛说话时声音抖得厉害，"为什么他们会这么说我们……"

可以听得出来，她正压着自己。

不过娜迪娅没有直接回答。

"对人来说，恐惧大多来源于未知，而他们总会相信一些未知的事，只要有了一个看似合理的解释，就会以此为理由、借口……如今遭殃的轮到了我们。"

"哼哼……"捷玛闷哼两声，表示自己不愉快的赞同，"在我看来，没准他们根本就不在乎什么世界毁灭不毁灭的，那么大费周章，找了那么多理由，引用了什么预言，还是什么名言古句，说白了，只是觉着我们是异世界来的魔女而已。魔女，自然得灭掉……"

她还是忍不住抱怨，也不想去特别照顾姐妹们是否会有悲观的感觉，毕竟自己先前遭受的冲击实在太大了，此刻倾诉欲已经占据了全身，又何必藏着掖着呢。

"祖拉……"卡拉突然想到了什么，"祖拉不在这儿，对吧？她会来找我们的对吧？"

"对不起，请原谅我这么说，和这些阴谋者相斗，我们三个都没占到便宜，所以，哪怕到了最后一刻，我也希望她别来。"

但卡拉、捷玛或许并没有对这些话太上心，也是，她们只是活得久了点的四个女孩，顶多拥有一些超乎常人的体质与技能，不过在计谋这件事上，用尽浑身解数也没法和几乎整个世界的人对着干。是的，也许这件事她们都经历过，而且都是类似且很是令人难以接受，而绝不会是她们能够轻松提起的事儿。

她现在最好躲得远远的，去另一块大陆，或者找个没有什么花里胡哨预言的地方，换一个新的身份，至少能安下身来。若是找到个好男人结婚，倒也是不错的选择。在这里，我们已经成了世界公敌了。娜迪娅这么想着。

"我才是应该抱歉的……"卡拉也心有愧疚。

"我应该……我应该……"

话语中有些呜咽之气，她随即向姐妹们讲起自己的遭遇。

其实相比起另外两个人，卡拉是最早遭到抓捕的。

但她一开始也不知道这点，在四人决心分开一段时间去探索各自的人生后，她有过一小段时间的兜兜转转，随后打定心思开始做起些靠打造些小发明，卖个好钱来生活的日子。

她找了个村庄落户，那地方依山傍水，略有些小桥流水人家，又邻近交通要道，平日里还可以上集市采购些材料。她住了大概有两年有余，自觉还算得上比较受欢迎。也许在村民眼里，这个姑娘跟孩子们玩得很来，既不是被赶出门的主妇，又不是脏兮兮讨饭吃的乞丐，大抵没什么大不了的，可要是村庄略有些大事，比如哪个孩子给狼叼走了，她居然也能不知从哪掏出一把大火铳来，带着村里一队壮汉们进山去找，且因为她总身着一身品红色的露脐上衣却身背着一把大火枪，视觉上给人造成如此的落差，让人们总是以"大铳女侠"来称呼卡拉。

当然平日里最重要的，是她总是会发明出些既新奇又有些奇怪，但异常好用的东西。

在这方面，她总是有着过人的头脑，也做得出不少奇妙的玩意来，小到一些玩具、设计精巧的储物盒，大到用简单的几何结构就加固了村庄的大桥。开路用的炸药更是制作得精妙绝伦。后来借助一些引荐，对外做了些交往，时过境迁，在生意圈里小有了些名气，某种意义上倒也算是最为滋润。不过尽管如此，卡拉依然不是很理解姐妹们想要分开行动的想法，在当时不知为何，她总觉得有股危险的气味，隐隐约约在靠近着，所以她也是四人中唯一流露出有些许反对分开生活这一态度的，却又倔不过姐妹们，她也想过找她们来一起体验下这种田园生活，但好像她们都有点介意，哪怕心有不甘，最后也只能作罢。

但总有常言道："害人之心不可有，防人之心不可无。"卡拉只同意一半，毕竟前半部分还是太冠冕了些，或者过于美好了，但后半部分可是精华，尤其是自认为嗅觉无比灵敏的卡拉。所以当发现民间流传的各种似乎与自己和姐妹们有关的话题清一色转变为对预言这个概念的探讨时，脑子里就意识到了些许不对劲，而且作为制造发明者自有进村、镇去采购些原材料的必要，余光中映射出些他人的眼神时，卡拉便有了打算。

也许是时候该停歇一阵，赶紧去收拾好东西，做好山雨欲来的准备了。

可她即使如此的敏感，并且还真就察觉到危险所在，却并没有及时警告分散各地的姐妹们，就遇到了麻烦。

或者说，就遭受到了突击。

当时也是个月黑风高之夜，放眼望去，众星如悉数陨落般，都消失了踪影，只有一弯暗月，照看着天下苍生。

总感觉会发生些什么，当时的她就这么想着，虽说没有确凿之证据，但终归有些隐隐约约的预感，希望自己是多虑了。但很不巧的是，那天早些时候，她忙着为人做了些新奇的小玩意儿。

"卡拉小姐！卡拉小姐！"

她还记得，今早去集市里买肉的时候，村里一个能跑得飞快的少年来找了自己。

"我想请你帮我设计个东西……"

卡拉其实不是很愿意接下这一委托，况且对方要求的设计确实有些复杂，却又无奈于对方开出的报酬确实丰厚，这小伙子长得也挺英气的，五官端正，还是村里为数不多的金发，让自己向来颇有好感，况且也不是陌生之人，请求也委婉，也算是自己的老顾客了，而且还会用"你也是很出色的发明家，应该不会拒绝这样的挑战吧？"这类的语句来挑逗卡拉。思量了会，或许是内心有那么一股热，她最后选择了接下。

"我真是不擅长拒绝呢。"晚些时候当一丝丝反悔爬上心头，卡拉还这么说自己。

但话虽如此，她可以说忙到有些神志不清——其实委托的时限还算充裕，条件也不是特别苛刻，但真的开始动手时，总有种莫名其妙的动力，干活干得兴起，似乎灵感也源源不断。

"把这里开个口子……接条线，没错……然后设计个开关，挺好的，漂亮……要不再刻两个花纹？"
创作者的内心真是难以揣摩。

忙里忙外后，已是日落西山，察觉到有些不对劲时，才发觉想通宵防范变得不太现实，尽管如此，她睡下时还穿着平日的工作裤和运动上衣，腰带和武器都放在触手可及的地方。

防人之心不可无，这句话像是个从小就要每天背诵的准则一样刻在卡拉的脑海里，每个漆黑的夜晚，卡拉都会这么做。

所以当一队人马悄悄走进她居住的小村落时，她已经躲进了丛林里。

　　那队人马是自己从来没有见过，甚至没有听说过的，从穿着打扮上看，像是些警探，腰间、背上带着铳，还牵来了几只猎犬，对于卡拉来说，就差没把来者不善这四个大字写在脸上。

　　透过自己做的望远镜，卡拉能把这些人的去向看得一清二楚，但她还是愣了愣神，在自己的视野内，白天见到的那少年跑了过来，从警探们的反应来看，似乎这人不是目标之一，她松了口气，至少和自己打交道的这伙村民没惹祸上身什么的，但随即这少年的举动却出人意料：他指了指自己的方向，向警探示意了些什么，随后拔腿就往这里跑。

　　卡拉吃了一惊，愣了片刻神，才意识到自己被卖了。

　　这混蛋。

　　她立马行动，向身后的方向狂奔，未惊起一片花草与栖鸟，事到如今往大路去，反而更不安全，进山里会是更好的选择。

　　当然还有个更重要的原因：这是早早就既定甚至模拟好的路线，身后的嘈杂声越来越近时，卡拉心里还有些窃喜。

　　你们都中计了，她悄悄地嘲讽。

　　是的，一阵爆破声传入耳中，他们踩到了自己精心布置的烟雾陷阱，那些东西不足以致命，但在此之上，还有些挂在树上的笼子、隐藏于黑暗之中的深坑，甚至是些小小机关，加在一起足够拖延了。

　　跑着，便进入了一个狭窄的山谷，向上一算，足有百米之高，道路还算狭窄，最宽之处大约能通三人，她从其中个腰包上抓出一把小铁球，对身后的土路一撒。

　　再请你们来点刺激的。

　　卡拉这么想着，但脚步却慢了下来，她耳中所感到的稀稀碎碎的脚步和嘈杂似乎有些异样，她下意识伸手到背后取下大铳，关掉了保险机关。

没错，眼前传来忽明忽暗的灯火，在夜幕之中摇曳，前边还有埋伏，那些人或许是听到动静了，正朝这个地方赶来，换句话说，自己被包夹了。

这倒是意外情况，一般情况下不会有多少外人知道这条路线，就算那些警探有那混蛋少年引路，也难以提前抽身，埋伏在如此鸟不拉屎的地方，除非……

卡拉心凉了半截，早先的疲劳确实影响了一些判断，有那么一种可能性，她居然没有提前想到。

出卖自己的不止一个人，甚至有可能是大半个，甚至是整个村子。

砰！

当第一个人出现在目镜之中，卡拉就开了火，自己的火铳威力极大，且具有穿透性，在这种极其狭窄之地虽不好变向，但先抵挡一路似乎没有太大难度，且机构经过改良，省去了传统火铳那烦琐的上弹步骤。随后她又连开数枪，不知是否全中，但警告对方不要轻举妄动，足矣。

她身后传来声声炸响，这既是好消息也是坏消息，好消息是后方追兵对自己的发明伤到了，坏消息是后方追兵也上来了，那些早先布置好的陷阱皆以派上用场，那从另一个角度来说就没有什么拦着后方的人了。

情势依然对自己不利，单枪匹马，难以抗衡前后的夹击，更何况对方也有火药武器。

一发铅弹擦肩而过，卡拉发现大事不妙，左手立马伸进腰带之中，取出爪钩枪，瞄准峡谷上方一处小平台，这个地方往内就是个小通道，是早时为了在山谷上方修桥所用，她不到半秒就升至高处，不过这么一来，前后的敌人都看到了自己，但这样应该还好，毕竟他们也上不来，不走峡谷之上的通道，又不借助工具，从下边爬上来，天方夜谭。

可片刻之后，卡拉发现自己大错特错。

刚爬上平台，还没往通道内部走，眼前便有灯火恍惚，这代表着在这里埋伏了人，卡拉刚想破口大骂，眼前就有个壮汉横拳挥来，她深知这一击势大力沉，身后便是山谷高崖，怕是难以招架，只得用很刁钻的角度下腰，堪堪躲过这一击，但几乎整个人躺倒在地上，她干脆就直接飞起腿对着敌方命根子就是一脚，借着腿部的余劲，迅速起身，拔出腰带上的小刀，捅向他的脖颈，随后拔出第二把刀子，向前方一扔，命中了下一个人的脑门，两人倒下后，再从背上取出主武器，当下一个人冲过来时，子弹就已经招呼到他身上了。

该死的，她在心里暗骂。

卡拉犹豫了下，随后认定了事实，现在只得血战一场。她接着开火，子弹在火光中撕裂空气，呼啸着命中各自的目标，来一个灭一个，但对方采取人海战术，直到子弹打光，还有不要命的人迎上前来，她顺势转身躲过攻击，横起枪托猛砸对方面门，又抽出匕首补了三刀，再接着一脚，把那人踹下峡谷去。

后边还有人！

一招得手，却容不得休息一阵，身后又有踢踏之声。卡拉刚转过身去，脑子里已经做好了对方各种可能的攻击，结果却有些出乎意料——对方只拎了个小桶，朝自己远远的泼来一些液体，像脏水一样洒在自己身上。

这是什么招式？难道是想靠这点水来淹死我吗？她不禁在心里暗笑，但也仅仅笑了那么一瞬间而已，她本想开口说：

"跟我闹呢？"却没想到，话到嘴边，完全变了一番模样。

"啊啊啊！"

像是被泼了身硫酸，卡拉感觉自己的身体顷刻之间灼烧起来！

她顿时感到头晕目眩，好似身受重伤般，只觉得通身上下的力量都在渐渐消散。随后是每寸皮肤都在燃烧之感，她捂着脑袋，腿软了下来，全身重心都不稳。随即退后了几大步，这些动作甚至不由得自己。

"你们做了什么啊啊啊！"

她只能感受到自己在咆哮，浑身气血没有丝毫流动之感。

"龙血，果然有用。"

那朝自己身上泼来液体的人，以一种很尖锐的腔调说着，从眼前晃来晃去的场景看来，似乎还带着几分狰狞。

在卡拉看来，这档子事确实人算不如天算，如今自己多半是一败涂地吧。

"看来预言果然是对的，哈哈哈哈哈，铳女，卡拉是吧？编排诡局是吧？今天看你往哪跑！"

嘲讽的声音不绝于耳，在脑中不断回响，那藏在心底不好的预感果然应验了，卡拉一边痛苦地撑着，试图将手伸进口袋，去掏出些什么东西来反击，一边谴责自己没能及时想到这一切，向来擅长收集情报的自己，这回是被巨大的情报差给压倒了。但好像那人不打算给自己太多反悔的时间，上来就是一脚，这下踢中卡拉下身，瞬间就感到透骨的疼，她直接重心不稳，向后一个趔趄，直直从山谷上摔下去……

咚……

等醒来时，她已经在这儿了，这荒凉的地方。

"那些押我、看守我的人，曾经透露过一些事。比如他们用来制服我的龙血，是些人冒着把巨龙叫醒的风险去采集下来的，那些人之中好像有不慎沾到龙血而精神失常的例子，他们说这种东西能伤害到我们，现在看来确实如此……"

卡拉沉吟道，同时回忆着自己被带到这里后，所知道的一切，但回忆随着时间而推移，不堪的场景再次入目。

是的，在那之后，她亲眼看到被打的不省人事的捷玛和被禁锢到哪怕是手指都锁死了的娜迪娅先后被押到了这里，而自己除了在心里痛骂，却实在无能为力。某种意义上，那是卡拉这辈子最绝望的一次。

"我应该早点来警告你们的……可是我却没有及时选择相信我的直觉……"

第 9 章：捷玛

"没关系的，卡拉。"

听到卡拉的故事结束时，还带着她满是内疚的哭声，捷玛开口安慰。

"至少，你已经很努力了……不像我……"

是的，比起卡拉用尽全力并且展现了一定过人机智的负隅顽抗，自己所经历的事以及做出的一些选择感觉就要蠢了些，而且听完卡拉讲述自己的遭遇之后，那一丝荡漾在心底的苦涩，在被一番搅动之后彻底绽放开了来。

"不像我，做了一堆蠢事。"

捷玛，某种意义上来说，是四人中性情最为奔放的那一个，这么想其实没有问题，就算当着她的面说，她也会投给你一个憨厚的笑容，眼睛眯成缝，嘴巴也不张开，哼哼哼地笑着。她也听得懂讽刺，却向来不觉得一些用于评价自己的语句掺杂了多少贬义，比如"老实""憨憨"一类，甚至是"浪荡"之流，不，她从不介意，向来一笑而过罢了。

因为如果你真的惹了她，你收到的就不会是从容的玩笑话，而是一记将近九千八百磅的重拳。

幸好，她的姐妹们都没有见过这样的事发生，至少在人身上没有发生过类似的事情。

所以某种意义上，她确实是四人中最好相处的，甚至可以如此形容：要是将她的性格和一些事迹加以掩饰，屏蔽掉会明显察觉出性别的词，想必将近有八成的人都猜不出这是个女孩。

分开生活的想法，最早也是她提出来的，对此想法，娜迪娅还算支持，毕竟自己也想去看看外边的世界。阿祖拉则是思考了一会儿，总觉得所谓的独立生活对于自己这种女孩子而言大多半信半疑，毕竟这是一个相对陌生的概念，且也没有任何的外人告诉过她们，不过从这些年看下来，哪怕是在如今这个时代或许他们也搞不清楚。但捷玛却成功游说了姐妹们，甚至是一开始持反对意见的卡拉，也因为一些兴趣上的话题被勾引到同意了。

可现在看来，或许捷玛是最为之感到后悔的那个。

说回她自己，在当年，分别之后，她是好一阵游山玩水，去寻着一些先人所留下诗句中所蕴含的情调，一边修身养性，一边寻觅各地的山珍海味，至于那些消费，她并不是很担心。因为娜迪娅，四人之中唯一掌握了秘术魔法之人，知道如何利用法术来创造金银铜币、过路盘缠，所以四人各自旅行时几乎都是腰缠万贯，捷玛更是好一阵挥霍，且并没有像四海为家的阿祖拉那般穷游，也没有像卡拉那样定居做起生意，过了挺长一段时间，自己的兜里也见了底。

好在她某天听说，在不出百里外的一片土地上，有一位身着黑衣、手持长杖的巫女，在帮那里的村民调理气候，还曾在风暴将至时，将其扭转为清风细雨，心里便打定了念头，随后又自掏腰包搭上了顺路的马车，从营地出发，不出半日，就见到了姐妹，这也是四人分别之后第一次其中两人重聚。

当时捷玛甚至没有花太大的功夫去打听，也不需要刻意地隐藏些什么，一进到当地，就有村民注意到了她手上的圆环和菱形标记，和他们所熟知的那位"天气女神"并没有太大差别，便立马带她去到了娜迪娅那里。

娜迪娅当时正蜗居在自建的小树屋上，没有任何的台阶，完全上不去，树脚旁堆满了各种村民进贡的礼品，她却一概不收，只有村民祈求风调雨顺或度过旱灾时，才会在树屋露出的那一小块平台上看到她施法，也曾有人试图爬上树屋，但碍于高度和过于野蛮生长的树枝，只得作罢，捷玛可不管这些，两腿一蹬，向上一跳，直接出现在娜迪娅面前。

"啊！"

娜迪娅还在一边烧饭做菜，一边寻思着怎么下方这么嘈杂呢。刚转身，脸上就一声响，捷玛这一出直接给她吓了一跳，浑身一颤，手上盘子里的食物飞出来一块，险些落了地。

而捷玛瞅准了时机，直接将脖子往前一伸，张大嘴凌空接住了飞出来的烧肉。

"嗯……你啥时候学会做这种菜了……真好吃！"

她一边细细品味，眼睛都乐到眯成一条缝，一边情不自禁竖起了大拇指，只有惊魂未定的娜迪娅在一边捂着胸口喘大气。

"你就不能打声招呼再上来吗？"

"嘿嘿。"捷玛有些不好意思地揉揉脑袋，"这不是想着见你吗。"

"嗯哼。"娜迪娅缓过神来，似乎有些见怪不怪了。她转过身，将手里的东西放在桌上，然后招呼起捷玛。

"尝尝我做的排骨……放心，这回可不是我变出来的。你要是缺铜板什么的，那边角落还有袋，够你用好久了。"

娜迪娅说着，心里还盘算怎么中途加份米。捷玛本来还在想如何好声好气地讨些，如今都被对方看透了，只能回应一个憨厚的笑容，然后向袋子的方向一点一点挪过去。尽管娜迪娅并不会在乎这些小钱，她心知肚明。

"你之前是不是有点大手大脚地投资了？"

娜迪娅问。

"确实……你要这么说的话也可以。"

"除去旅游和搞好东西吃，还拿去干吗了？"

"唉，还能干吗。"捷玛坐在木屋的椅子上，对着旁边的镜子梳理头发。

"和人合伙打算去做点交易吧，也算不上什么生意。"捷玛说，"主要做些狩猎，然后部分留下来自己吃，部分的皮革和肉去卖什么的，当然，遇到虎豹熊虫什么的，我总是垫后或者收拾大局那个，你懂的……不过总得锻炼锻炼嘛。"

"不只是这个理由吧？"

"还能因为啥？"

捷玛陷入回忆，却完全没注意到脸已经红润起来了。

"你说呢？"娜迪娅将泡好的茶放在桌上，但眼神依旧没有从捷玛的面色上移开。

"唉……"

见娜迪娅依旧如此擅长察言观色，捷玛也觉得没什么好藏着掖着。

"我恋爱了。"

"嗯？"

娜迪娅看着自己的姐妹，眼神里闪过的首先是转瞬即逝的复杂，然后被异样的好奇取代。其实这并没有什么大不了的，娜迪娅自己也体会过恋爱的感觉，尽管在那以后她对这方面都不敢再投入过多的兴致。

"不过这也说得通，那人怎么样？这么值得你去花销？"

"其实挺好一人啦。"谈到自己心仪的对象，捷玛有些腼腆起来，"本来是个贫穷人家，不过也有些理想抱负，当他的文明出问题，那些所谓的上层人士沉默不语后，他总是站出来的那一个。总之在我看来，他确实值得我动用自己的资产来帮助。"

"那还不错啊，只要不是些什么渣男负心汉就好了……"娜迪娅本来还有一些祝福的话语，但到了嘴边又溜了回去。

沉思了一会，她才小心翼翼地问："他知道你们其实相差了差不多几千岁吧？"

"额……那不重要啦。"

说是这么说，捷玛自己也不清楚到底要怎么样回答才好，只能尴尬地揉揉脑袋。

"而且……他老死之后，你还能再活个几千年……甚至更久。"

"我会考虑考虑这个事的……也许吧。"

"那就好。"娜迪娅也没打算追问，也许在这个话题上点到为止更好。

"你听说了吗？最近那个预言，貌似以前就有，现在传得越来越火了。"

"知道，略知一二。"捷玛说，"估计也就是说说而已，我旅游的时候也到过一些巨龙沉睡的地方附近，那些地方总是传说盛行，而且最近听说这些玩意儿眼皮动了动，传说就多了起来，然后那些地方基本没人了。"

"我想也是，可能最近去试探那些沉睡的巨龙的人多了，还有人不远万里来找我，问问能不能治中了龙血效应的人呢。"

娜迪娅此言一出，捷玛心里略有些意外，张了张嘴，却又好像没说些什么，顿了一阵才憋出几个字。

"你能做到吗？"

"怎么说呢……"娜迪娅想了想，"我也不是什么神医，最多只能改变效应造成的影响，而且要特别小心。"

"特别小心？"

"对，要是我咒语出了什么偏差，真的有可能把人活生生变成龙。"

捷玛愣了一会儿，然后才挤出一丝尴尬的笑。

"瞧你这玩笑话说的……"

那天下午，姐妹俩聊了很久，还是那一大堆话，她们似乎总有说不完的话题。可太阳行将落山前，捷玛却婉拒了娜迪娅留下来过夜的邀请。

"不用了，我的营地其实也不远，而且我对象在等着呢。"

她也不打算待太久，哪怕对方一再挽留，也还是坚持先撤。

"好啦，不用送的，过段时间我去找到卡拉和阿祖拉，再来你这里聚啊！"

临走之前，她这么说道，却不承想到很快就会再见。

"在我回去之后。"

时间拉回到现在，被绑着的捷玛开启下段回忆，向姐妹们讲述着。

"我的营地安静的吓人，只有篝火噼里啪啦响，我以为他已经休息了，可打开他的帐篷，我发现……"

讲到这里她有点哽咽，而旁边的卡拉已经猜到发生了什么。

"他倒在血泊里，一动不动，咳……他们害了他，我不在，他们直接害了他！"

那天夜里，早些时候，一伙人就已经来到捷玛与她男朋友的营地，其中有些人还提着小水桶，捷玛的男友想，但经过交涉才发现，对方是来寻找"深陷欲望的拳女"的，而且听说最近她在这附近有一些活动的迹象，当时他就觉得大事不妙，毕竟找捷玛麻烦的人，已经不是一个两个。思考片刻之后，他就装傻，随便指了一个方向，本想着可以就此糊弄过去的，谁知那伙人中有人认出他来。

"我记得你！你不就是那个帮忙打女拳的家伙吗？"

这么一说，心里有点慌了，他还想糊弄，但人群被不知道谁带起的风这么一说，也都觉得他就是那个"男性的叛徒"，随后便开骂，情绪一上来更是止不住，他见难以安抚，本想往帐篷里走，试图回避这些人，却不承想有人跟在身后，不依不饶，见他似乎要在帐篷里拿出些什么，以为是武器，于是大喊了声。

"你要干什么？拿武器是吗！"

这一嗓子，就像点着了团火药，一听见如此的骂声，有些人就吓得魂不附体，而顿了几秒后，见他并没有什么反应，如此的傲慢彻底激怒了那些来访之人，他们一拥而上，完全不给反应的时间，直接把人扑倒，先是围起来好一阵拳打脚踢，把人打到鼻青脸肿后，心里还觉得不够，又掏出刀一顿砍，差点把人给切成几段。

事发之后，那些人还并没有第一时间走远，毕竟这也算是个法外之地，就算真有管事的，他们想必也总能给出充足的理由。再说了，秩序只约束着守序者，更何况是在所谓的末日面前。因为帐篷不止一个，说明这个营地还有人在外，而且确认了他们刚刚打死那人是个什么身份之后，这伙人便开始考虑其他与所谓"拳女"是否存在的包庇关系，便埋伏在了附近。

不久之后捷玛就回来了，直接验证了他们的猜想，当捷玛掀开帐篷，失声尖叫时，他们从埋伏的草丛和石块后一拥而上。

"我当时……完全被震惊住了，还有人会做这么残忍的事情，我完全没有注意到他们就在身后，等我反应过来的时候，他们往我身上泼了一些东西，就和卡拉你说的那样，应该是龙血，我感觉整个身体都在烧，钻心的疼，这时我还没失去意识，我还在挥拳，有一些血粘在我的臂铠上，不知道那是人的还是龙的，但是后来力量越来越弱了，然后我撑不住，倒在地上，真的真的没有力气，只能感觉到一阵拳打脚踢……他们一直打我，打得我昏死，而且还不断有龙血泼在我身上……我真的不知道为何这些东西会对我们有如此大的伤害。之后的事我一点都记不得……醒来的时候已经在这里了。"

她越想越悲伤，悲伤之中还有无尽的怒火在心底燃烧着，捷玛猛地挣扎，似乎是要破除所有的锁链与机关，将那些人撕成碎片，就像他们对自己的爱人那样。

第 10 章：娜迪娅

"人们总是憎恨他们不了解的事。"

听完卡拉和捷玛的故事，娜迪娅长叹一口气，感慨道。她摇了摇头，此事既成难破的局，又还有什么能做的呢？看着眼前逐渐昏暗的落日余光，她那双晶莹的眼中似乎有什么东西在流转，却最终都归于暗淡，渐起的晚风吹乱了她的头发，她却没有办法去梳理。

她又一次尝试起凝聚周身的能量，帮助自己解脱束缚，却还是以失败告终。没办法，此前的消耗实在太大了。

"原谅我，卡拉、捷玛。"

"没事的，娜儿。"卡拉说，"我们都尽力了，这一切，我们当初也不得而知。"

"是啊。"捷玛应声附和。

"当时有什么预言，我们也不知道那到底是真是假，现在我们知道巨龙真的存在，而且它们的血对我们有伤害，就算我们真的如他们所说，是什么所谓的会毁灭世界的女神的转世，哪怕是证据确凿，我想我们也没有理由去承担他们所说的……罪孽吧？"

"捷玛，你说的对，你并没有做错什么，对于我们来讲，没有什么相关的记忆，我们只是相对不那么普通的四姐妹而已，为什么要去承担他们所谓的命运……"

"不，卡拉。"

娜迪娅打断了卡拉。

"有件事情或许我做错了。"

正如前边所讲，娜迪娅行善积德的事业也产生了一定的负面作用，似乎她自己也并未注意过太多，又或者是并没有特别在乎——如果你想找到她，几乎不费吹灰之力。但从另一个角度想，她却是相当难搞的，首先，就算有充足的情报，也改变不了她所住之处处在高地这一事实，且不说有没有办法把她从上面打下来，光是在树底下做些什么动作都容易被发现。

更重要的是，娜迪娅最大的不同是她掌握法术，其原理和来源目前并无确凿证据或明确的考究，只能假设她真的是女神转世，并且继承了女神的法术能力。她随身带着一根长杖，通体黑色，但不知道由什么金属打造，其中一头延伸出锋利之刃，镶嵌以蓝色宝石作为点缀，还有向两侧的延展。甚至可以说是一杆长枪了，没有人见过她是否用这玩意儿来捅人，但确实见过她挥动此物，做法使得天空万里无云，那似乎不是娜迪娅超自然力量的来源，但着实是一个很好的疏导、辅助工具，帮助她发挥。

这也使她更难对付。

但人们早就打定了主意，虽不可强攻，却可选择智取之路。

而且他们有筹码。

捷玛走之后过了两天，看似又将是一段平淡的日子。娜迪娅正坐在屋里喝茶。一位老者登门拜访，从衣着上看，似乎是什么贵族的管家一类角色，有人护送着，行为也颇为有礼，娜迪娅也接待过类似的人，但这一次有些不一样。

因为树屋的关系，她常常通过制造一个一模一样的分身到地面上与别人洽谈，她读过一些诗书经文，也算得上小有风采。但这位老管家打扮的人好像并不打算和自己讲太多礼貌。而且还看出来了这不是本体，坚持与她面对面，并且还拿出一件让她无法拒绝的物品。

"说吧。"把这位老管家从地面用念力送到树屋上，娜迪娅坐在他面前，又端起面前的茶水抿了一口，"为什么你会有卡拉和捷玛的画片？"

四个人的画片，是在分别时专门去找人做的，基本上就为留个念想，且彼时所谓摄影术并不发达，只得如此将就。但那画师之技术倒也颇为精湛，做出来的虽是四幅相似的画片，却也算得上精品，而这些东西，四姐妹约好本应随身携带。

"小姐，请问你是想我尽量温和些和你解释呢，还是直说了？"

"有话直说。"

"卡拉小姐和捷玛小姐现在在我手里。或者我应该说，在我主人手里。"

一听见此事，她嗖的一声站起，先前就总觉着来者不善，现在一看果然如此。

"你们绑架了她们？"

娜迪娅本就有些不好的预感，听闻此言更是直接勃然大怒，但对方却道是平静如常，这让她更为恼火，正要出手将他隔空掐住，但对方的下一句话却让她犹豫了。

"考虑到她们的性命，你最好不要轻举妄动。"

管家说这话时面无表情，像个机器一样。

"为什么打扰我们？"

娜迪娅还是心有戒备，手心握出汗水，依然没有放下随时准备出手，把对方弄死的念头。

"我还想问问你们呢，为什么打扰我们？"

下方一阵嘈杂，老管家的缓兵之计起到了作用，几个梯子搭在树屋的边上，很快便爬上来几个拿着武器还武装到牙齿的彪形大汉。

娜迪娅翻了个白眼。

"你觉得就凭这些家伙能挡住我？"

"不，不。我觉得他们身上但凡少一块护甲，你的姐妹就要多被龙血浇到狗血淋头一次。"对方苦笑道。

龙……血？

这熟悉的词在耳畔荡漾，勾起她不好的回忆，她医治过无数被龙血浸染的生命，自己也曾因为略有接触而受了点伤，但那还只是小剂量，却让自己觉着像感染了什么重大病毒一样。总而言之，没有人比她更清楚龙血对自己和姐妹们在内的任何生物的伤害。

"你们想让我做什么？"

突如其来的变故似乎让娜迪娅毫无心理准备，语调中已经带着明显的愤怒。

"想我乖乖跟你们走，可没那么简单！"

她向着身后伸出手，长杖自动飞到她手上，随后便摆起开战的架势。

"其实也没什么大不了的。"管家还就是那个从容不迫的样。伸手从其中一个随从身上取一下背包，并解开扣子，从中取出一件方方正正、一尘不染黑色的篷衣。

"我就礼貌一些吧，请，请你对这件衣服做点法。"

"什么意思？"娜迪娅有些不解。

"我早有耳闻，你助一些百姓摆脱龙血伤害的作为，所以我们尊敬你，并不打算与你动以干戈，但是，我也知道，你曾失误过，在制造药品试着减轻龙血效应的时候差点使人变异成龙，至少导致了有人神志错乱，自相残杀，可确有此事。但我今天来，并非就此事讨伐你。相反，我希望你对这件衣服施加类似的咒语。"

"我做不做得到另说，可我为什么要帮你？"

"哦……我亲爱的小姐。"

老管家仍旧面无表情，但语气却开始带了一些威胁之意。

"你两位好姐妹的命，还在我们手上呢，就算你灭了我们，我相信你也有那个实力，但几日之后，我的主人若是没有见到答复，那后果可不堪设想……就算你能找到她们，我们的人还候在那儿，我得告诉你，为了拿下你们，我们可是冒着很大的风险采了足够的龙血，随时准备动手，现在请你告诉我，为什么你要帮我。"

娜迪娅依旧死盯着对方，但紧握的手却似乎松了一些劲。

……

"所以……"捷玛问道。

"你做了？"

"那个咒语？是的。"

但出乎娜迪娅之预料，自己肯定的答案却好像没有激起两位姐妹过激的反应，连她自己都觉得，干出这种事情，早应被骂得狗血淋头才是。

到了此刻，她语气中尽是些诚惶诚恐之色，所以说还不确定那些猜想是否确有其事，但此事绝对不会多么简单。

"我当时不知道他们要用这东西来做什么，但是现在，也许我们都知道了。"

"……"

三人再次回归于沉寂。

"骂我吧，随便骂，我知道，我辜负了你们。"娜迪娅心里颤了颤，率先打破沉默，一字一顿地道歉，"我知道，不管怎么选，也许都会伤害到你们，我没有办法。"

可依旧是沉寂。

完成咒语后，老管家脸上终于有了一丝心满意足的神色，走到一旁的桌边，将衣服重新铺在上面，一点，一点的，像是对一件名贵礼服一样叠好。

娜迪娅也猜到大概会发生什么了，无力地瘫坐在地上，她低着头，紧锁眉心，快把自己的牙给咬碎了，她暗暗忏悔，冷汗从她的额头与背后冒出来。

"非常感谢你，娜迪娅小姐，但还没结束，请你和我们走一趟。"

话音刚落，便有两个身着护甲的人冲上来，其中一人直接抓起娜迪娅，不知是她身板太轻，还是此人力气太大，她刚抬头，脖子就被紧紧锁着，然后两腿扑腾了一会儿，才意识到自己被举在半空。

"呃……咳咳咳……"

她很快便感到有一点呼吸困难，下意识张口呼吸，但其实这也难不倒她，如此的困境，只需……

还没等她想完，另一人便掏出一包龙血，趁着她张口，猛地往她嘴里灌去。

娜迪娅睁大了眼睛，随着这黑色而且咸到发慌的液体从喉咙流入身体，她意识到完蛋了，几乎是立刻，她感觉胸口一阵狂热，似乎心脏都停跳了几秒，真正的呼吸困难席卷全身。本想操纵念力挣脱束缚的手，下意识挣扎着护在自己喉咙旁，下身激烈晃动着，两腿扑腾得更猛烈了。

她还想着挣扎，没错，拼命挣扎，当然，又有什么用呢？只有让自己的痛苦持续的久了些，或许仅此而已。

在树屋下，还有些村民们围在那些管家的随从之外，不知上方发生了什么事情。七嘴八舌议论纷纷。

突然，一道黑影从树屋上闪了下来，砰的摔在地上，等人们看清楚之后才发现，这竟然是昏死的娜迪娅。这瞬间在人群中引起骚动，毕竟大家都知道此人对自己的村庄有多少恩泽。人们开始反对、声讨，甚至还有要动手的意思，但很快便被镇压下来，毕竟连她都已经落败，这些普通人又能做什么呢？

老管家不紧不慢地从梯子上爬下，方才他的神色倒是颇为恐怖，现在却满面春风。从容不迫地整理了下衣冠，随从们为他清出条道路，还有的村民想要反抗，但终究无济于事。

"按事先计划的那样。"老管家慢慢骑上马，随从们接到指示，开始行动起来。一人将刚才的衣服装进长条的箱子里，牢牢锁在马鞍上，另一人则是拎起地上的娜迪娅，让周围的同伴可以将她五花大绑。随后他像是扛米袋般将她扔到马背上，剩下的人都在保证让村民不敢轻举妄动。

"一队，带上她，回去和主人复命，二队，把这箱子带去殒仙龙那里，地图给你们了，结束之后，马上来和我们会合。越快越好！"

"老先生，那您呢？"

"我？"老管家捋了捋胡子。

"我去和最后那位小姐私下聊聊……阿祖拉小姐。"

第 11 章：刃回

　　夜已渐深，三人已数不清这是第几个晚上。每当这时，埋伏在周边的几个人类战士就会悄悄探出身子，确保安全后，展开很明确的分工，这块祭坛，再大也不过一亩地有余，但他们的行动却总是能看出带着几分忐忑。有四个人从两边各自开始重新点起祭坛周边的火把，以此来保证足够的光亮，还有三人走到中间。

　　他们之中有人负责检查锁着娜迪娅三人的机关，确保巨龙来袭时能够正常运作，来解开禁锢三人的十字架。而十字架一边还有一座兵器架，不过架子上摆放的只有卡拉的火铳、娜迪娅的长杖、捷玛的臂铠，架子上还针对每一件装备制作了对应的凹槽，像是什么特别正式的储物架一样，但还有两个空出来的凹槽，都是一模一样的剑的形状。第二人的职责就是检查这部分。

　　第三人则是个高个子，貌似还是这伙人的领队，面相有些凶恶，站直的时候是渊停岳峙之态。但他干着有些吃力不讨好的活，他要挨个走到三个囚犯面前，一边用鄙夷的眼光看着对方，一边伸出手里的面包。

　　这是老管家的要求，也是计划实施的细节所需，毕竟三人的能力还是要利用到底，但又不能给予太多的补给，每天这个时候给两块面包足矣，但鉴于三人都被禁锢的死死的，所以他这个保姆喂饭的工作还得做到位些。

卡拉总是不好跟自己计较，食物一到嘴边尽管有些不情愿，只得闭上双眼，本能地张口，快速地咀嚼、咽下，然后深吸口气，双目仍然紧闭，不多说什么。

捷玛对这群同流合污之人已是恨之入骨，这伙人虐待了自己和姐妹们也就算了，送食物也像喂狗一样。因此这个喂饭的小队长不得不用些手段，一开始，捷玛相当抗拒，一看到他伸出的手，下意识就向前伸长脖子要咬，但那人却也总不当回事，况且他也自觉不是好吓唬之辈，当她想袭击自己的手指时，抓准时机，直接将面包的一边往她喉咙里挤。

一般闹出这些动静的时候，总会听到娜迪娅非常不乐意地嘟嚷着什么，他心中总是暗暗感觉烦躁，但这也不是坏事，倒是与她可以展开交涉，娜迪娅有那么几回还总是装睡，他就直接用面包怼她脸，或者戳她的肚子，等他有些憋不住的时候，基本就要开口说话了，就趁这时把吃的塞进她嘴里。要么就是开口挑衅两句，她总会忍不住回敬些言语，这也是下手的好时机。

这也是姐妹仨为数不多可以和这伙人有所交涉的机会，但话是这么说，对方并没有权利，甚至没有兴趣去回答她们的问题，大多时候都是沉默以待，偶尔潦草应付两句罢了。

一切工作都完成之后，这伙人又快速重组，以将近开始奔跑的速度撤走，从卡拉的角度来看，可以看到他们蜗居的地方是不远处的小山之后，确实是个监视她们，以防止有人动手脚，又方便在有突发情况的时候及时撤离此地的好去处。

他们总是行动得越来越迅速，每天都逐渐着急，到了这次，统共不过花费十分钟而已，像是再慢些的话，有什么东西就要到来一样。

但这么想可能也没错，毕竟他们都算是居安思危之辈，就算讲难听点，也是些贪生怕死的人，但有时候贪生怕死反而还能活得更久。至少在现在看来确实是这样——因为确实有东西将至，行动得越快跑得越早，越容易避免杀身之祸，这个道理在此刻得到印证了，不相信吗？他们离开后将近两刻钟，远方便回荡起巨响。

"轰……"

一声闷雷滚过天空，似乎还带着无数的回响，随之而来的灾恶的气息令人不禁心底沉重，下意识的都将眉头锁紧。所有目光都不约而同地向着那个方向张望，虽说漆黑的夜空没有将其隐藏的事物展露，但耳畔已经在回响着什么东西扑腾、翻滚着且越来越靠近之音。

巨龙，来了。

听到动静，三人很快意识到将要发生的事情，却也都无能为力，小山那头却传来阵嘈杂，卡拉竖起耳朵，好像还发现有点锅碗瓢盆在碰撞。那些监守者想必等时刻也已经很久了，做了那么多的准备都是为了完成他们宏大计划的关键部分。

"队长。"十字架机关的操作员已经就位，他望向那个高个子领队，而领队则用望远镜看着远方的暗流涌动天空。

"等我口令。"他只说了这句话。

"轰隆隆……"

似乎是宙斯降下了对谁人的惩罚，让这个世界充斥着天雷滚滚，可放眼望去，隐约能感到天下苍生已风起云涌，却不见一道闪电划破夜空。

也许那并不是天神的杰作。

"是刃回龙。"

能看到那个方向的，除了高个子领队，还有十字架上的娜迪娅。

"此龙身上尽是些奇异的利刃般的晶体，虽说不比殒仙之爪牙锋利，但能一定程度上控制周围的力场，所以即使没有翅膀，也可以浮空飞行。"

娜迪娅动用了浑身的思绪，将藏在记忆包袱之中所有的有关于这巨龙的资讯全部抖了出来。

"从地理位置上来看，如果这里真的是女神降临的祭坛，那么这条龙距离我们是第二近，但是它的速度是最快的。"另一边，那领队也在向部下们解释。

"这也就意味着，那个叫阿祖拉的确实没赶上，至少有两到四头巨龙要来这里了。"

"你们还能打吗？"

娜迪娅语气中带有明显的沉重，这让捷玛有些忍不住发颤。

而另一边，随着越来越低沉却愈发重的心跳，在黑暗的滚滚风云之中，巨龙显现出了身姿。从外形上看，它似乎是一条东方龙，却又与传说中的形象有所不同，现在暂且没有办法观测出是否有密布的龙鳞，但可以确定的是它体型粗壮，皮肤通体是淡蓝色，并没有长龙角，取而代之的是身上衍生出了许多的晶体，大多全蓝绿青紫四色，但爪牙也有额外生长出的结晶，便显得像是变异的长指甲恶鬼，也许眼睛就藏在结晶之中，只是不易让人发现吧。

"放人！"

领队一声令下，操作员启动了连接十字架的开关，电流通过导线，开锁的"指令"传递到机关上，其实在制作这个装置时，光考虑着坚固和方便了，并没有解决有些许漏电的问题，加之这个时代的电气技术算不上特别发达，很多东西都还处于试验阶段。所以十字架上的三姐妹就有点遭罪。

不过他们也不在乎那么多。

"呃啊啊啊！"

突如其来的电流让三人异口同声喊了出来，疲软的身体突然受到刺激，竟恢复了些许的兴奋，同时她们能够隐约感受到手上脚上腰上以及脖子上的锁都解开来了。但她们距离地面还有一点高度，而且并没有办法操控身体，只得向前一倒，摔了个背朝天。这一下，对于三人来说着实有些吃痛，或者说，经历了如此的待遇，且老伤新伤一起算，便又是那种生不如死的疼痛感，摔在地上时，下意识地就会移动肢体或者干脆将身子蜷缩起来，但被禁锢如此之久，哪怕是仅止于毫厘的动作都会带来巨大的酸痛感。

但是她们很快就爬起身来，尽管有些狼狈，不过她们都不约而同在心里念叨着，哪怕是顶着无尽的麻木与痛，必须得站起来，哪怕只是为了活着，她们咬牙也得挺下来。

老家伙算计的还挺准，这天杀的。卡拉心想着，哪怕有那么一些不情愿或者不甘心。虽说身体还在痛着，她的大脑已经开始飞速计算。我们这个状态，只剩这么一些时间，大难临头的时候，就算是想跑也跑不远，该怎么办？

该怎么办，她心里已经有了些打算。

捷玛试着压榨出身体里剩余的所有能量，用更加强硬的姿态鞭策自己行动起来，这也导致她的动作是最快的，先是很快就支撑起身体，然后略显跟跄地走去扶起两位姐妹，一边行动还一边确认着彼此的状态，本还想向对方说"我还好"之类的话，但到了嘴边，似乎又卡在那儿，哽噎住了。娜迪娅的情况不容乐观，先前为了挣脱锁链而白白消耗了大量精气，导致她现在依然很虚弱，而卡拉恢复得更快，很快便也可以帮着搀扶娜迪娅。

三人互相依靠，只不过都没有彻底摆脱掉先前早就过度的麻木感。她们仿佛回到蹒跚学步的年纪，心里都在逼着自己支棱起来，但真正走出来的步子却都有些一瘸一拐的，好像三个喝醉的女孩相互扶持着往家的方向走。

但其实完全不是那么一回事，武器架就摆在旁边，她们需要尽快准备好。

另一边，小山后边的据点，那些看守者已经跑没影了，大难临头各自飞，保命要紧。

"这样。"卡拉向两位姐妹说，三人已经靠在武器架旁。

"我来对付这条龙，你们俩正面战斗的能力和需要恢复的时间都有一定的量，我来拖时间。"

娜迪娅看向卡拉，她正说着战术，手上也没停止动作，她非常熟练地将自己的腰带系上，以及将所有的装备检查了一遍，随后拎起大铳，才对上眼神。

两人已经很久没有这样对视过了吧。卡拉脸上还有一些伤痕，估计吃了不少苦吧，灰头土脸的，但透过这一切，能看到决绝和坚毅的双目。

"可以吗？"

捷玛也装备上了臂铠，问道。

"我是最早被抓来这里的，换言之，龙血效应在我体内已经过去了很长一段时间，所以我应该恢复的比你们快些。"

"卡拉。"娜迪娅抬起头来，眼中有了一丝光芒。

"拜托你了。"

"嗯。"

卡拉只是简短回了一声，最后一次与她们六目相对，点了点头，便转身而去。她迎着敌袭将至的方位去，为了不干扰她们的恢复，卡拉至少要和姐妹们拉出一定的距离，才能保证她们有足够的恢复时间，也许和此类生物交手，捷玛纯粹的力量和娜迪娅强大的法力会更有效果，但很明显，以现在的状态两者她们都没有。她前几步走得还是有些踉跄，一点一点、一顿一顿，接着，她强迫自己的身体行动的更快些，步伐也密集起来。

是这样没错，也许是出于对自己的安慰，卡拉在心里对着两人说。但是我是我们四个中最能拖时间的，至少再怎么样，也能多争取一些机会吧……哪怕我可能回不来了。

一点、一点的，她恢复了正常的走姿，心里也愈发坚定。随后便是快步走起，又一点、一点加速，最后便放开腿奔跑开来。她死死咬住牙关，每一秒都在提醒着自己要将疼痛抛之脑后，越到这个时候，越不能显得自己软弱。她手拉着某个部件猛地一拽，上弹。

无需多言。

云层之中，无数气流涌动，滚滚天雷击穿每一片光阴，层叠的风暴席卷每一寸苍穹，巨龙将至，众生皆苦。

卡拉很快就来到理想的站位，此时地面上也是风起云涌，她向身后看了看，头发被吹了起来，只能看到两位姐妹的身影在远方的风中摇曳，这个距离打起来应该不会波及她们了，最好是这样。

一抹淡笑伏在她的脸庞之上，尽管她知道她们看不见。她转回头来，单膝下蹲，取出腰带中的一个什么小装置摆弄了一下，并且庆幸其他人没有乱碰这些东西——不然从现在看来，他们有没有把自己送上西天无所谓，自己的战术如何实施倒有点麻烦了——完成准备之后，将装置放在地上，随即取下火铳，最后一次检查弹药，随即将眼神带着所有的注意力塞进瞄准镜里。

幸好赶上了，她在心里念叨着，巨龙即将进入自己的有效射程之内，要是再晚一些，可能就会错过最佳攻击的时间。

这把火铳经过卡拉的特殊改装，其射程已经是非常遥远，普通人扛着这把武器，稍有不慎就会重心不稳，更有甚者可以直接将自己的肩膀与手臂压到脱臼，不过在她这样的怪力少女手上，却是轻如鸿毛一般。

开火！

这道指令在自己的大脑中闪过，她扣下扳机。

砰！

第一枪打出，后坐力让她有些不太适应，但这个时候也没有时间重新检查是什么问题了，她稳住身体的结构，并将更多的精力投入瞄准上，继续开火。

又是好几发子弹撕破风暴，在空中留下痕迹，嗖嗖地呼啸着，像是索命的亡灵一样，伸出锋利的尖刺打到巨龙身上，可即便如此，迫于过大的阻力，其威力却已经是衰竭的十有八九了，卡拉也知道这一点，但这似乎不是最重要的。

巨龙感受到身上有一些轻微的瘙痒——或许是这样吧，这是她猜想的——顺着这种蚊子咬一般的感觉而来的那个方向看去注意力便集中到了卡拉身上，它虽然没有传统的翅膀，但仅凭着操控自身力场的能力，也能做到快速飞行，现在发现目的地有个虫子在给自己挠痒，它或许会暗自发笑吧。

当然，这又是卡拉猜的。

空中，刃回龙已经开始向下俯冲，以摧枯拉朽之势向卡拉的位置奔袭而来。迎接它的是更多的子弹，却大多无济于事。卡拉觉得迎面吹来更多凉风，打了一个寒战。她也不曾料到巨龙的速度会如此之快，一边继续开火迎击，另一边已经准备好随时掏出爪钩来。

随着巨龙的靠近，附近的沙尘、碎石，皆飞舞起来，龙吼打在大地之上，发出一阵令人毛骨悚然的轰鸣，卡拉不得不皱着眉头，忍受着打在身上的碎屑，将全身绷得更紧的同时继续开了几枪。

远处，捷玛与娜迪娅有一些错愕地看这一切，其实说来这也是她们第一次与巨龙正面的交手，真正到了开战时刻，还是有些做梦般的感觉。她们有些焦急，手抖得厉害，心里激动得要死，恨不得也冲上去帮忙，但是理智告诉自己千万不能这么做，至少现在还不能。

与此同时，卡拉也遇到了巨龙的反击，也许是作为子弹的回报，一些晶体如同冰雹一样从天而降，卡拉猛地吸口气，原地一个翻滚，刚才的地方多出三块利刃般的晶体，宝石般的光泽，却显得杀气重重，直接插在了石质地面上，深深嵌了进去。

她又侧身躲过一击，抬头的时候，发现巨龙已经近在眼前了，猛地掏出爪钩，向先前看好的石柱那里瞄去，立刻转移。当利爪砸在地面上并且如同雷击在地面之上，破出一个大坑时，只有一片飞尘卷到她的鞋底。

她用爪钩快速移动，看到巨龙落地，松开手并一个翻滚，迅速站起身来，与此同时另一只手上多出来一个小开关。

滴！

她按了下去，原先自己所在而现在巨龙刚刚落地的那个方寸，随着一声爆炸的巨响淹没在火光与烟尘之中，她心想就算你再聪明也想不到我这招吧，不由得暗自得意了一下精神也得以一振。但即便如此，这样的伤害估计也是远远不够的，还在持续的龙口印证了她的观点，不过这也早在意料之中。

黑色的烟还未散去，又有几片结晶体飞了出来，卡拉眼疾手快，抬手便是一枪打碎势头最猛的那一个，然后轻描淡写一侧头，躲开另外两个，接着再掏出另一个爪钩器，瞄准下一根石柱继续闪转，而巨龙也冲了出来，却不想又一次扑空，如今它多少有些恼羞成怒，如此这般便好，卡拉想着，又在石柱后躲过一波结晶体的攻击，将一枚炸弹安在石柱后方，巨龙趁这个间隙再次杀来，她向着身侧一跃而起，堪堪躲过一击，却也有些被巨龙锋利的结晶爪上的阵阵寒意震慑，或许有那么一些力不从心了吧？但卡拉马上打消这个念头，并且再次用爪钩钩向下一个地点转移。

砰！

她离开后不到半秒，巨龙又一次被脚下的炸弹炸了个狼狈不堪。看着它那茫然张望的样子，她又在心里小庆祝了一下，但仅仅是出于鼓励，她并不打算就此大意。好消息是经过了这几个回合的观察，如果这就是巨龙的能耐，那么接下来就是这样周而复始，光是打消耗战都能耗死它。没错，光是拖时间，可能还算不上特别稳妥的方案，要是能抓住机会，直接击杀一只巨龙，那就赚大了。

可虽然是这么想，她抓着爪钩器的手突然有一丝脱力，有那么两寸神经传来隐隐的痛，等她大呼不妙时，已经来不及了。

她还是忘记了自己并不在全盛状态。

该死！

突如其来的失误，让卡拉在心里咒骂起来，松了手之后，动能还没有消散，她不得不在地上打了几个滚，灰头土脸站起来时，感觉眼前的世界已是天旋地转。

"糟糕了！"

捷玛见势不对，一声惊呼脱口而出，也要冲上去帮忙，可刚跑没几步，腹里就开始有些翻江倒海。

"呃！"

她一身闷哼跪倒在地上，有种要吐出来的感觉，身体一直在向自己发出警报，但心里却仍是咽不下这口气。

此时卡拉的身手与先前完全不似一人，晚风渐弱，打到火热的时候更是有汗流浃背的感觉，先前身法如同游龙戏凤，而如今，巨龙抓着空当奔袭而来时，她只得被动地翻滚防守。所以说自己有那么一点点的恢复时间，但终究也只是风暴来临前的一点点喘息罢了。

说时迟那时快，锋利的水晶已经划过卡拉的脸庞，她只觉得没有了先前的那种从容，但面对的攻击确实预防凌厉，她依旧举起火铳，一边用尽力气去跑起来，一边开火，这一回，她还用上了不久之前才做出的拥有更强穿透力的子弹，此刻却已顾不得炸膛一类的风险，把兜里剩下的杀伤性武器全掏了出来。

巨龙则是一边"咒骂"，一边试着再次回到半空中，然后扑向卡拉，但即使没有抓钩之类的道具，她依然能够勉强躲开，像是个老鼠一样窜来窜去，于是巨龙心里一横，爪子往地上狠狠拍了下，借助着力道和水晶操控的力场将身子侧过来，试图直接靠翻滚把卡拉压住，卡拉自然也察觉到了这一动作，只能再逼着自己憋足劲儿，用尽全力向上跃起，她虽身心俱疲，论力量也不及这龙，但愈发艰难的战斗之中她的敏锐之力则是愈发强大。

巨龙也没有想到，这招扑了个空，但是在外人看来，似乎也没有什么好意外的，毕竟奈何不了卡拉，但让她全力一跃来躲开这招，也消耗了那本就不多的体力，卡拉落地的时候，腿就软了一半，差点握不住手上的武器，整个人趴在地上。

而这刹那，卡拉也发觉了新的猜想，趁着巨龙调整身形之时，又从包中取出一袋子弹，这一小包，她总是藏在腰带最边缝中的皮夹中，不仅有与之前等同的穿透力，更是染过剧毒，利用一些简易的配套工具，她将这些子弹装载上去，立马抬起枪瞄准了巨龙头上的水晶体。

砰砰砰！

连开十几枪，直到子弹打光，她并不打算就此放过巨龙暴露出来的弱点，本来也不指望能击中多少发，却没承想巨龙方才一招扑空有些恼羞成怒，正好转头过来吼叫，几发子弹直冲上脑门，碎裂了保护着的晶体，有两发嵌进巨龙的皮肤之中，有一发更是直接穿过如同目镜般的晶体，直直刺入眼睛。

卡拉这招也出乎巨龙的意料，但考虑到她那优秀的弱点观测能力来讲，却是合情合理。一击得手，她隐隐又惊又喜，但转念一想，深知此等巨型生物怕是不会被剧毒快速地杀死，便直接丢下火铳，一手取出最后一个爪钩器，一手拔出小刀，她再次瞄准龙头，对着巨龙一抓，这次可不能失手，她在心里告诉自己，手指死死扣在了爪钩器上。

此时，巨龙受了这击，毒素已经开始蔓延，它有些恍惚，但随即就开始痛苦地抽搐挣扎起来，卡拉瞄得还是很准，也抓准了正确的时机，直接扑了上去，用身体死死贴着龙的脖颈，像个斗牛士一样拼命。且稳定住身姿之后并不打算浪费时间。她举起了刀子。

而巨龙则是在半空中扑腾，时不时砸在地上翻滚两下，卡拉被晃得很晕，像是在坐什么可以在云霄遨游的飞船一样，也许还糟糕上无数倍。

"啊！"

她看准了没有结晶体保护的地方，大声一吼，将利刃刺进去，并且在伤口处用力旋转着刀锋更加剧烈的疼痛，直接传遍巨龙每寸神经，但工作还没有完成，她在剧烈的晃动中，从包里抓了个小型的炸弹，塞进被扩大的伤口里，并启动了开关。

"一路走好！"

说这句话的时候卡拉已经不知道自己到底是抱着什么心态了，她只是松开手向地面坠去，或许是方才的天旋地转，或许是出于一种了结，她闭上了双眼，任凭身体融入流动的空气里。

轰！

剧烈的爆炸，让她直接耳鸣，此刻，除了向下猛地一推的动能以及略显炽热的能量，她什么都感觉不到了。

刃回龙，想必它的灵魂也上了天堂，和那几位伙伴们重聚。

第 12 章：从澪

卡拉重重摔在地上，直接砸裂了一片石块，扬起大片沙尘。

"卡拉！"

娜迪娅与捷玛姗姗来迟，她们直接上前，不约而同跪倒在卡拉身旁，四只手都放在卡拉身上，有些轻微的晃动，并且不约而同地发抖。

"没死呢。"

虽然一时自己的意识有些恍惚，但卡拉还是感觉到了姐妹们来到身边，她轻轻咳了咳嗽，便从嗓子眼里挤出几个字，并试着挥了挥一自己已经感知不到的手，表示自己还行，至少还没伤到要了命的程度。

"辛苦你了。"

娜迪娅也是憋了大半天才开口，她心疼地看着卡拉满是血的身体和快要睁不开的疲惫的眼睛，说话时带着一股哭腔，眼眶也全红润了。

"我对不起你。"她的大脑再一次被愧疚之潮占据。

"我们是姐妹。"卡拉看着她说，没有一丝犹豫，"有什么好对不起的？"

说完，卡拉就再也没有发出一点声音。

百里之外的某一处，阿祖拉下了马，风风火火狂奔到地图上标注的巨龙栖息点。

"真该死的……见鬼了……坏事了。"

她从那片湿地中、藤隐龙没有头的尸体旁边醒来的时候，就一直在念叨这些话，还夹着一些含糊不清的辱骂之词，像个咒语一样不停在脑子里叨叨转转，搞得阿祖拉越来越烦躁。她本就不知为何头痛欲裂，且加之心里有一股发泄不出来的怒火，或许是真的将要喷涌而出的火焰。在此之后，她便是不断策马一路狂奔，半天赶了几百里地的路，如今已来到从澪龙处。可是此时看到巨龙已经离开，她更是快要忍不住要拿些什么东西来出气。

地图应该是没有错的，但巨龙就是不在这里，唯一的可能就是往祭坛方向去了，她强忍攻心怒火，一个飞身越到马背上，直接对着马屁股一拳砸下去。

"追！"

她几乎是吼出来的，却没有注意到自己的声音有了些变调，似乎已经不是正常女性声带所能发出的声音了。

从澪龙，如今存活的唯一一个还有飞行能力的巨龙，却也是相当恐怖的存在，祭坛上，三个人只休息了不到半个时辰，鉴于卡拉的伤势，她们已经不好脱身了，而当那声歇斯底里的吼叫穿破云霄，娜迪娅惊呼大事不妙。

"是从澪龙。"她发现姐妹们迷茫中略显着疑惑的眼神，向捷玛与躺在地上的卡拉解释道，"像巨龙这样的猛兽，我在当时其实并没有多大兴趣，研究的并不是很多，但是它是个例外。"

"怎么说？"

"我接触过它，但那也只是在它沉睡时期，那也是很早很早以前了。而且是出于医药调查的考虑，它的体内有很多毒素，大多有致命性。其中一些目前并不为人所知，所以很难找到医药之法，往往遇到背这种毒素所伤害的人，我也几乎没有办法。如今不得不与它正面交手，这也是我最担心的事。"

"那一会儿打起来了，你能给我提前施个护身咒什么的吗？"

捷玛并没有被就此吓退，甚至一定程度的恢复之后，语气中已经有了一些跃跃欲试的感觉，事实上，听完娜迪娅介绍这一通时她已经开始摩拳擦掌了。

"不。"

"嗯？"

娜迪娅摇了摇头。

"可以给你俩保护的咒语，但是不能让你也浪费体力。你负责在这里看好卡拉，这家伙，我来搞定就好。"

"这样啊……"捷玛本来还想一如往常去询问为什么，但如今，自己心里或许早已经有了答案。

"如果这是你的决定，那我不会反对，但是我也不保证自己不会出手。"

她有些顽皮地笑了笑。

"嗯嗯。"

娜迪娅点了点头。

"这个……我会尽量远离你们的。"

她说完，拎起长杖靠近两人，一手扶着杖，一手结印，青蓝色的能量伴以白色的花纹在她纤细的指尖流转、交织、凝结，娜迪娅抬起手来，轻轻对着手心一吹，两片雪花状的薄印如羽毛般轻盈飘落在捷玛与卡拉身上。

"保护好你自己。"捷玛心底飘荡出一股安全和温暖的感觉，她却无暇顾及这些，而是继续看着娜迪娅，用依依不舍的语气千叮咛万嘱咐道。

"我知道。"

娜迪娅暗自叹了口气，答应了一声，眼神继续抬到天外，表情也变得肃重，一想到如今的状况她终有些过意不去，但如今大敌又临，弥补的机会就在眼前，此等大事，她必将不再犹豫与妥协。

但尽管她不断给自己的决心添砖加瓦，但似乎有些不祥之感仍然在她大脑深处发出回响。

她凌空而起，驾驭着周身的气流向巨龙来袭的方向飞去，有一些湿润却还是闷热无比的空气卷起她的头发和短袍，她方才发觉已经好久没有体验过这样的感觉了，同时也在心里也打定了主意，既然卡拉都能在极限状况之下击杀一只巨龙，那么自己再怎么样也能够换得个同归于尽吧？

连她自己都不知道为什么会有这样的想法。

来到云层之上看着，远处阴森正盛，山雨欲来之情景并没有丝毫消散，那一片天地似乎也透不过丝毫月光，从澪龙就在那里，并且正快速向这个方向来。

那就是战速决吧！

娜迪娅再一次开始做法，将魔力注入长杖之上，杖尖所镶嵌的三颗蓝宝石如同夜空之中点亮的明灯一般闪烁，一道光从中孕育而出直击更高的天空，一瞬间整个苍穹光芒万丈，亮如白昼。

来袭的巨龙也早早看到此方的风起云涌，一个身着黑色短袍的女子在云中呼风唤雨，随即调转矛头杀了过去。

而眼见对方凌厉之势将至，娜迪娅大手一挥，从掌心窜出无数的寒冰利箭向巨龙射去，这些攻击自然不能伤巨龙分毫，娜迪娅也明白这个道理，但能勾引巨龙的注意力，运气好的话拖慢一下对方的速度。她并不知道巨龙是否有人一样的思维，但如果确有此事，那这些扮猪吃老虎的诱导攻击似乎能起到不少作用。

此时，人与龙之间的距离已经不过几百米地，也是时候真正出手了，娜迪娅停止了洒水一般打出的寒冰箭，双手都握在仍然蓄力的长杖上，嘴里念什么词却听不见声音，接着她用力转动手腕，杖尖以蓝色能量在天空之中画了一个漂亮的圆弧，又像挥砍一样将长杖用力往下一劈，那道射向天空的能量便也随之在她上方张开法阵，一道巨型的蓝色光柱从中喷涌而出，向着巨龙所在的方向冲了过去。

中！

正如设想的那样，巨大的能量柱结结实实地招呼在巨龙身上，使其连身影都被蓝色光芒所彻底吞没。

但是并没有就这么完了！

一道绿色的闪光从蓝色光柱之中离出来，娜迪娅连忙反应过来，并且抽身躲闪，而这一下也导致巨龙有了脱身的空当。它趁着施法者被干扰，从一侧离开攻击范围，随后又向上方抬高了一些高度，接着开始在娜迪娅上方不断盘旋并且伴以持续的攻击。

娜迪娅深知对方甩来的这些能量或者孢子一类的球体其中有巨量的毒素，只得将更多的精力投入对气流的操控之中，她时刻盯着巨龙的位置，并且一边躲闪，一边在空当里予以反击，一些绿色的物体和闪光在她身边，其中还有好一些几乎是擦身而过。她几乎投入了所有精气神，眼观六路耳听八方。不过这样耗下去不是办法，毕竟巨龙可以被打中无数次，但自己被打中一次就危险了。她用眼角的余光看到不远处的层叠云，便向那里飞去。

从澪龙就在后方紧跟着，一人一龙先后一头扎进云层之中，而娜迪娅再次布下天罗地网，她借助云层的掩护提前占领更高空域，并且再次挥动长杖施咒，等巨龙的声音从正下方传来时，一张蓝黑相间的能量网已经布置完毕。

去！

她以杖为号向着攻击的方向一指，大网直接向下盖去，等巨龙反应过来的时候，头顶已经是黑压压的一片往自己这袭来了，它猝不及防，被逮了个正着，巨大的网格笼罩在龙身上，它几乎瞬间失去平衡以及行动能力，随着网的合笼整个身体被压缩起来，并且开始向下坠落。

"这下看你往哪跑！"

娜迪娅说，尽管对方听不懂自己的语言，也无伤大雅。她立刻抓住机会施咒，用同样的方式再画了一个圆，接着向下狠狠刺去，以自己的身体引流，带动巨大的能量向下猛冲。如同神罚降世般，她伴随着另一道光柱狠狠砸在龙身上，巨大的风声掩盖了她和巨龙的怒吼，并且向下急速降落时还带有阵阵火光，可以隐隐约约地看到巨龙的皮肤这两次能量柱的冲击下愈发脆弱，这么一来直接被烧穿了大半。而从远方的陆地上看，若有陨星落入尘世间，将带来生灵涂炭的毁灭冲击之气样。

但尽管娜迪娅在这一击上输出了自己拥有的全部的功力，随着时间的推移以及衰减，想要达到理想的攻击效果还是差了太多。

距离地面将近几里时，她很明确地感到了能量的衰竭，那张收拢起来的能量网已经出现了破洞，并且随时准备崩裂开来。

糟糕了！

那一丝被娜通娅深深藏着的不祥之感还是应验了。

几条冷汗爬下她的额头，她开始感到愈发惊恐，也愈发感到力不从心，恐惧感逐渐爬上她的身体并且逐渐渗透到骨髓里。

那一瞬间，娜迪娅眼前的整个世界仿佛都静止了，一切都停在这一秒，一切都静止在这一秒。

只有一样东西在动，那便是她眼里巨龙逐渐上扬，露出鬼魅笑容的嘴角。

轰！

巨龙瞬间发力，直接撑破了能量网以及衰弱的光柱，巨大的力量让娜迪娅毫无办法，直接被强大的冲击波震飞开来，也冲散了她施加在自己身上的保护咒。

"啊啊啊！"

她感觉体内的脏器都被扯了个稀碎，但这还没完，刚才巨龙挣脱时向外释放了一些毒素，其中便有一些落在她的身上，她意识突然模糊了一下，好像大脑突然宕机了般。

"完了！"

地面上听到动静的捷玛抬头看去，就发现娜迪娅从深空向下快速移动着，定睛一瞧发现她正在急速坠落，丝毫没有停下来的意思，但目测的坠落地点又似乎遥不可及，而且卡拉还在原地没人保护，她急得直跺脚，已经把自己站立的那块地方踩成了碎石地。

而娜迪娅，似乎潜意识里已经察觉到自己正在坠落，求生的本能开始发挥起自己的作用，她引动全身心的意志力试图展开反攻，重新夺取身体的主导权，而巨龙也开始了反攻，并且似乎是打算以其人之道还治其人之身，向上快速拉高了一段，接着瞄准了正在坠落的娜迪娅，用更快的速度直直向下，并且露出沾满剧毒的獠牙。

还有一千米。

娜迪娅已经拼了老命试图从这种沉睡的状态苏醒过来。

八百米。

快啊！快啊！

五百米。

手指开始微微动了动，眼皮也跳了起来，但在或真实或梦幻的隐约之中，獠牙已经近在咫尺。

三百米！

"呵！"

娜迪娅猛吸一口气睁开双眼，却也几乎在同时迎接了剧烈的疼痛感。

一百米！

她双手飞速在手心转动，并且用能量拉开一根标枪。

落地！

砰！

尘土飞扬，硝烟弥漫。

"娜迪娅！"

捷玛一怔，随后撕心裂肺吼着，再也耐不住性子，迈开腿冲过去。卡拉也撑起身来，不敢相信自己眼前发生的一切。

"娜迪娅！"

跑着跑着，捷玛来到了坠落地点附近，却也被夜色中的漫天烟尘所迷糊，左顾右盼，不知所向，只得大喊几声，却也因为大喘气吸进了些烟尘，不一会就开始咳嗽，只能一边用衣角捂着口鼻，一边继续寻找，却依然一无所获。

真是该死的安静。

但好在没过多久，另一阵咳嗽声吸引了捷玛的注意力，虽说微弱无比，但听到这个声音她好像是发现了什么天大的好事一样激动，忙朝着那个方向走去，随着感觉中若隐若现的前方的人影，捷玛越来越感到充满希望。

"娜迪娅！"

"什么？你找到她了？"

对方语气一出，捷玛大失所望。

"卡拉？你跑这来干吗？快去休息休息！"

在眼前的烟尘之中走来的是，刚才一瘸一拐跟在自己身后的卡拉，她眼睛都还有些睁不开的样子，这会儿估计还没缓过来，大抵是拼了命撑到这的。

"我怎么可能安心去休息？"卡拉反问道，两人没有再说什么，就算说了，估计也无济于事，她们继续四下张望，一丝晚风姗姗来迟，终于吹散了这烟雾。

"那里！"

捷玛指着一个方向，卡拉顺着她的手指慢慢转过头去，两眼突然放出了一些光芒。

是娜迪娅，坐在一个什么庞然大物身边，虽然喘着粗气，还流着点血，但好歹不是奄奄一息的状态，她正轻微移动手指来治疗自的伤口，并且试图把体内的毒素逼出去。

而两人靠近之后呆了：刚才那把蓝色的能量标枪仍然立在娜迪娅身旁几丈，准确说来，现在已经是黑褐色了，上面留满了龙血。

巨龙直接被插成一串，想必娜迪娅刚才是借住着落地的动能将标枪狠狠插在地上，而且硬生生扛下了这一次冲击，并且快速闪避，翻滚到旁边，她虽然受了伤，但身板还算轻盈，加上体质的强度不至于直接摔死，但是巨龙就没有那么幸运了，方才张大了嘴，想要吞食猎物或者用嘴里的毒素，配合落地的冲击将其击杀，却不承想面前直接竖起一根尖锐的能量标枪，从喉咙插了进去，并且直接在靠近尾巴根部的地方开了一个孔刺出来。

不知道为什么，哪怕那并非人类，而且是要来害自己的对手，看着巨龙的死相，卡拉与捷玛胃里翻江倒海，一阵一阵的恶心，但她们还是强忍着这种不适的感觉，回到娜迪娅身边。

"无论如何。"捷玛一字一顿轻轻说道。娜迪娅虽然只顾着处理伤口，但也注意到了姐妹们，且也在听着，等着乖乖接受这种粗心大意最后不得不极限反杀打法的谴责。

"干得漂亮。"

第 13 章：驰雷

"这样一来的话，就只剩下最后一条龙了吧？"

前方的探子把信息带到营地里，老管家说着，又习惯性捋了捋胡子，摆出一副胸有成竹的神情。

"那这么说来的话。我们已经差不多完成很大一部分的任务了？"

"是的，少爷。"老管家有些毕恭毕敬地说道，"而且这三个魔女有两个已经是大势已去，就算没受致命伤，也走不动路了，剩下那一个将要遭遇的是驰雷龙，在所有巨龙中，虽然距离和祭坛最近，但没有任何飞行能力，而且在我看来，那估计是八条龙里最为暴戾的，即使是在沉睡时期，那种鼻息之声都如同振雷一般响，方圆十里无人居住。"

那贵族的主人从狼皮椅上站起来，有按捺不住的兴奋之感，听闻这个好消息，更是差点手舞足蹈起来。

"但是少爷，原谅我这么说。虽然在目前看来，一切都朝着我们预想的方向顺利进行，但请不要高兴得太早。"老管家话锋一转，一盆凉水泼了出来。

"不到最后一刻，我们永远不知道会发生什么，更何况是面对末日。"

此话一出，那位被称作少爷的男子在众目睽睽之下露出了一些尴尬的神情，又暂时压住了心里的一丝丝愉悦，或者说是愉悦感被打压下去之后，冒出来的一丝丝恼火。

"想必你也知道。"老管家并没有停嘴的意思，"我们得实事求是，理性客观地去分析现在的情况，不管以前其他版本的传说如何，世上真的有巨龙，而且龙血会伤害人们，又出现了这四个拥有奇特能力的魔女，这些都是事实，尽管我们一定程度上逆转了将要到来的事情，但最关键的那一部分还没有结束，所以还请耐心等待。"

听着老人家的滔滔不绝，他什么也没再说，有些闷闷不乐地坐回原位，跷起一个二郎腿，顿了一下，张开手臂，晃了晃脑袋。

事已至此他好像也没什么能做的了。

"那就等下一个探子的消息吧！"

天空已经因为连续的异变而布满诡异，祭坛已经因为连续的战斗变得破碎支离。哪怕仍有火把照明，周边的世界依然阴沉无比，三姐妹围坐在原先禁锢她们的十字架下，靠在那里休息着。卡拉与娜迪娅都负了伤，如今都是只能闭目养神的状态。捷玛只觉得好生尴尬，而且大脑被焦虑的感觉灼烧着，却又不好打扰姐妹们，好一阵子坐立不安后，只得到处乱走，但眼睛还一直没法从卡拉她们身上挪开哪怕一秒。

她感到一股前所未有的暴躁感正在滋生着，自己却找不到理由来打压它。这种情况下，也许急需什么东西来分散注意力，不然可能一些石头什么的就要遭殃了。

而且她们并不知道接下来什么会率先到来，到底是巨龙、人类还是阿祖拉，但从现状看来似乎哪一个都不是特别好的事情，捷玛方才还主张把两人转移去别的地方，却又碍于两人的伤势没法说出口，好不容易憋出个字又硬塞了回去。

我可真是够优柔寡断，她对着自己骂道，又开始了胡思乱想，要不干脆我直接丢下他们两个保自己的命再说？不！

捷玛，你在想什么呢？真是够混蛋的！

她甩了甩脑袋，用力掐着自己的脸，不只是出于惩罚自己刚才可怕的想法还是保持清醒。

而一旁的卡拉注意到了这一切，若有所思地想了一会儿，便在心里打定主意。她对坐在自己对面的娜迪娅做了做手势，对方很快心领神会，了解到了她的意思。

"捷玛。"

"怎么啦？怎么啦？"

听到卡拉叫自己，在旁边乱走的捷玛忙快步跑了过来，俯下身子，一副担惊受怕的模样，还以为是卡拉身体哪里出现了问题。

"你快走吧！"

卡拉想了半天却想不出什么委婉的词汇，开口直说道。

"接下来不知道还会发生什么，如果我们还能保存一下战斗力，就不至于都交代在这里，现在我和娜迪娅就算能走也是你的累赘，所以，你快去吧，去找到救援，如果还有人愿意帮助我们的话！"

捷玛愣在原地，不太敢相信自己所听到的话，卡拉似乎察觉出了她面露难色，说话时尽量去委婉了。

"这……"捷玛脑子里乱麻一团，她有决定权，可面对这样的决定时她却有些犹豫了，她悄悄侧过头去不敢直视卡拉和娜迪亚的眼睛。

"娜儿……也是这么想的吗？"

一时的语塞过后，她堪堪问出此话，又立马后悔了。

"是的。"

娜迪娅几乎是立马就回答了她的问题，快到似乎是在抢答一样，怕捷玛不相信，还用真挚的眼神看着她，并且点了点头。

"如果将要到来的真的是毁灭，但我们之中能有人活下来，我希望那是可能性最大的你。"

捷玛呆住了。

可是也许是命运并不打算给他太多思考的时间，在远处，有一些"咚咚咚"的响声，一开始只是若隐若现，但随即越来越强烈。

一般不会有动物能够发出这种响声，除非那是巨龙的脚步。

"不要思想斗争了，快做决定吧。毕竟也是保存我们的力量，我们不会怪你的。"卡拉说完，咬着牙站了起来，在肺里憋着一口气，却挤出笑容来。

"我们在这里能够争取时间，运气好的话，还能和阿祖拉接应上，那样的话，我们还能来找你。"

她继续向捷玛说谎，可这些话到了对方耳朵里，立马就被戳穿了。

"如果你离开了他们的计划就没法完成了。"

但是代价是你们俩的性命啊！

捷玛红润了整张脸，在内心深处大喊着反驳，既在反驳卡拉这有些自弃意味的话语，也在反悔着自己刚才流露出的那些想法。

"还是那句话。"

她说道，用着不容反驳的语气。

"我们是姐妹。"

此话说完，捷玛与姐妹们对视良久，又背过身去，活动了一下筋骨。

原本从远方传来的沉重的声音，此时已经变成一道道闷雷，似是往大地之母身上的一计又一计重拳，向远处的森林看去，在紫色闪光之中，群鸟飞、林木倒、地动山摇。巨龙所到之处皆是摧枯拉朽。

"你确定要这么做吗？"

娜迪娅试探性地再问了问。

而捷玛刚要大步流星地前去迎战，听到这话，在原地站了两秒，缓缓转过头来，有些生硬的笑回应道：

"我不想再犯类似的错，不想让自己付出的代价，是身边爱的人了。就让我去吧。"

她也没有再多说什么，而是同样朝着巨龙来袭的方向跑去。

卡拉与娜迪娅拿起武器想要跟上，却发现自己早就完全跑不动，但即便如此她们也不打算停下来。

捷玛意识到姐妹们的动作，便加快了速度，她放眼望去，前方一片漆黑的夜中似乎有一道在路上驰行的雷电，所过之处寸草不生那种，那就是自己的对手，有些热血沸腾了呢，捷玛心想着。

仔细看去，那似乎是一只穿着导电装甲的霸王龙，面相凶恶，头上还有一根镰刀一样延伸出来的长角，身上的背脊仿佛都是刺出来的利骨，有无数电流在上边滋滋作响，发出诡异的紫光，巨龙发出的吼声也如同暴雷一般震慑万苍，似乎九重天及十八层炼狱的牛鬼蛇神都要为之颤抖。

可捷玛只是向着它的方向跑着。

她跑着，又加快了速度，周围的景象很快就在眼前闪过，就像以前闪过的人生。

她跑着，好像是最后一次放开腿奔跑，向着祭坛的边缘，向着祭坛之外，向着那道地上滚过的紫色狂雷。

她跑着，距离越来越近了，身后的两个姐妹已经追不上自己，而她们却又好像出现在自己眼前，与之同行的还有阿祖拉，以及那个熟悉的男孩。

"给我力量吧。"

靠近巨龙的时候，她在心里默念着，大脑中充斥着转化而来的力量。也许心爱之人的离去不是我的过错，但我却在最重要的时候不在他身边。她对着自己说。所以这一次，我绝对不会离开！

随着血液与神经而流动，最后转移到挥出的拳头上。

拼了！

巨龙已经来到面前，巨大的压迫感下估计光是呼吸都变得非常艰难，捷玛却不为所动，只见她助跑之后一跃而起，发出铿锵有力的战吼，并且将凝聚了无数力量的拳头照着巨龙的面门挥了过去。

轰！

两股强大的力量对撞在一起，冲击波直接掀起一方土地，捷玛经过了一段时间的休息，力量已经恢复了十有八九，这一拳也是势大力沉，直接打在巨龙额头上那个镰刀一般的奇形怪状的尖角，像是子弹打穿玻璃一样，在噼里啪啦的声音以及满天乱飞的碎片之中轻描淡写的将其击碎，甚至还有更多的力量招呼到面门上，直接让巨龙站不稳，向后退了好几步才停下来。

"就这点能耐吗？"

捷玛轻盈地落了地，又放声嘲讽道："就你这样的，在我这儿就活该被当做早饭一样轻松搞定！"

巨龙还因为刚才巨大的拳力以及轻易折断的角吃了一惊，这会估计还没缓过劲来，甩了甩头不知自己面向何方，但看清楚把自己打蒙了的竟是个人类女孩后，它估摸着多少也该有些恼羞成怒，听到对方放声嘲讽，且不论是否能明白人类语言，不做些什么。自然会感觉下不来台面。

它此刻还没从疼痛之中回过神，于是在口中凝聚电能，并且释放了出去，却被她眼疾手快及时躲过。

捷玛却深知趁它病要它命这种乘胜追击的道理，跳起来又准备再来一拳，但这一次明显没有估摸好距离，巨龙看到对方的来袭，却也同时发现了破绽，转过身行起尾巴就是凌空一扫，等捷玛见势不对的时候已经收不住力道了，又是轰隆一声响，她直接在半空中被打了出去。

砰！

陨石撞击一样的，附近的小山直接被砸成个坑，碎石横飞。捷玛从中爬起身来，却不见特别吃力，反而扯了下裙子，捋了捋有些凌乱的头发。

这才像话嘛。

巨龙又冲了过来，在她的视角，它的表情里是怒吼着要将她撕成碎片然后吞进肚里当夜宵之样，这一次捷玛转攻为守，摆好了战斗的架势却没有主动出击，而巨龙上来就是一脚，伴随着紫色的万丈落雷，又将地面砸了个大坑。

却没有打中捷玛，这刺激的动作反而让她更加兴奋了。

刚才那一脚她一个翻滚就躲了过去，顺势挥起臂铠照着另一腿砸过去，引得巨龙满脸的凶相中又掺上了些痛苦哀嚎之色。想象下，如果有只虫子，不仅力大无穷，还在你身上身下窜来窜去又不停地顶你，也许你就能理解此刻巨龙的感受了。

捷玛一击得手，趁自己还处于正下方，又向上一跃，挥拳干在巨龙的腹部，其力道之大，差点把巨龙当场掀翻，但还是拉开了一定的距离。

在她看来自己的这套多少能使得巨龙喘不过气来，不知道是自己幸运对付上的是最弱的巨龙，还是其实真的没有那么艰难。

但实际上，在巨龙看来，虫子毕竟是虫子，引发一阵子的疼痛就差不多得了。

接下来，认真起来，才是重头戏呢。

巨龙旋转着身体，企图再次横起尾巴发动凌厉的攻势，紫电疾风从捷玛的耳边呼啸而过，却依然是差毫厘——如此大的转身动作之下，怎么能不被看穿破绽？

但是这就完了吗？怎么可能会那么简单。同样的招式第二次就不管用了，但第二次要是出的不是同样的招式呢？

果然巨龙没有停下，并没有因为倾注大部分力量的扫尾扑空而放弃攻击，而是趁着她刚躲避沉重的一击，还没回过神来的时候，用惊人的速度顺势转回来，张开巨口，并且向着旋转的切线方向一个大跨步，几乎是贴着地面，直冲着刚缓过来的捷玛，等她反应过来的时候，锋利的牙齿已经快要贴上自己了，此时避无可避的捷玛下意识小跳，却刚好被巨龙的嘴巴接起来。

"呼！"她用整个身体来支撑着巨龙企图收拢的巨口。

"你口气可真臭！"

虽然是这么说，但是巨大的咬合力逐渐让她有些体力不支，一开始还能俏皮地调侃两句，但逐渐，她呼吸沉重起来。

一般鳄鱼的咬合力可以达到两千磅，甚至是他们体重的几倍之多，而巨龙则更加如此，成吨的体重，保守估计，这咬合力也有可能破了十万磅。

汗液从捷玛额头滴了下来，她的脸色与先前大有不同，她很快就在脑海中评估起放掉自己的支撑力随后快速闪身逃出这一可能，但光是那下轻微的松懈，就差点导致她整个人被吞掉了，所以她立马否决了这一选项。

也许我再撑一会儿，它就会卸力了吧？她这么想着但明显还是对局势有一些误判。

巨龙也并没有打算放过这个硬茬，而是开始凝聚起全身的电能，将它们悉数传导到头部与牙齿附近，捷玛已经没法伸直手臂来支撑，而且已经出了一身冷汗。当看到各种紫色的闪光在龙牙逐渐凝聚，她愣了两秒。

"该死。"

滋啦啦……滋啦啦啦……

"啊啊啊！"

一瞬间，数万伏特的电流输出到她苦苦支撑的身体上，她几乎是立刻就感觉到力量的流失、身体的断线，两腿开始颤抖起来，逐渐缩成了内八，手也逐渐支撑不住，软了下来。

"啊啊啊啊！"

巨大的电光，以及她凄惨的叫声传遍长空，不远处，卡拉与娜迪娅听闻此声、见得此光时，心里大呼糟糕，却又没法加快赶来支援速度——要是再快一点，她们的伤口可能又要开裂了。

而捷玛，已经单膝跪地，双手再也无力支撑，只能用脊背来硬顶着，可她深知，再过那么一小会儿就算还没有被电焦，她也快要被巨龙咬烂了。

"快啊！"

卡拉已经开了枪，娜迪娅顾不上即将再次受伤的风险，施起咒语并打出能量球，但这些攻击都只是给功率全开的巨龙挠挠痒。卡拉又想用爪钩将捷玛给拉出来，但在模糊的视野之中，瞄准了一会才发现，她已经快要放弃抵抗，蜷缩起来了。

"可能这个时候，要说再见了吧？"

在意识变得更虚弱之前，捷玛脱口而出这句话，却不知是否真的说了出来还是在心里念叨了一会而已。

"不！"

娜迪娅似乎感应到了对方的想法，开口惊呼，也让还在企图救人的卡拉彻底放弃了硬拉的办法，只能继续加以火力，两人都憋红了脸，泪花横飞。

捷玛开始后悔了，先是后悔那一刻的大意，然后是后悔没能再看看姐妹们。记忆里有太多的事情了，那些事似乎在脑海中，她的人生已经开始走马灯闪过。

"那就这样结束吧！"

她松开了手，此刻已经是做好必死的打算了。

不过就算是死，老娘也要拉你一起！

不知道是什么还支撑着她，愤怒？意志？抑或只是求生的本能？

她握紧了拳头，顺着巨龙的喉咙向下探，一拳，两拳，黑暗之中她根本不知道自己是否打中了，只能一直盲目的四下攻击，每出一拳，她都感觉自己的心跳慢了一分，但她貌似并不在乎。

另一边，卡拉绝望地看着她被巨龙整个吞掉，自己也无力瘫在地上，而巨龙的动静却昭示着事情并没有那么简单——它痛苦地上下翻滚，甚至还能看到有什么东西在它体内锤来锤去。

"她还没放弃吗？"娜迪娅没有办法看透捷玛的想法，只能给自己一个可以作为宽慰的答案。

只不过巨龙很快就打碎了她还有那么一丝丝希望的幻想，整个龙身开始再次凝聚紫色的电能，并且不同以往的是，似乎连内脏都在由内而外透出强大的光，连巨龙身体内搞破坏的捷玛都发现不对劲。

"它是要自爆吗？"

娜迪娅意识到情况不对，立马展开行动，将法杖插在地上并伸手出去结下吸收法阵。

"我要把它自爆的能量给吸掉。"

娜迪娅扯着嗓子喊。

"你撑不住的！"

卡拉只是更加着急。

"你说的没错，但我能撑一会儿。"

巨大的光芒将天空再次照得通透，两人的头发都随着狂风呼啸向着身后飞起来，她们却也因此看到彼此决绝的眼神。

"了结它！"

卡拉下定决心向上冲去。

痛苦与意志交织，决意打压着死亡的恐惧，她们三人异口同声地吼出声来。

可不等三人打出最后殊死一搏的攻势，一阵刀光就已在巨龙的脖子上闪过。

第 14 章：重别

轰！

巨龙在自爆之前就已经被斩杀，但过剩的能量还是没有收回去，而是即将要爆发出来，本来应该在爆炸中心，也就是巨龙腹中的捷玛，突然发觉眼睛被什么东西照亮了，不同于巨龙由内而外的紫光，这一丝亮光，似乎藏着一些熟悉的蓝色，随之而来的是外边已经被照亮到八九不离十的黑夜。

一只穿着黑色手套的手拉住了她，随后，一股力量将他拉了出来，并没有停止发力，将她向远处狠狠甩开。

这熟悉的感觉她知道，她太清楚不过了，在那一刻，这人的出现，真的就像天使一样给予自己活着的希望。

而那个人不是冲上来的卡拉，卡拉被甩过来的捷玛撞了个正着，两人都摔了个四仰八叉，却刚好缓冲了捷玛本来会因为撞到地面受到的伤害。

另一边，娜迪娅也急忙解除了咒语，要是再晚一些自己可能就要被暴走的能量彻底撕碎了。

巨龙直接在原地炸裂开来，当场殒命，卡拉忙拼上吃奶的劲翻了个身，把捷玛护在自己薄弱的怀中，并且立刻向后撤去，娜迪娅也冲上来，在爆炸的能量波及她们三人时，及时伸手张开护盾，同时横起法杖指向捷玛，蓝黑色的能量，从她的手臂中如同汗液般流出，顺着手臂一点一点爬到法杖的另一端，随后通通钻进捷玛身体之中。

卡拉看着这一过程，爆炸的冲击在他的耳中似乎没有了任何声音，娜迪娅虽然挡下了冲击波，但仍然没有停止能量的输送，她似乎能听到娜迪娅愈发沉重的心跳以及不断流出的冷汗，等冲击消散，她转过头，发现捷玛将要消散的瞳孔也逐渐凝聚了回来。

娜迪娅正在分享自己的生命。

没有片刻的犹豫，卡拉将捷玛安安稳稳放在地上，并且轻轻走近法杖。

"这个怎么能让你自己来？"

她说着，并尽量抽干了自己话语中所表达的任何可以退让的可能性，娜迪娅似乎明白了她的意思，却没有回答什么，只是轻轻点了点头，幅度小到根本没有人看得出来。

卡拉也将手放在法杖上，任由自己的生命能量传输出去，她也开始感觉到心脏快要跳出自己的胸口，整个下肢还是支撑不住身体的重量了，却还是咬着牙。

两人就这么默不作声，但对方的呻吟自己都听得清清楚楚。直到捷玛的手指以及眼皮子动了动。

"呼！"

见对方恢复了生命体征，两人才发现自己与彼此都还喘着粗气，当生命能量的传导一停，身体直接不约而同软了下来，她们双双扑倒在地上，表情跟刚生了个孩子一样痛苦不堪。捷玛缓缓坐起身来，不敢相信自己居然还活着，但是看到身旁两人的神态，发生了什么对她而言不言而喻。

三人交换了一下眼神，都不约而同微微笑起来，却不知到底在笑些什么。

轰隆隆……

方才巨龙爆炸的地方再次传来巨大的声响，也让三人不约而同向那个方向看去，脸上的笑容都好像凝固了一样。

巨龙已经炸成了满天飞舞的血块，黑色的龙血直接构成了那一片地方的雨，那个熟悉的身影，正身着黑衣，拿着一把双头刀，背对着她们，并且半跪在地上，不知道在做些什么。

可她没有把兜帽给带上，也许是在刚才被冲击波给掀开了吧？那个发型，三人认识，清清楚楚地认识。

一个名字同时出现在她们三人的脑海海之中，更巧的是，她们同时脱口而出。

"阿祖拉！"

"计划进行到最后一步了。"老管家闭上眼睛，"生死由命吧。"

他已经紧张的坐立不安起来，巨龙皆亡，四位魔女将重新聚集，如今只能寄希望于他留下来的后手了……

"希望我是对的。"

"阿祖拉！"

三人都是满心欣喜，见到久别重逢的最后一位姐妹回归，伤痕累累的身体似乎不再是阻碍她们行动的因素。

没错，千真万确，来者确实是阿祖拉不假。在关键时候出手斩杀巨龙，并且拉出半只脚已经踏进天堂的捷玛的人，也是她。

三人互相搀扶着，勉勉强强一起站起来，见阿祖拉没有动作，便一点一点向前移动。

"我好想你啊！"

捷玛率先开口，难掩自己的激动之情。

"你还在那儿干吗呢？是我们啊！"

卡拉接着呼喊道，没想到周围平静下来，最近的几个火把重新成为唯一的光源时，还有点距离，她还以为阿祖拉听不见。

"嘿嘿……啊……啊啊啊！"

突然之间的一声惊呼吓到了卡拉和捷玛，她们俩被猛地一拽，直接停了下来，被娜迪娅死死按在身后。

娜迪娅本想跟着一起打打招呼的，可没承想前一句话还没出来，硬生生被自己所看到的一切给按回到气管里去了。

因为就在刚才，她看清了阿祖拉的那件衣服，不知道从哪个瞬间开始的，恐惧感重新爬上她脆弱的脊柱，阴冷的风又吹了起来。

"怎么回事？"

卡拉也感受到了不详的气息，小心翼翼地问道。

"那件衣服……就是那个老混蛋逼迫我用咒篡改龙血效应的……他们竟然让阿祖拉穿上了！"

三个人在瞬间就意识到了问题的严重性，只是愣了片刻，便又开始迈开大步来。

"阿祖拉！快把那衣服脱下来！"

娜迪娅大声喊道，用尽了剩下的气力，想要冲上前。

而在这个时候，阿祖拉终于转过身来。

她，似乎不是阿祖拉了。

自相残杀？或许已经开始了。

阿祖拉的眼神，凶残，狂躁，充满了杀气，流渗出猩红之色，刚才把捷玛拉出来时她还有那么一丝的理智，但在最后的巨龙陨落时那又一次漫天飞舞的龙血或许彻底改变了她，将她压抑的恶魔放了出来。

最后那场龙血的雨，压死骆驼的最后一根稻草，龙血效应最后的质变，造就如今阿祖拉的样子。

现在被影响之后性情大变的阿祖拉只想再次浴血，她呻吟，她扭曲，她一点点站起，像个机器人一样，生硬的，一点一点转过身来，像一个行尸走肉一样，像看着什么猎物一样，笑里带着渗人之色。

她察觉到了三人的存在，

"我真是不该下那个咒语……"

娜迪娅已经被阿祖拉吓到了，现在的她满是懊恼。

"只有灵魂才能消灭灵魂……如果说巨龙都已经死了，那么能伤害到我们彼此的，只有我们自己……"

她喃喃自语起来。

"如果我们四个真的是那个灭世女神的分体，也许只需要改变其一，就可以像他们所说那样阻止她降临……"

不管预言是不是真的，我们都被将死了。

她开始回想起自己知道的信息，但在另外两人看来她只是在胡言乱语着。

"我不在乎什么预言。但也许你不这么做，我们四个今天就没法在这里见面了。"

捷玛摆好了再战斗的架势，木已成舟，再说什么也没有用。

"只不过现在我们需要把她给打醒。"

"是啊，只能这样了吧。"卡拉也重新拿起武器，"我们没必要背负别人强加给我们的命运。"

卡拉、捷玛、娜迪娅纷纷做好战斗准备，尽管她们三人的身体都已经破碎不堪，虽然以她们的体质伤口自愈的很快，不出几个时辰，就能重新活蹦乱跳那种。但面对如此紧凑到背靠背的战斗，那只能在尽最大努力保证她们不死之外起到点微不足道的帮助罢了。

　　她们知道，或许应该说是她们自始至终相信着，与和巨龙交手不一样，面对变成这样的阿祖拉，打嘴炮估计也派不上多大的用场了。只需要把她打醒来，尽量控制住力道就好。

　　除非……

　　不。娜迪娅把心里蹦出的这点想法摁了回去。不会发展成那样的。

　　阿祖拉狞笑一声，随即展开了自己凌厉的攻击，她起手就是拉弓射去，不知为何，三根结晶的魔法能量箭变成了她眼睛中同样猩红的颜色。

　　三道猩红色的闪电劈向三人所在之处，她们不约而同闪身躲开。

　　"这不是阿祖拉的双剑啊！"

　　捷玛喊道。

　　"那是他们传说中的女神所用的武器。"娜迪娅回复道。

　　"这可真让人安心。"

　　捷玛轻声自言自语，随后振作起来，抖一抖手臂，又握紧拳头。

　　卡拉准备好后立马瞄准，至于要攻击什么部位，她自己心里有数。

　　几发子弹呼啸而来，阿祖拉却毫不慌张，使武器从容一斩，仿佛将空气切开一个大口，丁零作响后，切烂的子弹都落了地。

　　但是卡拉没有停止进攻，娜迪娅也开始结印施咒，阿祖拉知道她们的意图，一个箭步冲上来，正要提刀刺向娜迪娅，却被同样冲过来的捷玛一肘子直接顶飞，她从地上滑过，将刀插在地里来减速，还磨出了许多火花，捷玛又是上来就一拳，阿祖拉侧身躲过，随后，双手提刀将第二拳别了出去，紧接着就对捷玛一个正蹬，却踢在她及时下放的臂铠上，但这力道也足够拉开段距离，阿祖拉转身为自己下刀积攒距离，准备回身一斩，却不承想一刀砍在了娜迪娅在捷玛身上施加的护身咒符上。

阿祖拉想要拔刀，耳边突然传来飞索的声音，紧接着卡拉从她的左侧窜了出来，飞起一脚踹在阿祖拉颈部，捷玛也冲上来就是一拳，轰的一声，结结实实的夯在阿祖拉腹部，还打出了音爆。阿祖拉吃痛后退，用尽全力来在接下这击后站稳身姿，但娜迪娅没有给这个机会，她早起直接飞至半空，将法杖转动，黑色的能量阵即刻成型，没等阿祖拉站稳就打出光柱。

能量席卷而来，阿祖拉横刀欲防，却忽略了藏在光束阴影之下的另外两人。

卡拉拎起枪托，捷玛握起拳头，同时从两边进攻，阿祖拉眼角余光瞥到事情不对，也倒是反应过来了，却没有更多的时间调整身姿防御，只能压低重心，但依然被打了个趔趄，拼了尽回手一刀反击，两人却早已闪身躲开。且落空之后，阿祖拉就再也没有防守光束的能力了。

轰！

巨大的光束直接糊在她的脸上，随后将她整个身体都吞了进去。

娜迪娅控制着能量输出，终究还是没有打算把全部的功率都拿来伤害阿祖拉，但如此一来，貌似也给她了些机会，被光芒吞没的身影，此刻又再次浮现了出来，旁边看着的卡拉和捷玛双双瞪大眼睛不敢相信。

娜迪娅意识到事情有些超出预期，正想着加大功率，谁知反应过来的时候？阿祖拉的利刃已经伸到脸前了，好在她惊觉过来，取消了法术并侧身及时避开，但也撞了下阿祖拉的胳膊肘，险些从天上摔下来。

而阿祖拉落地，虽说正面交战不占优势，却也毫发无损。

娜迪娅整张脸上写满了不安，现在虽有人数和战术的优势，但其实却是三个负伤者苦苦支撑着罢了，如果一直这样下去，只怕不出半刻钟，局势就彻底反转过来。如此看来，现在必须转变战术，不能够先制服她再施咒解除那件衣服的龙血效应了。必须得转变下进攻思路，另外两人也看得出她的眼神中隐隐有一丝不安和痛楚，那既如此何不拼上那么一把。

捷玛又冲了上去，卡拉照例火力掩护，这回她们并不打算再下意识地去照顾对方。

阿祖拉挥刀起手，且刀速奇快，捷玛开始还自认有些力量优势，却也不得不堪堪防下这击。在磨出大量火花后，她左手的臂铠多出深浅不一的条条刀口，好在卡拉的子弹及时支援，让阿祖拉防守来创造空当，眨眼之间捷玛重拳已经来到眼皮子底下，往她的下巴狠狠一砸，阿祖拉被打得发了性子，一团火在胸口炸开，抬手一张，竟硬生生接下拳，但却因为疼痛，脸变得煞白了那么两秒，捷玛倒也不恋战，趁着阿祖拉没把自己擒住，闪身走开让出身位，卡拉借着爪钩飞上来又是一腿冲着阿祖拉的胸踹来，随后借着动能快速退开。接着娜迪娅从天而降，法杖的一头往地上狠狠一触，带起巨大的力场，四人的身影在刹那间就如定住了般动也不动，随即都被震飞开来，但除了阿祖拉之外的三人都早有准备，反倒是阿祖拉自己被震了这么一下，武器都脱手而出。

这下你总得清醒点了吧？

卡拉眼疾手快，稳住了自己就赶忙跑去将阿祖拉的武器抢到自己手上，娜迪娅与捷玛冲了上来，捷玛直接飞扑，没等阿祖拉挣扎就紧紧锁住她的四肢，却发现自己居然处在力量的下风，有些慌乱之下，卡拉把阿祖拉的武器向远处扔去，也掉头回来，并且从口袋中摸出小锁链，阿祖拉刚想挣脱，却又被绑上了手脚，卡拉两人死死按着她。

"回来吧！"

娜迪娅立刻施法，企图消除这件圣衣所带来的龙血效应，法术并不需要特别长的准备时间，并且她早早就开始蓄力了，这一下，定叫阿祖拉回来！

可谁知，几发弩箭和子弹打在了娜迪娅的身上。

"啊啊啊！"

突如其来的疼痛，直接打断娜迪娅的动作，也打断了卡拉将浮出的微笑。

"这帮混蛋！留在这埋伏的还不只是看守我们那些人！"

捷玛惊呼，两人在那一刻都慌了神，全然没有留意到还在企图挣扎的阿祖拉，她直接撑破了锁链，一声怒吼响彻云霄，三腿两拳干在卡拉和捷玛身上，使得她们连连后退，回头，那帮间接"救"下自己的人类小队已经只剩远远的几个背影。

卡拉与捷玛扶起娜迪娅来，幸好在施法时有一定的能量立场保护，这些子弹和弩箭没有直接造成致命伤，但有些还是打穿了娜迪亚的小腹和肢体，娜迪娅反应很快，立马给自己施咒疗伤。

趁着娜迪娅施法治愈的空子，捷玛提防着阿祖拉，但对方貌似也没有太多其他的动作。三人就这样跟阿祖拉对峙着。

"阿祖拉！"

娜迪娅没有放下戒备的眼神，呼唤着自己的姐妹。

"看清楚！是我们！别干傻事！"

和阿祖拉跪坐在原地，似乎还真有那么一丝清醒了，她眼睛里隐隐约约少了那么几分的猩红之色。

但这还没完呢。

越是担心什么，什么事情就越有可能发生，娜迪娅其实并不是很相信这句话，直到亲眼看到阿祖拉掏出口袋之中的那瓶药剂。

"坏了！快拦住她！"

听到这句话，卡拉眼疾手快第一个冲了出去，另外两人紧随其后。

龙血效应被自己的咒语放大到如此程度，还没有让阿祖拉彻底被侵蚀掉，对于娜迪娅而言，已经是不幸中的万幸了，但如今，阿祖拉手上的那瓶药剂，她认得清清楚楚，那根本不是什么缓解龙血效应的药物，反而是自己在为人们调制药品时的失败品，只能适得其反，阿祖拉手上的那瓶，也许就是在自己被俘虏时，在屋子里被翻出来的，被那个老混蛋一起交给阿祖拉了，一定是这样的。

可如今，近在眼前，却又似乎远在天边，哪怕又一次拼尽全力去奔跑，三人都没能拦下阿祖拉将药送进自己的嘴里。

完了！

这正是娜迪娅最不想看到发生的事情。这样的距离，想要马上赶到是绝无可能的，虽然她们主意打得倒算挺快，可终究还是无能为力，而此时，天地间又仿佛开始地动山摇，阿祖拉被药物侵蚀，这就已经不是所谓压死骆驼的最后一根稻草了，而是能将骆驼的尸身彻底摧毁的压力此刻都来到了她的身上。

地面的晃动也似乎是她所为，三人觉得不好着力，没等用力将身板稳住，就觉得有股山海之力抢在她们之前，使她们跑不稳、站不定，像喝醉了，接二连三趴倒在地才稳住身子。

不过根本不会给她们缓冲的时间，更惊悚的一幕就紧接着发生。

似乎是有些骨头或者石头摩擦的声音，三人的神色已是愈发惊恐，止不住的冒冷汗，抬头看去，仿佛眼前一黑——若真是如此，或许还算好的了，但实际上她们大脑中迅速闪过眼睛传来的信息：从阿祖拉的背上，一双骨翼正在长出。

不仅如此，龙血，满地的龙血，此刻就像都活来一样极其不安的躁动着，沸腾了会儿，便又好像听到了什么指挥，向着阿祖拉的方向流去，阿祖拉的神色之中好像有了那么一丝惊恐，却又无能为力，龙血从她的小腿向上爬去，在她的身上流淌、凝结，不出一会儿的工夫阿祖拉已经面目全非，身上那件加强了龙血效应的圣衣现在已无任何作用，被深深地撑破开来，露出的却不是她的皮肤，而是龙皮与鳞片组成的腹部。黑血覆盖掉她扭曲变形的面庞，并重新充满她惊恐的眼睛——也许在最后一刻，阿祖拉拥有了自己的意识和最后看一眼世界的机会，但她能感受到的只有恐惧和痛苦。

当龙血效应最大化，加之点点辅佐，便可以将人活生生变成巨龙，或者说，从现在看来，会在人的基础上套上层巨龙的壳，新生巨龙的意识将原主的心灵给吞噬，然后再慢慢把原来的身体给转化成养分。这是娜迪娅的理论。她穷尽全心全意去弥补自己差点犯的过错，避免这样的事情发生，如今却眼睁睁看着自己的姐妹活生生变异。

她恨不得立马捅死自己。

卡拉本想上前阻止，却又发现在变异面前，自己也无能为力。

况且现在的阿祖拉已经有了龙的身形。

第 15 章：相残

又一位探子将情报传递了回来。

他透过望远镜看到一切便动身，骑的是最快的马，走的是最短的捷径，从祭坛到作战大本营，在这些条件下不到两刻钟就能到达。

"变了！变了！"

他上气不接下气，直接从马背上一个大跨摔下来，毫不顾及身上的土，冲进营地之中。

"变了？"老管家还有点不敢相信自己的耳朵。

"刚才真的好险，幸好我们还有人埋伏在附近，他们真的太英勇了！打断了黑衣魔女施咒的关键动作，让那个叫阿祖拉的挣脱开来，然后阿祖拉喝下了你留下的药，现在已经变异成巨龙了！"

老管家瘫坐在座位上，满心欢喜庆贺自己那精确的算计仍然不减当年。

"我说什么来着！"

他得意地放话，周围的人面面相觑了两秒。才意识到发生什么事了，逐渐流露出喜悦之色。

"条条大路通罗马！只要我们自己规划执行的到位了，不管发生什么，都能够达到自己想要的！"

那些贵族们已经是手舞足蹈，开始提前庆祝起来。

"成功了！"

“是啊！可以说我们成功了，接下来不管怎么样，不管谁赢，四个魔女死定了！毁灭的女神不会降临了！”

“我们拯救世界了！”

中了头奖一样，众人互相拥抱，欢呼雀跃着，本来像个军事基地一般的大营地，将这消息一传十十传百后，顿时上下欢腾起来，成了个大型派对现场，男女老少都感觉如释重负。

“好了好了！”那贵族公子终于开始主持大局。

“非常感谢大家给予的资助和出力！我们制定了很周全、很棒的计划，虽然我们知道这个结果一定会导向魔女互相灭亡拯救世界。但我们还有一点收尾工作要做呢！撤离这片地方，省得她们自相残杀波及我们，剩下的这场战斗无论输赢，都不影响最后的大结局，哪怕是赢了的那一边，我们也准备了特别小队去收拾干净。等过段时间我们再派人回来给魔女收尸就好了！至于报酬，一分都不会少你们的！”

“好耶！”

燃烧成灰烬的生命，只剩下苍茫的心灵——烬苍龙，第八条龙，睁开了它猩红的眼睛，用穿透天际的龙啸，向天下宣布自己已屹立于大地之上。

这只巨龙通体血红，由于从不同其他的巨龙身上凝结出来的血身，体形更是前所未有的庞大，两只尖角长的吓人，双翼仿佛张开就能遮蔽日月星辰之光辉岁月，在翅膀最高处，便是那烧到焦黑般的尖角，每一片龙鳞都是修长且锋利，四腿的爪更是骇人的尖锐，还有那獠牙一般的甲壳，破碎的圣衣还有那么一小块缠在巨龙的脖子上，那可能是阿祖拉最后留下的一点特征。

当血肉之躯铸造完毕，阿祖拉的精神已经被彻底地赶了出去，在这扭曲畸变的身体之中，又是谁的意识在占据着一切？

无人知晓，无从得知。

这回也许真完蛋了。

"怎么办？"

卡拉有些惊魂未定，思绪搅成一团乱麻完全没有主意。

"这都是我的错。"

娜迪娅自言自语道，另外两人看着她，神色中尽是一言难尽的复杂。

"我来了结这一切吧，也是时候了。"

"你在说什么呢？"

"软弱，捷玛，我的软弱。"娜迪娅转头看着她。

"不要再自责了。"

说完，娜迪娅升至半空中，缓缓闭上了双眼，并且缓缓张开双臂，她的法杖脱离了她的手，旋转着，最后定在她的身前。

"你在干吗呢？"

"反龙血咒。"娜迪娅说，"试试，总比坐以待毙好。"

她没有再多言，轻轻动起双手，引领周身沸腾的能量，卡拉拿出包里所有的爆炸物，分了一点给捷玛，两人一个劲地往巨龙那里丢，也不在乎到底是催泪气体还是烟雾弹了，有什么用什么。

巨龙也知道这两人是在拖延时间，也不打算和她们恋战，没有多余的狂怒之态，直愣愣冲着还在蓄力的娜迪娅冲杀而去，捷玛看着巨龙的脚步一步一步逼近，很快就来到自己面前，率先一个箭步迎上前去，举起拳头就要砸，可还没有得手，巨龙就轻描淡写的横起一爪子，砰的把她拍飞老远。

　　卡拉见势不妙，使起自己擅长的爪钩转移，在原地留下几颗烟雾弹，可刚落地一滚，转身回头，却傻了眼：烟雾确实使其停下了步伐，却又很快地散开来，等轮廓再次出现在自己眼中时，才发现巨龙张开了血红的双翼，直接将烟雾撒到一边去。

　　但这点时间也足够了，娜迪娅向前一指，法杖的尖指向巨龙的方向，爆发出的蓝黑交织的能量也于此刻达到巅峰。

　　"哈！"

　　她一掌推出，赌上全身全心的一击即发，巨龙也知来者不善，张口结蓄起龙炎，反应过来的卡拉和捷玛也在此刻冲上来，试图干扰它的攻击，可伤势毕竟摆在那里，越是剧烈的运动，在关键时刻可能越容易掉链子，就像这个时候一样，她们还是没有赶上。

　　龙炎发射而出时，娜迪娅来势汹汹的攻击已没有隔太远了，两股能量几乎是立刻就撞在一起。

　　轰！

　　巨大的爆炸即刻发生，直接卷起祭坛的石块，光是余波就吹灭了不少的火把，卡、捷两个人拼了命才抓住点什么东西来稳住身子，眼睛却还直直朝着爆炸发生的地方死死盯着。

　　今夜不知第多少次散尽的硝烟过后，不可思议的一幕出现在两人眼前。

　　娜迪娅！她好像是悬在半空中一样，但仔细再看两眼，能够发现她的法杖已经深深刺入巨龙的腹部，还有一丝丝稀疏的能量正逐渐注入巨龙体内。

　　可两人很快就发现，娜迪娅的神色也很不对劲，她们本也没多顾虑什么，往前跑了几步，突然就呆住了，卡拉惊恐得说不出话，捷玛更是吓得直接捂住嘴，眼角已经有止不住的泪花。

娜迪娅确实击穿了巨龙的皮，代价是一根龙爪直直刺穿她的心脏。

更加绝望的是，巨龙只缓了一会儿，就重新动起来，它闷哼着拔出刺进去的法杖，随手就丢在地上，接着看着爪子上的娜迪娅——她的瞳孔已经在缓缓消散，失去了光泽与色彩——像是还没有解气再报复一下一样，拇指的尖爪从下而上，从娜迪娅下身直直刺入。

娜迪娅本就没了大半条命，这一次直接使她身子向上猛地一挺，嘴巴张得很大，却没有任何呼喊，她还想要召唤法杖的手也松了下来，随着低下的头，无力地垂着。

"不！"

剩下的两个人狂暴起来，不要命地举起武器向巨龙攻击，巨龙将死去的娜迪娅用力往远处一甩，任她的遗体飞到远处不知道哪里去，接着继续喷出龙炎。

捷玛也不管躲避不及什么的了，怒吼一声，照着火球一拳就抡上了去，可这下无疑也是引火烧身，炙热的火焰直接爬满她的全身，卡拉也听到她的惨叫不绝于耳，心里的怒火仿佛被犹豫浇灭了些，随后燃烧得更加猛烈。

可是卡拉实在顾不得太多，只得先调头过来，从腰带中取出简易的干冰弹，全照着捷玛甩过去。而随着干冰弹落地触发，原本藏在弹中的固体直接被机关气化，很快白雾便笼罩了捷玛，她身上的火苗也在逐渐弱化。

"糟糕了。"

意识到这片刻的分心可能造成的结果，卡拉暗下想着，果然，这个时候巨龙抓住机会企图上前加害。卡拉深知自己没法抵挡如此强大的冲击，哪怕巨龙的速度肉眼可见地变慢，她身形一歪躲了过去，巨龙则是扎进白雾之中。

"没完呢！"

白雾之中，还藏着个捷玛，随着巨龙冲来雾气消散去，她出手快如电，且是无比精准，"咚"地砸中巨龙的脖颈，就在刚才它伤口附近几公分的地方。哪怕此龙是阿祖拉所变，她对这个家伙也开始感到恨之入骨了。见捷玛动手，卡拉也继续加入战斗，飞身赶来，一发爆破弹甩在巨龙的背上，落地后抽出武器便射，子弹迎着巨龙的面部以及肢体薄弱处打过去，也还算有些收效，却也并不能造成什么巨大的伤害。随后，巨龙便开始反攻，打出几发龙炎弹，卡拉眼疾手快便躲了过去，却不想那几发似乎没有真正在瞄准自己，眼角余光测去，周身似乎被火焰包围，无处可去。

捷玛见卡拉的位置并不太妙，基本是走投无路的状态，心底就打定了主意，反正自己本来就应该死掉了，说不定这回还真能尽量保个卡拉。

"阿祖拉！"

她扯起嗓子喊到，倒是成功吸引了巨龙的注意力，却不知是因为嗓门够大还是为何，巨龙毫不犹豫，竟然直接追来，一旁的卡拉心里寒凉，虽然某种意义上摆脱了临头大难，但对于形式的转变，她一时却又好像无计可施。

捷玛掉头就跑，朝着剩下几个火把亮光的方向跑去，虽然自己速度也不慢，但终究比不过巨龙，不到片刻，距离就越来越短，几乎是要被反超的节奏，她自己也深知这点，但她自然不可能死心，猛地刹住脚步，回身一跃，瞬间就飞出几丈开外，直直砸了过去，巨龙自然也不傻，以龙炎相迎，捷玛面对这招上回都没有躲过，这次更是开弓没有回头箭，至少自己这回没有先前那么优柔寡断了。

把命给赌上，至少能救下你的灵魂！

轰！

卡拉心里已经凉透了，终究还是不成，她顾不得知热的熔岩和身上沾染的火焰抽身冲出，却只能绝望地看着捷玛被火球吞没。

卡拉，姐妹无能，只能帮你到这了，走吧，趁着夜色，走吧。

捷玛闭上双眼，可这回却平静异常，她这回选择用身体感受着那骇人的温度，随即双眼猛地一睁，此时却只有光彩，她确实是蛮力的好手，但如今却不打算以力量取胜。

她轻轻地凝聚周围的火焰，灼烧的发梢与手指带引流火，向着自己的前方缓缓推去。

随后，她带着炙热的火球，结结实实打在巨龙身上。

"捷玛！"

暴风卷动炙热的浪花，甚至扑灭了正在赶来的卡拉身上残留的火种。

可这下却苦了卡拉，留到最后的人有时是最不幸的，她眼睁睁看着巨龙被打了个重伤，却一点也庆幸不起来，火焰消散之后，捷玛已经坠落在地上，再也没有了动静。

卡拉没有借这机会溜之大吉，相反，她无法阻止自己向捷玛的方向去，捷玛似乎也看到了她的身影在逐渐模糊的视线中越来越靠近，却没有力气再开口喝止她了。

被重创的巨龙喘着粗气，咬着牙抓起本就奄奄一息的捷玛，卡拉发了疯似的开火，却无济于事。

龙炎再次爬上捷玛的身体，胸中最后的一口气发出来，竟都变成了惨叫。

她的生命随着火焰而烧灼殆尽，只留下残破的身体，被巨龙像丢垃圾一样朝着远处扔去——似乎娜迪娅也是朝着那个方向扔的。

"不！"

卡拉彻底疯了，都给我见鬼去吧！她把能摸到一切能用来杀死龙的装备都甩了出来，毫不顾虑地吼叫着，像个彻底失心疯的怨妇一样。

炸弹接二连三地在巨龙身上炸开花来，接二连三地扩大巨龙身上本就不小的伤势，成效显著，但终究已经没有多少数量，不一会卡拉就弹尽粮绝。

不过她并没有打算就这么停手，能甩出去的杀伤性武器丢完了，子弹也打了个精光，于是拔出背后的小刀，借着钩索扑上去。

巨龙还没从有些迅猛的火力之中缓过来，天旋地转了一阵，差点站不稳倒在地上后，才突然发现有个发了疯的女孩在自己背上伤口附近的地方用小刀扎来扎去，它嘶吼着，愤怒地向后一伸爪，将卡拉活生生拽了下来，卡拉吃痛跌在地上，却还打算起身继续攻击。

可此时此刻她已经是强弩之末了。

巨龙用上已经不多的力量，趁着卡拉来不及起身，狠狠一爪拍了下来。

"呃啊！"

卡拉硬生生吃下一击，由不得自己的哀嚎，她的胸腹部受到了最大的冲击，其次是下半身，巨大冲击之下没被直接砸扁，已经幸运了，但她就算扛下了这回，四肢都感觉痛到麻木。

但这剧烈的动作也影响了巨龙，扩大的伤口使更多的血喷涌而出。可它并不打算就这么放过卡拉。

砰！

这回可不是用龙爪来拍了，而是巨龙把右爪直接攥成个拳头，又往卡拉身上砸了下。

"啊啊啊！"

卡拉这次的哀嚎更加响彻天际，她被捶进了石地之中，并且感觉全身窍洞都在涌血，祭坛都因为受不住巨大的力量开始开裂。

砰！

第三拳，让卡拉彻底放弃了任何反击的念头，满眼只有自己模糊的血肉。

第四拳下去，力道已经大大弱化了，过度的失血使巨龙也开始意识模糊。

啪！

第五下已经不能算拳头了，只是龙爪拍在卡拉陷进去的那一块地里，甚至都没有力气再抬起来。

卡拉四仰八叉地倒在那里，被龙爪死死压着，她被打到几乎没法感觉到身体，滴落的龙血所造成的伤害，甚至比不上自己已经拥有的痛苦。

"咳咳……"

她强撑着自己，缓缓抬起手臂，搭在巨龙的爪上。

"呃呃呃……求求你醒……醒醒吧……祖拉。"

话刚说完，一口血从卡拉的嘴中涌出，却好像也让巨龙冷静了一些，轻轻抬起爪子，看着身下已经破衣烂衫、半死不活的卡拉，眼神中没有了愤怒，甚至还有一丝空洞，或者是熟悉的迷茫，可随后取而代之的就是痛苦。

伤势已经不允许巨龙活动了，它向后退了几步，踉踉跄跄趴在地上，终究还是支撑不住了，先前就已经是危在旦夕，到现在更加无可挽回。

随着龙眼之中的光芒暗淡下来，龙血凝聚成的身体开始分崩离析，那些沾满血的、猩红且锋利的骨爪，也逐渐消散。

卡拉缓缓地转过头来，只能看到石坑上巨龙支撑不住的龙翼塌了下来，她很清楚，清楚这该死的现实。最后一只巨龙的陨落，将会带走自己最后一位姐妹的生命。=

阿祖拉的生命。

刚才还能举起的手，现在已经无力地伸在地上，卡拉感受到自己正在消散的生命，却不由自主笑了出来。

我们的旅途，到这里就结束了。

"这样也好。"卡拉在心里暗暗叹道，"我们还可以在天上重见。"

不知为何，她总觉得此时心头有一丝温暖，此刻她们要是还在身边，自己定会一吐为快。可如今，她心里从来没有这么平静过。

闭眼时分，祭坛的远处没有再笼罩于夜色之中，先前就像她们的一生一样一次又一次轰轰烈烈地被照亮的天空，终于迎来真正长久的旭日。

第 16 章：新生

……

没人知道在那之后度过了多久，定是已经年累月了吧，又是阵阵微风，新的麦浪开始摇曳起来。这次却没有孩子们坐在谷堆旁，增大水灵的双眼，期盼下个老人的故事了。

但那老人还是坐在那里，一个人坐在那里，就像以前讲故事那样。手里不断转着什么球玉，眼睛盯着某个方向，一直没有移开来。他知道了千里之外的消息，那场闹剧后的噩耗。

"老头子！"身后是年轻人的声音，"你又冲着祭坛那边发愣了？"

老者闭上双眼，似乎对打断自己沉思的人憋了一肚子气。

"你不会还在纠结那事儿吧？都过去多久了？"

那不识相的小伙子凑上来。

"你不懂……"

"你不会真的还以为，你那不实事求是的故事版本还会发生？拜托了！客观一点理性一点吧！我们都避免预言的末日了，你也是时候该从童话里走出来了吧！"

"你有什么理由说我这只是童话？你怎么知道你们所说的就是真的权威？你怎么知道你们口中的魔女和巨龙，是否在千年万年前保下了你的祖先？不，没有人知道，但如果她们真是你们口中的威胁，那早就开始杀人放火了！"

老人终于开口，他明显是着急了，可说这话时，却像个"幼稚"的臭小孩，在铁证如山面前无力辩解着什么。

"拯救世界啊！老头子！多么高尚的理由，你居然还在问我们为什么战斗？"

"不不不不……"老者用沙哑的嗓音低吼。

"我们也只是做应该做的……"听到老人的态度越来越不对劲，那小伙子也有些失了底气。

"那我问你：别算我们去给人家放血这回事，巨龙有主动害我们吗？"

"这……"

"预言预言，整天都说这个，你知道这预言是哪来的吗？"

"还有。"他完全不给这小伙子打断自己的机会。

"你们口中的魔女，干过什么杀人越货的事吗？"

"你这怎么光强词夺理……都说了为了世人安宁……少数服从多数，没听说过这句话吗？"

"我们只是找了个方便借口去擦干净满手的血罢了，我们向来如此，又何必说得那么高尚？"

此问一出，再也没有回答。

"就是这四个？"

破碎的祭坛上，一队人正在做最后的清理工作。天色阴沉，只有略微一丝日光，来到此地，放眼不见任何人间熙攘。

"是的，就是这四个。"

少年回答自己的队友，但眼睛却没有从自己看到的事物中脱离开来。

上次自己见到阿祖拉还是好几个月前的酒馆之中，如果硬要和现在做个对比的话，她那时还算得上生龙活虎了。

我都说了，你可能会死的，蠢货。他在心里暗暗说道。当时老管家早上找他帮忙时他就总觉得有点不对劲，好像也看到可能会发生今天这样类似的事了吧——但这些都是马后炮了。

"就是普普通通的四个女孩子嘛，搞不懂怎么被形容得……像四个女鬼一样。不过我觉得嘛，话说回来，她们的身材还怪好的。"

那队友倒有些天不怕地不怕，一边说着些奇怪的话，一边伸脚朝着尸体轻轻踹了踹，又退后两步，好像生怕她们活过来一样。

"你可别小看这些女孩子。"

"这倒是。"队友点了点头，"毕竟是能毁灭世界的主。"

"唉。"

那少年长叹一声，轻微摇了摇头。

不久之前，他们才来到这里，打算看看最后一战之后这里是个什么状况，毫无疑问，现在的结果是策划这一切的贵族们，最希望看到的、最完美的发展，如此一来确实不费一兵一卒就借刀杀龙，还将这四个"魔女"一起连带着干掉。

在他们几人面前，四姐妹的尸身就摆在那，死状各异，但却很意外的，她们的遗体都没有腐烂掉。捷玛与娜迪娅还是在有些距离开外的祭坛边缘入口处发现的，卡拉则是相当好找，直接躺倒在石坑里，而阿祖拉，几乎是一丝不挂倒在龙血之中，八成是巨龙身体分崩离析之后人体还没有被完全侵蚀掉，当然，娜迪娅殊死时分的那一击似乎也有了成效，却也只保得阿祖拉一个全尸而已。此刻龙血也都干了，像是有谁往地上倒了好几桶黑色染料一样，剩下的都是一些巨龙的骨骼，但是大多都横七竖八，四处分布。

她们的武器也都摆在那里，也都是从这破碎不堪的战场各个角落捡回来的。

"这些东西要怎么用？"

"上头的人说了，可以就在这放着吧。"

他看着横七竖八散落在地的装备，除了满是血迹的阿卡捷娅之刃还算得上完好无损，其它的都已经彻底坏掉了——捷玛那一双重的离谱的臂铠上面全是刮痕和破洞，他们甚至不打算从她的尸体上扒下来。卡拉的火铳则是彻底坏掉了，还积满了灰尘，本就复杂的机关更加无法研究透彻，几乎没有任何参考价值。娜迪娅那一根法杖倒还完整留了下来，但那又有什么用呢？现在就是一根没有法力的棒子而已。

"反正几乎都没有什么用了，而且又重得要死，还怕有人偷来打劫不成？"

"那这么说来，倒也确实如此。"

"至于这四个，就留在这喂野兽吧。"

"嗯？"

"不然你觉得呢？把首级割下来，带回去领赏？拜托，我们又不是古代人，那样终究还是太残忍了点吧。"

"残忍？"

"不然？"

"呃呃……是有点。"听到这个字眼他还犹豫了下，刹那间不知所指之人究竟是谁。

"收拾的差不多咱就走吧。"队友拍了拍他，向远处的其他人招招手，"你还在看啥呢？她们四个确实长得挺漂亮，但是我们也不缺美女啊。"

他半开玩笑的凑上来，轻轻地补了一句。

"你不会对她们还有那种想法吧？"

"不。"少年回答，"这样的场面我不曾见过……抱歉，我只是有点发呆了。"

他回了一句，对方拍了拍自己的肩膀，脸上还挂着一些不怀好意的笑，便转身离去，而他自己则又看了两眼，多少感到有些五味杂陈，他看了看别人，似乎都没有注意到自己，于是轻轻上前，鬼鬼祟祟地蹲了下来，抓起已经像冰一样寒冷的阿祖拉的手，轻轻放在一旁同样冰冷的娜迪娅手上，又把她的另一只手放在另一边的卡拉手上，对娜迪娅和捷玛也是如此。他叹了口气，站起身来，随后缓缓转身离去。

这地方还是隐隐约约的使人感觉不想多留，如果想象一下这附近还有些魔女的或者魔龙的亡魂在飘荡，好像这种感觉现在看来更加浓郁了一些，这可不是什么吉祥征兆。

片刻之后。

更多的日光终于洒了下来，却没法照亮这一方死寂的地，方才深藏的微风如今也放心吹拂出来。

只是可惜，可叹，可悲。曾有人满腔热血滚烫，如今却一身冰凉；曾有人相信星河，如今却感受不到这略微温暖的日光。

她们已经很久没有牵彼此的手了，久到无人记得。如今也无人能说她们是否还能感受到彼此。似乎除了那些设计这一切的人们，没有人能想到她们会以这种方式获得久违的平静，当然了，也包括她们自己。

她们想必是重逢了吧？

光芒抚摸着四人死灰的皮肤，好像上天终于看到这可怜的女儿们般，可这次不同于以往，似乎皮肤上终于有了层若隐若现的光泽。

那似乎不是幻觉。

天之彼方传来鸟鸣，临近了，一点，一点。但那却不是乌鸦，也非秃鹫，更不是什么魑魅魍魉之物，就是小小的鸟儿，白一点黄一点成群结队而来。它们带来的也不是什么乌云，就是轻轻的风，它们的存在与这死寂之地完全不搭边。

随后是蝴蝶，它们是在这死寂之地之中最不可能出现的生物之一，不知从哪而来，这也是如花团锦簇般纷拥而至。

接着，被击碎成无数碎石的祭坛竟长出些许花草，且不顾虑石块的阻挡，野蛮生长着，生长着，似乎周围有些许萤火燃烧了片刻，散发令人神往的金光。

花草之中生出了些许藤蔓，同样快速生长着，如同排练好一般轻轻托起了四个女孩，并固定着她们牵着的手。

更多的光赶走云层，向这片花草地肆意放出温暖光芒。

自然好像终于想起来这片地方，似是卷去红尘谎，似是念万物无恙，似是借着天光伴众生轻唱。

无数的蝴蝶与翠鸟也来助她们，借着风力一点点地向更高处托起，向着太阳的方向托起……她们的身体似乎被逐渐照亮，先是恢复了往日的神采光泽，随后愈来愈闪耀……

直到她们四人与所沐浴的金色光芒彻底融为一体。

预言终究是发生了，也终究是错了。

光芒之中，她睁开了眼睛。

风在吹拂着，草在轻舞着，迎接她时隔无数个风花雪月后的归来。

白色的羽翼张开，她又看到了这个世界的样子，还是和以前一样，却又好像大有不同。

她轻轻落到地上，自己的长刃竟然就在眼前，立在一片绿色海洋之中。

她开始回忆着什么。

她携着七只巨龙落入这个世界，为那时的人们战斗，惨烈的战斗，它们奔赴各地，有的为存活与自然融为一体，有的为保护村庄被烧尽皮肤，后来，巨龙沉睡了，奋战许久的自己也力竭了。

她还记得那天晚上，自己独自来到这个祭坛——那时还是人们为了纪念自己下凡而修建的，也如今日这般有鸟语花香的氛围——在最后一刻，将自己的灵魂一分为四。

她们，将会继承自己的勇气、法术、力量以及创造力。

她们，也许会活得很好吧，她曾这么想。

可如今，自己的心中已经拥有了四份灵魂，四段记忆，她却没法给自己一个肯定的答案。

她最后还记得，她的，不，她们的名字。

阿卡捷娅。

An ancient war, a bloodthirsty Valkyrie.

The exhaustion of her victory transformed her into four equal parts of her soul.

And the spirit of the witch.

Dark yellow desire, light red paradox, dark hypocrisy of the heart.

The Daughter of the Broken sword sets foot on the road, and the ancient seven dragons are completely awakened.

The swords break, the dragon and the witch return to the altar.

The four equal parts of the soul are reborn when they are interwoven.

She was reborn with death and a sky full of black crows.

That day is not long gone.

To prove it, only an equivalent soul can defeat a soul.

Preface: Past events

"Let me tell you a story."

A gentle breeze blew, and the wheat was clustered nearby. The children sat neatly next to the grain, their eyes wide open, as they did when the old people told stories, intentionally or not, every time. Although sometimes I don't know what the story is really about.

"It's a story about a goddess." The old storyteller stroked his long beard, looked engaged, and seemed to have entered the state. He seemed to enjoy the story, as if he were about to meet an old friend. When he was young, the wheat waves must have been so melodious, and must have seen the original scene.

"Grandpa, I never met the goddess, but when I was young, I loved to hear her stories. Now, many years ago, a war broke out in our world..."

What the old man told was actually a story thousands of years ago, but the story seems to have experienced the baptism of time and been passed on by mouth.

"Her name is Acageia."

Acageia, the name seemed to strike a string in his memory, and everything associated with it rang out.

"She came down from the sky, just like the angel we know, when the battlefield was so cold that it seemed that even the iron shield was frozen and cracked, but she only wore a short robe and joined the fight."

There was a faint smile on the old man's face.

"Our ancestors fought bloody battles, but they almost failed to withstand the attack of the enemy, their weapons seem to be very advanced, perhaps, even if we have a fire, a crossbow, it does not seem to be their match." Fortunately, she came, as I have just said, and she came into the field with seven dragons, and the enemy's artillery could not even scratch her skin, and she danced her sword and ran straight into the enemy line, and everyone was surprised!"

When he was happy, the old man suddenly shook the body, he has passed the age of thirty, but really have the expression of a rabbit, the children just heard of these, is intoxicated, and almost by his actions back to reality.

The old man exclaimed, as if he had done so many times before, closing his eyes and chanting:

"For more than ten years, the dead son forgot to return home.

The grass has fallen east of the river, and the tears

have withered in the west."

The children did not immediately understand the meaning of the poem.

"Her battle lasted ten days and ten nights, and the war was soon put to rest, and the Seven Dragons also made considerable efforts, but still, there were tens of thousands of lives lost."

"And then..." A little immature, but mixed with intellectual curiosity voice, from the children came, "How is the goddess?"

'Her? The old man stood up, at this time the crowd was gathering more and more, he walked through the crowd, pointing to the wheat wave at the sunset: "Just as the ancients have countless words for the sunset, and the hurricane has countless names, her ending also has countless different conclusions, some people say that she returned to heaven, some people say that their ancestors witnessed her die in battle, and some people say that she has become a mortal, and a warrior to talk about marriage..."

"Or was she exhausted after the war, and when she was about to fall, she reincarnated her soul into four human demigods?"

This strange and mature voice made the children slightly startled, and the old man shook his head. People's conclusions about this story are not as diverse as they used to talk and laugh with their friends.

"How many times have I told you? That's just a prophecy."

The old man muttered, but there were others in the crowd who heard his voice.

"Why do you still think this is just a prophecy…" One woman lamented, "Rumors have spread across hundreds of villages, and the seven dragons have woken up… At least there's a sign of awakening."

"But they're not here to hurt us, are they?" The old man seemed a little tired of such rumors. He shook his head. "They were brought by the goddess to help us." Where the hell did this rumor come from? Could this be a rumor? Although almost everyone can write such a story, he is convinced that the version he has heard is the most suitable for the real war thousands of years ago.

"That's just what your story says."

I don't know whose voice came out of the crowd again, this time with a hint of sarcasm.

"There's information now, okay? How do you explain the insanity of someone who came into contact with dragon's blood?"

The old man sighed deeply. There was already agitation in the crowd.

"Yeah, yeah, how can you be sure they're not harmful to us?"

This gang seems to have made a point of smashing the place, and the old man can' t argue with them

"The sharp ice has a sharp edge, and if you focus on pulling it out in some way, you will one day see its sharpness but not its smoothness after melting." Even if the ice has fallen to the ground and turned into water, the water does not necessarily have nothing to do with the ice, but merely diverts countless numbers into the earth."

After all, the release of one person in the crowd is still too pale, but I prefer to believe that the story that has accompanied my life. It was the old man' s last thought before he left.

Chapter 1: Pictures

In the morning, after the tipsy rain, the water and the sky seem to have already blended into one color. This weather is not hot and dry, on the contrary, there will be a very cool feeling before clearing up.

Azzurra loves this kind of weather. For her, it's one of nature's best bounties—not too good, at least, compared to all the places she's been.

But this was only a moment's "enjoyment" for her, not even in the real sense of the word, and she intended to pack up her bags as soon as the sun was out, put up the little tent and the small suitcase she carried with her, and finally pack them all into her little carriage. Today seems a long way off. The day before, she had heard a message from a messenger in the village she was passing through, indicating the arrival of a new batch of boats, which would soon depart from a nearby seaside town and, after a short journey, reach their destination in Azzurra.

And she wasn't about to wait for another batch.

Although she is a cosmopolitan, Azzurra is cautious, even if this place is really deserted, she is still mindful. She's been traveling like this for years. Be careful not to say every moment, and even prepare a lot of emergency situations, especially in these years, when I heard about the awakening of those dragons, travel is not to be ignored, but also to be more prepared for malicious attacks.

The tights were dry, so she changed into them —— they were snug, easy to exercise, flattering, but not revealing, as she preferred —— stuffed her casual clothes into a bag, leaving only a coat over her body for warmth, and the small suitcase, which she kept close by but within easy reach, taking out a picture from it.

But soon, with a whisper in his ear, Azzurra knew that someone was approaching by now. Immediately, she turned cautiously toward the source of the sound, one hand already reaching for the hilt of the sword in her suitcase.

"Miss Azzurra, is that you?"

Azzurra, even as a desperate wanderer, knew only a few words and deeds, and had no idea how to figure out human nature, but she knew one thing very well: there were many people who wanted themselves, some for a little gold and silver, some for a good name, some just for their bodies – all kinds of people.

"Oh, oh, oh…"

It was an old man with a white face and a hairy

head. He seemed to guess what Azzurra was going to do next, and opened his hands to signal that he was not hostile.

"Don' t worry, I' m not here for a reward or anything."

"I may have offended many people, or many people have offended me." "A lot of people who want to take me down have said that," Azzurra said.

The other sighed and sat down on a clean stone.

"I am a man and a horse, if it is officers and soldiers, should not ambush at this point." And I know that you are not really a harm, but rather a charlatan."

Azzurra breathed a sigh of relief. Since he was an old man, dressed in formal clothes, and talked well, as if he were meeting an important leader, it was probably not a big deal. The other side also casually revealed the badge on his neck, like an ID, which was also engraved with some strange symbols, Azzurra did not understand these, but how to think can know, mostly a butler of a famous family, or an emissaries.

"What do you want?"

She still did not drop her hand on the hilt.

"That picture." He pointed to the picture in Azzurra' s hand.

"It' s not for sale." She reflexively blurted it out.

"No, no, no, no, Miss Azzurra, I know how important they are to you."

He gently took out of his pocket almost identical

pictures, but also three.

"Nadia, Carla, Gemma."

These three names almost shook Azzurra's nerves.

'You know them?

"Yes."

With some difficulty, the old man stood up, walked slowly to Azzurra, and, gesturing to show that he was not threatening, handed her the picture.

'Do you know where they are?

"Yes."

As soon as he said that, the old man reached into his pocket again, and Azzurra unconsciously lowered his weight. The other had to hurry to show the hand again, like coaxing a disobedient kitten.

"Relax, please! Miss Azzurra, I told you I didn't come to trouble you."

The old man took a folded map from his pocket, stepped back half a step, and gently unfolded it.

"My master told me that soon they would be executed on this spot." He pointed to the red dot already marked on the map.

"Those who want you dead spent a lot of time studying the prophecy, and even more time finding them... With all due respect, Miss Azzurra, there's not much in the prophecy to be said, but we've been able to interpret it in all likelihood, and the dragons' recent restlessness makes it a certainty. And the four of you, although you are the reincarnation of the goddess predicted, are not very low-key."

She knew in her heart what the other person was saying. Vigilante justice has always been the Azzurra's business, but she herself has trouble explaining her innate sense of justice. Even if the word that he is the reincarnation of the goddess is spread all over the world, he does not have a bit of memory about his "previous life", let alone know where his physique is different from that of ordinary people.

"I don't remember how long we've known each other or how we've known each other. All I know is that our blood is thicker than water... Then we agreed we were going to find our own lives." Azzurra had to recount everything he knew or remembered, "although it's been a while since I've heard from them." But, 'Execution'? Well, I don't think we can be caught so easily in our constitution, let alone hurt."

In fact, Azzurra herself was not sure when she said this. During the time she had been looking for a partner, she had fantasized about various possible scenarios for countless nights, but she did not know if this was one of them.

"Is that so?

The old man took out another photograph, a technique that was much more realistic and much harder to fabricate. But it was what was on it that mattered, and with just a glance, Azzurra snatched it away.

"This, this is true?"

"It' s true." "Your sisters have been imprisoned, and it seems, it just seems. The people who imprisoned them have found a way to harm them."

Azzurra froze, a sense of foreboding rising in his heart.

A way to hurt us? Is it possible that

"Dragon' s blood."

These two words struck Azzurra' s heart like two sharp blades.

"It seems that only that which came into the world with the goddess can harm its rebirth." He looked at her. "Although there is no proof yet that you are related to the goddess, I think you all have something to fear. As far as I can tell, this map has been marked with the last known or confirmed haunts of the Seven Dragons, and if you want to help your sisters, you' ll have to cut them off, at least before they draw the dragons to harm Miss Carla and them."

These, too, seem to be prophetic conclusions, which are merely paraphrased by ordinary people. Because these things are often extremely complex, if you don' t know the true meaning, it is difficult for ordinary people to blurt out, but the other side has a lot of confidence, and don't say why the researcher is a person, but they can talk about the basic conditioning. Several of them seemed similar to what Azzurra had seen and heard these days.

'They?

"Yes, as you say, for all intents and purposes, there are many who want you."

"Why are you helping me?" Azzurra's voice was already trembling.

"Miss Azzurra, take my advice." The old man did not answer the question directly.

'What?

"A good horse may know his Lord..." He left the map with something else, like a gift, took off his hat to the Azzurra, and turned away.

"But after things have changed, who can guarantee?"

Azzurra saw the other side leave, then jumped on the horse, only a glance at his luggage and drink a loud "drive" horse gallop. She had not moved so quickly since the last time she had hunted with her sisters.

In addition to maps and pictures, the old man also left a pad of parchment and a letter.

She decided to go to the small town near the sea first. The letter was not written to him, and Azzurra thought that when the old man gave it to him, he should have given more instructions and gone to the town to find the man the old man trusted. The next journey must be one person, one horse, wind and rain, with only some necessary equipment and dry food, will travel thousands of miles a day. The old gentleman was thoughtful enough to ask the man to watch her carriage for Azzurra, perhaps because he was afraid that Azzurra could not read the literary words, and also put in a very simple piece of paper with the man's location clearly written on it.

As for the parchments, she opened them a few times on the way, though only a few times, but she was gradually amazed by the current research on this kind of ancient life, which detailed the seven dragons she would encounter on the road and their respective habits, and then Azzurra understood the meaning of the old man's words, the seven dragons may have been the subordinates of the goddess, But now that she's gone, they're not going to listen to them, especially when someone else is going to use them to hurt Nadia and them.

Perhaps the worst, worst case scenario, would be to have to deal with the threats first, Azzurra reasoned.

Soon she came to the town, followed the spot on the paper, tied her horse to the back yard, made a short circle, and entered a restaurant. This is a small restaurant in the city, the store is not big, but from the aroma can smell their wine is unusually sweet.

The man is drinking a dry cup under his nose, aftertaste of the wine, at first glance looks like an ordinary young man, his face is still stained with some traces left by the lake.

As he approached, he put down his glass and said, "Many beauties like you have approached me, but I have never had the ability to judge whether you are snakes or scorpions."

Azzurra did not answer, but instead dropped the letter on the table in front of the man.

With a faint smile, he picked up the letter, glanced it over his eyes, then rose and made a strange salute with a twisted gesture, but it was only polite, and Azzurra did not care.

"Excuse me, Miss, where is your carriage?"

Azzurra led the other to the backyard and began to pack up the necessary things and put them in the saddle bag. Although the old man's letter did not contain any money, it seemed that the young man had instructions to buy her some dry food, and the other was happy.

"So you're not a particularly simple kind of woman."

The young man seemed surprised as Azzurra gathered his things and took his twin swords from his suitcase and carried them on his back.

"See, that old guy wants you to slay a dragon?"

"Yes." Azzurra replied, very decisively.

"It's not an easy job."

"I don't care."

"You might die."

"It doesn't matter."

It was getting dark and Azzurra was not in the mood for small talk.

"Oh," he said. The other side shrugged, "It seems that you are already a famous flower has a master, it seems that you are not like the kind of girl who will only snuggle." Let me guess, this is to save the hero of beauty?"

"Almost."

When I spoke, I heard a faint singing voice, and the pronunciation was not clear, but the tone of the wind and snow was really graceful and beautiful.

At this point, the things were almost packed, and Azzurra closed her eyes and went back to her senses. The person who sings this song should be considered not full of wings, the treble some can not pull up is true, but also repeated a few rounds, it is estimated that it is not more and more out of tune, just directly replace the next paragraph.

The young man was interested and leaned towards him. Maybe he didn't know he had something else on his mind, or maybe he was just plain ignorant.

"Girl, I think this style is not quite appropriate."

Azzurra, already a little tired on his face and belated skeptical of everything he had heard today, did not automatically think about the meaning of the other's tone.

The other side opened and said something, the gentle tone seemed to be full of temptation, the voice was very, very light, and only the Azzurra could hear, but before the words fell, she opened her eyes, very decisively, and raised her voice back.

"No, I don' t have time."

Chapter 2: Sky Drifter

"The long wing breaks the air, and the four sea winds prevail."

This is a poem about the first dragon. I do not know why, there are really people who are interested in these things, and they will nominate a poem for the dragon, and they will also become a certain authority, and be so quoted by future generations.

The sky controls the dragon. According to legend, with the arrival of the goddess, the huge wings cover the sky, bringing the wind that sweeps the world.

Azzurra couldn't remember much of the text, but it was mostly a running account of how powerful and formidable the dragon had been, and perhaps it was all nonsense to her. She flicked through the pages, wanting to know only the two or three most important things.

Names, places, abilities, weaknesses, and sometimes even names don't matter, as long as you remember them.

This is not the first time she has dealt with such giants, in the countless years she has lived through, the horde's mammoths, the great apes and tree monsters summoned by witchcraft, the great sharks of the deep sea, and even the unsealed Chimera have all died at the hands of her or her companions. Just the next one to fall, even if this time they threaten themselves.

Azzurra thinks as she gallops along on her horse. She's been on the road all day and she's not tired —— or she doesn't have time to be tired.

But she did not rest herself well enough during her days on the road, and although some medicine helped, she did not lose any energy. Azzurra simply told himself that it was not time to rest.

Until she was over another hill, and then slowly reined in her horse.

The valley ahead was not very deep, but it had been blended into the gray of the sky, and from a distance, it looked like a small broken house or temple, and they accompanied the dead trees and lifeless weeds, telling Azzurra: There is no human habitation here, if you don't believe us, we have already become one with the gray sky.

Yes, the Sky drifter dragon, perched in the valley ahead, told the Azzurra of the distant blue−white wings that were somewhat out of place with all this.

She swallowed two pills, took off her coat, which would not have been able to shield her from a few dragon attacks compared to the one−piece suit that Nadia and Carla had made of spells and whatever material they were made of —— and she was using the coat to keep herself warm —— and put her swords on her back, then tied her horse to death by the dead but sturdy tree.

There was a sudden sound of birdsong in the night sky. In this sky, it was impossible to see what it was, but one could subconsciously feel that it was a black raven flapping in the air.

Close to the dragon, Azzurra slipped herself into the darkness, thinking of nothing but the element of surprise. Dragon at this time is already sitting on the ground squinting eyes, half asleep, even if lucky, is at most by an attack will be completely awake and even furious, if you count from the beginning to the end, the sky is about thirteen forty feet long, if you count the wings, what also have eight feet high, such a gap, hard is also lose–lose, well, that is not what Azzurra wants to see.

She has long gone around the dragon can not see the place, hiding in the grass, and in this perspective to observe, there are some unexpected gains, its wings look strong, but the front and back PAWS limbs and joints seem to be a little thin, perhaps too long rest, so that it is not so strong.

Sneak attack. That was a good call.

Just do it.

When he was close enough, Azzurra lunged

forward and drew his sword from his back. The dragon was taken aback in the twilight, not knowing when the man who had appeared out of nowhere had been able to go so long without noticing anything unusual.

With a sound of "eat" , the blade cuts through the air, thrusts into the dragon's lower left wing joint and quickly pulls out, but then a chilling chill comes from under Azzurra's feet, and she immediately backs away, if she still stands there will be unstable foothold.

Then the cold awn flashed, she set up the two swords in an instant, and then quickly, the dragon's claws had reached her, but the structure of the two swords had failed to reach her body, Azzurra only felt that the dragon's offensive was not as heavy as she had imagined, and then she did not retreat, and immediately turned and stabbed the right sword directly into the dragon's armpit, which was not fatal here. But it can take the power out of its entire arm.

But at this time she also had no time to change her body, the dragon was fully awake in pain, and her surprise advantage had passed. With a roar, the full scope of the dragon's body was revealed to Azzurra, its slender neck and arms covered with blue-and-white skin, its long horns that stretched back and wings that could have held off a slice of the sky were still tinged with purple — one of the wings had lost its strength and could barely hold up. His blue eyes seemed to have no pupils, but his anger was unmistakable. With one flick, Azzurra was sent flying without having time to retrieve the thrust sword.

Then the dragon flutted, and a claw will come, at this time want to eat hard nature is impossible, but may not even think of the dragon, she actually has far more than ordinary skill, flexible.

Azzurra beats to the relatively high stones above, and he has the advantage of flexibility, after all, the body of less than 70 pounds and the two-ton dragon, the gap is placed there, and because he first hurt the important joints of the dragon, presumably it can not fly high even if it can support the wings.

With the roar of the dragon's roar almost filling the sky and breaking Azzurra's ears, she held her breath and, with a snap, leapt from the height and, with the help of the acceleration of gravity, plunged her sword into the dragon's eye, but she did not let go in time, or did not intend to let go, trying to further injure the dragon. But in a moment, the violent shaking made her feel her internal organs rolling over, and she felt her hands loose and her brow furrowed, thinking, "This is it!" He was thrown back to the ground and fell hard.

Fortunately, both swords were stuck in the dragon, and the severe pain made it impossible for the other side to harm herself. She could not bear to turn around and raise herself up, quickly flashed the stone thrown by the dragon, and rushed to the dragon that had become a headless fly. She jumped high to avoid the dragon's blind tail, and then immediately sidestepped an elbow strike after landing. Then she reached up and grabbed the handle of the sword that was still stuck under her arm, pulled it out with all her strength, and waved it off to her eyes. Though she herself did not know whether she could hit it, the blade flashed and cut off one of the dragon's wings, and it was easy for her to recover and take another blow to her chest, which seemed to be very heavy. Even the air around him fluctuated, and Azzurra felt as if the dragon's face were so close to his eyes. She gasped a breath, in an instant to think about the situation, the method is only one type of thorn, the right foot in front, the sole of the foot a push, the instant forward more than a foot, the sword straight into. But at this time because of too much action, she could not hold the force, only a moment's pause, then felt the abdomen was not small impact, look suddenly gray.

Then she hit a boulder, smashed it to pieces, rolled a few more times, and finally stopped not far away, directly fainted.

This time she can have a good sleep.

And the Tianyu dragon next to it gradually failed to support its body, its willpower succumbed to great pain, its roaring voice gradually lowered, gradually weak, and it seemed not ready for its sudden death.

Before falling, it looked to Azzurra not far away, where she lay, seemingly incapable of fighting back, dragging her mangled body, the dragon braced itself with the last trace of anger to reach Azzurra, but calmed down when it saw her face amid the carnage...

Until, bang, the broken limb can no longer support, it once again fell into a deep sleep, only this time for eternity.

Play the music of mourning the departure of the great warrior, the dragon, death.

As the dragon fell, a black, ink-like liquid flowed from its riddled corpse, and Azzurra's twin swords slid to the ground. The dragon's blood flowed, spreading across the earth...

"Ah!!"

Azzurra, who was supposed to be unconscious, suddenly screamed and began to convulse uncontrollably, feeling a sweltering heat in her chest and a splitting headache.

She covered her body and rolled around several times in pain until her limbs gradually went limp and weak, and her consciousness, which had become clear because of the pain, gradually blurred... In the last moments before her death, whether it was hallucination or not, she saw that she had already been lying in the black liquid.

Chapter 3: Fierce Thorns

Azzurra woke up with a strange sensation in his face.

What the hell is going on here?

A moment later she realized that it was raining. Some drizzle, there is no shortage of rain and chill this season.

When she realized that the fallen dragon was beside her, she felt even more cold. But looking at the sky, it seems that he is not long asleep, but both legs are numb.

Azzurra got up, went to pull out the two swords still stuck in the dragon's body, and washed them clean with the rain, but there were some marks on the swords that would not be worn off for a while. After five or six steps, I felt that all the fatigue had been swept away.

The horses tied there seemed oblivious to the commotion miles away, and remained very quiet, just waiting for their owners.

Afraid not scared silly, Azzurra secretly laughed, from the saddle bag to take out some grain, a hand pat, a hand fed a few mouths, and then took out a small copper mirror, thought that his face and body are stained with black blood, check after found that there is no trace.

Too much to worry about, Azzurra thought, but then he realized that it wasn't a big deal. Besides, the pressure on himself was a good thing.

She decided to settle her mind on the road, and now she could not delay long. As she had hoped, the rain soon stopped, she got on her horse, and after finding her way, she took out the picture again.

Or those familiar faces, those familiar clothes, fingers gently across the picture, wiping away the drop of water that I do not know why. Then she looked at the back of her hand.

It was a white, slanted circle, and a blue diamond, and the four of them had their own marks, but most of the differences were the direction and color of the diamond. I don't know if it was born, but since the four people have been conscious, their hands have their own marks.

Azzurra braced herself, trying not to get too caught up in the memories.

"I'll be right back."

Next piece of parchment paper.

"Burning bones, spines and spines."

As if the heart is echoing, this voice is very light,

is a person for a long time, inevitably some self-talk? She was thinking, but suddenly felt a flower in front of her eyes, those words suddenly three-dimensional, blue and black ink seemed to become a picture, like an illusion suddenly rolled up their eyes like heaven and earth, she fell into.

Everything in front of her seemed to be on fire, and she heard the sound of soldiers colliding in her ears, and the Spinosaurus, I think it was, was making bursts of shrill, shrill roars that were not at all heroic, but just kind of ugly, stinging roars that sounded like something grinding against each other, and weak.

The dragon did not seem to be as big as Tianyu and was quite thin in figure, even to the point of being a little skinny, but soon Azzurra' s intuition told him that he could not be so assertive.

The flame on the dragon' s body gradually dissipated, and there was no skin left.

Because just now, several large barrels of explosives were greeted on it, and it was severely damaged. "Dynamite" is probably the best description of this era because many explosive marks have been found on the body of the dragon, but exactly what weapon caused it, no one knows. People a thousand years ago, they didn' t have to speak fluently. Only then did she slowly realize how far the alien technology people were fighting in the war had come.

But it seems that its life is not so fragile, even if the burning bones are exposed, the wings have become two thin rags, and the spiky claws are extended to all the enemies, and the whole body is full of sharp, like a layer of thorns.

A thought flashed through Azzurra's mind: With such a flexible body and no shackles like a giant net, why didn't it duck instead of eating such an explosion?

But the following text does not seem to give a direct answer, as the next read more and more plain as water narration and the end of the dragon's final position, she thought of this, there is a little inexplicable regret, only a few words can give her own brainstorming.

The village, the fire, the sky.

She seems to have some ideas.

Back in reality, the next journey doesn't seem so far away.

Vaguely feeling, this dragon is not completely alive, but as a dragon with Acageia to fight together, only a skeleton but still have vitality, presumably it will not be particularly simple to deal with.

But really through the telescope to look at this crawling bone dragon, Azzurra is quite surprised, along the way, they have seen many strange animals, naturally also know some hunting skills, but from now on, it seems that there is no particularly appropriate tactics.

For the giants of the past were mostly made of flesh and blood, and this dragon was a skeleton -- or rather, a moving skeleton, unrecognizable above and below, except for black blood and some strange blood-red crystals. The wings were broken, too, and must have been unable to fly, and it took her some time to recognize where the eyes were, where the heart was, or where the heart was originally.

The records of the weakness of the dragon in the parchment are almost rare, and can only be said to be better than nothing, after all, they are all records made by people in the sleeping period of the dragon in the past, although the authenticity remains to be verified, but it seems that it is limited to helping to find the dragon, and can not expect more.

Azzurra is invigorated and is already gearing up. One is that she is not the same as mortals, even if they are enemies of dragons, they do not appear as afraid as others; The second is that although he looks like a girl, the head is not as high as the neck of most people, but also because of countless years of experience receded most of the charming, replaced by some heroism and dust.

What's more, this time may be very different from the past, and she has no time to "make pretentious".

She quickly recognized the next track of Spinosaurus, and quickly rode around a small circle, which was almost into a desert area, only a few patches of green.

Then, as before, she found a sturdy place to tie the horse, took all her gear, and took a few more explosives out of her bag.

These little balls of dynamitron are the last of Azzurra's treasures. Naturally, she can't make such an invention. Carla gave them to herself, and she doesn't bother to study the principle of them, only to unplug the guard in advance, press the red button, count half a second, and throw them.

She then walked quickly until she came to a low canyon where the dragon would pass, with Azzurra's boulders about 28 feet above them – an ambush would have been enough.

No wonder Nadia always said to herself that fighting is not as good as fighting, and Azzurra now realized what that meant.

In broad daylight, with the sun blazing in the sky, not many people would have looked directly at the fireball, nor would the dragon, but to be honest, the cost of covering it was the heat on his back, and soon Azzurra felt sweaty.

Fortunately, the dragon did not let itself wait too long, and in about a quarter of an hour, the sound of the bone claws beating on the sand came over.

Then, unexpectedly, there was a slightly harsh hissing sound, like a lurking serpent, which at first Azzurra thought was the grinding of sand, until he got closer and realized that it was the "whisper" of the dragon.

She gently tore off the white protective strip of the explosive and held out her hand, pressed the button, thought for a second, and let go.

Then she shrank quickly.

Baaaah!

A loud noise and the shaking of the ground occupied all she was aware of, then a layer of flying sand hit her back, and then an even harsher roar.

One more!

Take the second explosive, do the same thing, and throw it into the crater where the previous explosion occurred.

Baaaah!

There was another loud noise, and the fire burst into the sky, and another pile of sand shot up into the sky.

"Carla, you're a genius."

Azzurra watched the rising smoke with a faint smile on his lips.

Yes, after the two explosions, the location of the dragon, it is estimated that there has been a large crater, not a lot of smoke, but still can not see the specific situation.

For a whole minute, which seemed like a year to Azzurra, nothing else was heard.

"Is that it?" She thought to herself.

Of course not.

Suddenly, a dark shadow sprang out of the smoke, almost in an instant, and jumped twenty or thirty meters high.

It's still alive!

It was not until the slightly scarlet figure and terrifying roar had reappeared that the Azzurra reacted, not even before he was surprised by the speed of the dragon, let alone reach behind his back and take out the two blades with a miserable scream.

"Uh-huh!

At first she was thrown hard to the ground, and then she felt a hard bone spur deep into her lower abdomen, with a hot burning sensation.

The unprecedented pain spread directly through every nerve in the Azzurra in an instant. She had never, never thought she would be so traumatized, and the last person who tried to stab herself had their hands broken with a broken blade.

The dragon had jumped to where she was, pressing down on her, her red eyes full of killing. It pulled out bone spurs, blood gushed out, and she didn' t even have a chance to panic or panic except for the pain.

"You might die."

Now she realized the meaning of the words of the young man who had sent her off.

The dragon extended its bone claws again, as if it did not want to play with the prey it had under its control, and this time she should have been either dead or maimed.

'No!

Azzurra didn't think much of it, just felt a thought, or a light, flicker in her own mind, and subconsciously she reacted by reaching out and trying to grasp it.

"I don' t have time to die."

She grabbed the bone claw that had fallen, but it was also so powerful that it cracked the ground beneath her that she barely caught it herself.

"Uh uh..."

Azzurra didn' t know where her strength was coming from, as if her body had gone numb, but she held on, more strength bursting out of every inch of nerve and muscle. No one knew what she was thinking at such moments, but she herself felt more and more relaxed, as if someone was helping her strength.

The dragon senses something is wrong, pulls back its claws and stomps on it, but the moment of change is enough for Azzurra to react – this time she can' t stand still, she rolls over and immediately stands on her feet, but with a huge, tearing pain in her abdomen.

"Well…"

So much pain, or let her a instability, almost half kneeling on the ground, she clenched her teeth, one hand covering the wound, the other hand pulled out the sword. Turning the sword sideways, the blade rubbed violently against the dragon's bone tail, and a shower of sparks sputtered.

By the impact to take two steps back, open up some distance, but also to buy some breathing time. On one of the blades, which appeared to be red in color, with some scratches and cracks visible to the naked eye, Azzurra picked up the other blade and hurled it at the red crystal with the dragon's head extended.

It was the dragon's turn to feel the pain she was feeling.

Although also a bit, but the pain is more uncomfortable, she knows the other party will not stop, decided to quickly, and jumped up, speed to be fast, Azzurra know, although the injury on the lower abdomen should be carefully dealt with, if the deterioration of the body will not be able to force, but sitting still is not a reasonable choice.

She flew a foot into the inserted sword, directly to the dragon stabbed a transparent, but this violent action, he seemed to feel the same.

"Let you experience this too!"

She bellowed and reached out and pulled it out. In hindsight, the dragon had only so many body parts left, and she wasn't sure if it felt pain.

But now, she was absolutely convinced that the dragon was a pain in the heart, for no other reason.

It's just empathy.

"It's not over yet."

She muttered aloud to herself, and the other sword came out of her hand, but the dragon responded, lifting the claw to one side, and then pulling out the sword that was still in her body and stabbing it straight.

Blocking was impossible, of course, but Azzurra again showed her strange dexterity, and for a moment she flashed like a flying feather, and a somewhat strange gesture helped her avoid it.

But in spite of the flash of the blow, the flash of the edge from her eyes, like lightning, chilled her heart.

Sure enough, the cold roar once again entered the eardrum, as if it was an angry accusation, a cold mockery... But it's more like a happy ruse.

The dragon also turned around, with a sudden sweep of the tail, and a blow to the abdomen of Azzurra, the gas that had been so easy to drum up was dispersed in an instant, she only heard her own wailing, and then collapsed. It was so fast that she could not hear the sound of the other person's movements, and she was breathing heavily, as if something was pressing against her.

It's the fucking dragon! It tackled her again, probably in its usual way, but this time it stuck its claws on Azzurra's body and lifted her up without giving her a chance to lift herself from the ground. Lift the spiked tail, already stained with black blood, and it only takes one shot to kill.

Nadia, Carla, Gemma, maybe you've figured out a way to escape by now.

Azzurra gave up trying to pull her claws apart, her eyes darkened, and a terrible thought took hold of her.

Or we'll just have to meet on the other side.

Her heart sank, and suddenly there was so much bitterness that she could not tell what it felt like. She took the last bomb out of her pocket and pressed the button, all her body and her last strength gathered in her wrist and flung it into the dragon's open mouth.

There was no way out. Azzurra didn't close her eyes.

Ba—boom!

This time, he could not hear the joy of mourning, and he was shattered in an instant, and the blood mist covered the sky, and there was not even time for him to take a last look.

Chapter 4: Fairy Terminator

The pain, not the familiar, simple pain, but the burning pain when something seems to penetrate every inch of the skin, when all this stops, Azzurra' s subconscious thought that there would be some peace, but it is not.

Because she had a nightmare.

She looked at the slaughter in front of her, it seemed that someone' s body was at her feet, the blood had been splashed all over the ground, a piece of black and a piece of red, even if it was already night, with the faint lamp, all this also appeared more clear. And the black seemed to be no different from the short black skirt the body was wearing.

"Nadia!"

Azzurra saw the mark on the back of the woman' s hand, and finally recognized her identity. At first he was shocked, and then he gave a wild cry.

"Nadia!"

How could there be a response? She muttered to herself, but was unwilling to admit it. At this time, there was a little fighting in the distance, although thin, but really recognizable, she subconsciously looked away.

But just as she moved her eyes, another figure flew straight in her direction. Intuition told Azzurra that she should get out of the way, but when she briefly thought of the identity of the person, her legs stood in place as if she had born roots. She also opened her arms and, with a bang, caught the flying person.

This is Gemma, but she looks like she's passed out. She was beaten almost beyond recognition and covered in blood, but even a corner of her pale yellow dress and her trademark armouring were broken, but enough to be recognized. Sadly, she was unconscious.

"Gemma! Gemma!"

She called out again, but again there was no response. There was nothing to do but put her in a safe place and follow the sound of fighting.

Azzurra passed between several stone pillars, and several long strides flew up the steps, which seemed to be a huge round stone platform, the radius seemed to be dozens of meters, and the platform was filled with torches, shining as bright as day. There were symbols carved at her feet that she couldn't read. It looks like an altar, but in the middle there are four crosses made of wood, with chains wrapped around them, and I don't know what they are for.

On the other side of the platform, Azzurra's

dreaded scene plays out once again: Carla! The magenta top! It's Carla! She fell to the ground in a pool of blood, apparently having given up the struggle and dying, the dragon's claws pressing down on her so hard that they might have pierced her.

The dragon's body was red in blood, and it was as big as anyone had ever seen it, its two horns were dreadfully long, its wings were enormous, even bigger than the Sky Dragon, and at the highest point of its wings were burnt black horns, and each scale was long and sharp, and its claws on its four legs were frighteningly sharp, and in addition there were some sharp carapaces, which seemed to be fangs. Take a closer look, it looks like the dragon has some fabric wrapped around its neck... I don't know why.

'You!

Azzurra was furious, drew both swords and charged, knowing, as she must have known in her heart, that none of her sisters could carry it, and that the difference in magnitude was so great that the fight was doomed.

But she didn't care.

But the dragon seems calm, not even looking at Azzurra, but staring at its prey, but not much movement, just watching Carla gasping under her claws. Azzurra has seen the dragon's eyes before, but this time it is not like triumph, not like anger... There was even a sense of emptiness, or confusion, and familiarity.

Carla's lips moved as she was dying, and a lot of blood ran from the corners of her mouth.

"Uh uh... Please wake up... Wake up to Wake up... Zula... '

'Ah!

With a wet, itchy face, Azzurra let out a cry and sat up in the sand, startling her own horse.

One second, she remembered so clearly, she swung the sword like the dragon to kill, the next second, she was licking the horse wake up.

She did not get up at once, but sat down and took some time to calm down before Azzurra found herself in a mess, surrounded by charred earth, either tarnished dragon bones here and there or charred remains that were hard to distinguish.

She shook her head and rubbed her eyes to make sure she was awake. And felt that something was wrong, subconsciously touched his whole body.

Except for a few holes in his clothes, not a single wound.

Strange.

But with one wave after another of gradually recovering thoughts, these things were immediately forgotten, for another terrible thought quickly passed through his mind, and Azzurra flew up and ran straight for the frightened horse.

"I should have kept it tighter next time."

After some effort, she finally opened her saddle-bag and rummaged quickly, not even caring that the day's dry food had fallen into the sand, she found the dragon's parchment, not even caring about the order.

The sharp scales of the dragon, the long horns on the head and the tips of the wings, the charred and blood-red body… My mind raced through every detail, every color, and the fearsome glare of that dragon… Looking back now, it still feels somewhat familiar, as if the eyes are very similar to someone they know. She wanted answers.

This damned dragon, what is it, this unprecedented evil, let her feel very uneasy.

But to her disappointment, the dragon did not exist.

"……"

Azzurra opened her mouth to scold, but she did not know what to scold, and the feeling of wanting to speak and stopping, coupled with the faint pain in her heart, she did not like it. Had to put it back together. She took the bread from the ground, rubbed it on the unbroken part of her dress, and nibbled at it with her mouth open; Then he took out the pot of water, gave it three or four mouthfuls, and stuffed him with some pieces of grain. Now she discovers that there is a bottle of perfume in the saddle bag, a gift from Gemma, mixed with some herbs, and I do not know what magical effect, Carla is rumored to have used this stuff to hunt those sensitive smell animals, but they have not been found, and I do not know whether they are bragging. But Azzurra himself has been reluctant to use, just looked at the two eyes and put back, in the remains of the dragon that was blasted all over the ground to find two swords, casually swept the eyes of their own layer of clothing and sword damage, and can not delay to set foot on the road.

She can' t slack off. There' s no time for rest.

The next dragon.

"The star has fallen, the fairy has not died."

The meteorite Fairy dragon, its record is the most detailed, and even the portrait is the most vivid, compared to other portraits, this one seems to have been carefully carved as a work of art for a long time. Upon observation, the color and shape of the dragon seemed to be similar to the one in the dream, the same red color, the same sinister feeling, but the horns on the head and the length of the limbs did not seem to be similar, nor did the burnt black and sharp scales of the dragon, only the fiery red flesh. Azzurra looked into the eye for a few moments. The scarlet pupils are somewhat human, but the eyelids are stacked against common sense in the corner of the eye. Look at the text, it seems that who is worried to write down, there is an ominous feeling between the lines, how to see that it will be a hard stubble, but also stressed that it is the head of the dragon, I do not know whether the author gave the crown, or it is so. But even that must be creepy enough.

But in addition to this, there were additional passages in the parchment, specially marked in red ink, as if they had been newly written, which Azzurra skimmed through, but of no great importance, with a great deal of text, except to show that the dragon seemed to be guarding something. What something? There is no specific explanation, and the explanation can be obtained from the words of the annotations, only the dragon perched in the cave, the guard can only see so far away, the whole picture is not clear. Maybe some gold? Azzurra thought about it, but quickly disavowed himself. Why would the dragon want gold? The wealth of gold and silver in the world is hardly a temptation for these creatures.

On the way, she was guessing about this, even if she thought about it again, she could not give herself a convincing reason, it seemed to disperse some boredom to herself, or just find a reason to avoid too much worry.

At night, a gentle breeze relaxes the Azzurra, which is a welcome relief. But even so, her heart also has unspeakable uneasy.

At this time, she walked for two more days, out of the desert range, and for dozens of miles, surrounded by flowers and grass, when it got dark, she felt some cool wind, and naturally some strange trend. From the map, the target seems to be on the other side of the mountain, although the river is not deep, but the current is swift, it seems not easy to cross. She found a piece of land on the shore, and this time tied the horse very tight, but left enough rope for him to walk around for a while.

Azzurra scowled, took a sip from the jug, and looked through his telescope at the mountain on the other side. Since it faces the moon, it is not difficult to see the location of the dragon's den. The route into the mountain had already been marked on the map, and after seeing the entrance decorated by someone, everything was easy to say.

She was not going to wait, so she waded directly into the water. She was not tall, and fortunately the river was not deep. The rocks underneath were very slippery, and there were some stumbling places, and it was estimated that the water was overgrown with grass, and the water was no more than over her hips. Azzurra had wanted to take a bath, reeking of sweat and a strange smell of burning from his previous battle in the desert, but on second thought, he'd let himself relax a little when the dragon was gone.

Walking to the mountainside, there seems to be some gravel on the road, presumably there have been a lot of rockfall events before, go up more than 70 or 80 steps, and turn to the other side of the mountain, sure enough, only look up, there are several big red nets on the edge of the cliff in front of you, the height is uneven. There seems to be a record of this in the parchment, people see so many boulders are collapsing and crumbling, so there is not much of a collapse now, but if there is some movement, wake up the dragon...

People were smart then, too.

Near the top of the mountain, at a barely flat end, there is a seemingly bottomless cave where the dragon lives. On the flat land, Azzurra walked gently to the edge. On the other side of the river was a very steep slope, but on the other side the slope was still mild, but covered with green, and further north was the cave where the dragon lived. The moon was very bright tonight, and Azzurra felt that he was a good hand in the night, even if the darkness was all around him, he could feel the commotion that was blowing through the air, and the visibility was not so bad now. The temperature is also very low, and the mountains are cold at this time. A very light sound passed into the sky, and the two swords were already out of their sheaths, with a cold glow.

She guessed that although the dragon is huge, but the brain should not be flexible, let alone in the middle of the night, do not know their arrival, at the moment is definitely snoring. As usual, such weather, even their own are eager to lie in bed.

Azzurra thought so, but also did not let go, she had practiced this quiet step has been able to produce a theory, only this time the strategy of attack, and the last or the last time a little similar.

The element of surprise, the element of attack.

But until I entered the cave and walked dozens of steps, there was no sign of the dragon.

Azzurra wondered in his heart that thirty steps from the entrance of the cave, he could see the perched dragon, but there was nothing here, and he walked some more, except for the dim light from the entrance of the cave, which had been thoroughly dark. Up, he could not see the top, but inwardly, it seemed that something was embedded in the rock wall at that end, and when he looked at it carefully, the material was not rough, and it was faintly reflective.

Until a slight breath came from the ear, Azzurra suddenly realized that he had been in, she thought that she would come in undetected, and she could stab the dragon joint as before, and her footsteps were too light, and she thought that it was a sure thing, and there was no reason to be found, but the voice from the head made her instantly a cold sweat.

Looking up, the red eyes with satsui written all over them were staring at them.

Ba—boom!

Around the instant came the sound of the earth shaking, the dragon from the pan fell from the rock wall, Azzurra was caught off guard, had to use all the strength of the body, and suddenly turned outward, where she was standing already a hole, she immediately ran out, the moment of fear was followed by a huge surprise. She ran out of the hole without even looking back. The dragon followed her, and as she began to overtake her, she sprang up with a claw, raising a cloud of dust from the bottom up and knocking Azzurra to the ground.

Despite the pain, for a moment, Azzurra leapt, and then stood again in the moonlight, as if he had seen something coming, retreating as he fought, sidestepping the next attack, and jumping back in place as the dragon's long tail swept past, chipping away a layer of ground. But at this time is too late to attack, the other party's move is aimed at their own life door, and like a battle—hardened veteran, each seems to have a hand, in order to ensure the continuity of the attack.

Then comes the sweep of the claw! This thought flashed, she set up both swords, legs open, this distance is no longer easy to hide, can only in a very short time to make everything ready to carry the next blow.

Sure enough, the dragon had struck, its blade-like claws cutting straight through the air with fierce intensity – a previous reading had highlighted the "blades" that had grown out of the dragon, and Azzurra was thinking, Blades? How could it be sharp and strong, or at worst, just a dragon's fingernail – until a crackle, as loud as a wind chime, struck Azzurra in the face.

Because her two swords are broken.

Ding! Bell, bell...

The whole sky echoed with the sound.

The claw easily cut off the two swords, and across Azzurra's eyes, she had no idea that this move could be so powerful, and she thought that it was a useful defense. And in front of their own moment of light and stone fire, but the dragon understated across.

As soon as the two swords broke, his defeat was over. Azzurra held the two half-cut swords, and his heart sank, and he was in a trance, as if in a dream, and then he was surprised, and this was enough time for the dragon to attack.

Ba-boom!

When a mighty flame burst from the dragon's mouth, and the metal of the broken sword made a flash, Azzurra realized that something was wrong, and she was about to take cover when she heard a boom, and by the time she rolled aside, she was full of fire.

"Ah!!"

Presumably this flame is not ordinary, in a general fire, even if placed on the roast, even her clothes can not burn the export, but so hot dragon fire, let her feel even the internal organs are boiling. Under severe pain, she ran like a headless chicken, and then rolled on the ground a few times, the dragon did not then spewing fire, otherwise he would soon be a charred skeleton.

After stumbling and rolling, Azzurra did not know where he had come to, but there seemed to be nothing in front of him, and he could not reach the ground.

Cliff.

And the dragon, the two front PAWS raised high, the wings began to stir up a storm, the mouth condensed a small sun, will be a hundred miles around the light.

'It' s over!

When the light can no longer shine more, the strength of the whole body can no longer be improved, the dragon will body to the ground, two front PAWS and mouth condensed fireball hit the ground, she can not hide, after all, behind the cliff, she saw before the mountain, the cliff is the river that came to cross.

Her heart is a horizontal, can not control so much,

with the last strength of the body in that direction suddenly lean.

"Boom!

For a moment, the explosion seemed to shake the sky, shaking the whole world, this nuclear explosion like a loud noise directly punctured the eardrum, tearing Azzurra every nerve, at that moment, even if you close your eyes, you can see the flashing white light, and the body, in the huge explosion, fortunately did not evaporate directly, Azzurra did not know why he had such an idea. Or maybe he's already in a blood fog? But soon, she felt something.

Falling.

Am I dying?

Azzurra thought.

Chapter 5: The Broken Sword

It was the same stone table, only this time, it was not in someone's dream.

This time, the stone platform was full of people, and the place was large enough to make people feel a little uneasy, and thousands of people were not crowded here. But from the clothing, it seems to be from all over the world, all walks of life. Of course, there are some princes and nobles, even when they arrive at this place, they still put on a shelf. This stone platform is already an old altar, and according to legend, this is where the goddess comes down to earth, but some people do not know why, even if she is the one who causes war and brings destruction, then join hands to stop it. Look closely at this place, though it is a shrine, but not as glorious as the grand stories told by the mouth. It was night, and fires were lit, and it seemed as if it were daylight, but there was no sign of any previous life.

The old man who had communicated with the Azzurra came to the master's side and was indeed a butler, who must have been working for the noble family for a long time. He did not change his formal suit, nor did he change his rather respectful gestures, and remained polite. When he entered, it seemed that many people were interested in his progress, but he only gently told the crowd around him, "Wait."

"How much longer?" The master heard this, but he felt very impatient, and though the steward was orderly, and the family plan, and all the steps, he did not quite like this strange ease.

Hearing the displeasure so evident in his master's words, the butler said quickly: "I really don't know, according to the prophecy, she needs to go through this process of slaying dragons to ensure the implementation of the plan, and unlike me, she will come directly by the path after I finish talking to her, in order to kill the dragon and get the things we have put in the Meteorian dragon before, she has to go around, if too many dragons survive, maybe they can't stand to gather here, We have to let our people clean up the mess again... Young master, so it is true that our family has a large voice, but these dragons and witches who do not fight with us are not so easy to deal with. But it seems to me, you think, how many years it took us all to decipher the prophecy, how many years it took us all to become one, my Lord... After all the trouble your father has put into organizing this, and all the years it has taken to take down these three men, we are now approaching the final stage of our plan to end the prophesied end.

"That' s what the old man said." Most of the people who heard this in the crowd nodded and praised, "We have been guarding this place for no less than a few weeks, and finally we have to wait until today, how can we say it too soon."

"All right." There is some intention in this speech, and it is reasonable, and I often neglect to listen to them, according to the form of they say better. The noble man, who was called the master, rose from his chair and took a few steps closer to the center of the platform, carefully studying the scene before him.

"Just to be sure, you' ve got the right guy? Right?"

"No." Another nobleman, who was standing nearby, answered, "First of all, as your butler told us, these three men and the one you spoke of... Azzurra, that' s the name, isn' t it? We just call them broken swords –– they all have similar markings on the backs of their hands. All three were acting unusually and carrying strange objects we have never seen before." He gestured to a long table on the other side.

"You have to say, they' re really weird, but what they make is amazing. Have you ever seen such a grotesquely shaped staff? It' s all black, and it' s encrusted with this jewelry that we' ve never seen

before, and you can' t even pick it off; These gloves…
Or the armouring, the material used has never been
seen before, it is extremely heavy, I do not know how
the witch has such a great power; And the structure
of this big gun is more complicated than anything we
have ever seen, and even the inventors I have invited
have not been able to figure it out, or, to tell you the
truth, to take it apart and study it."

"It doesn' t matter, anyway, these witch things,
when they destroy their peace in the world, naturally
have plenty of time to study."

With these words, the distant sky began to stir,
and at this time no one said anything, and the bustling
crowd was silent. People pricked their ears at once,
and this sound was not inexplicable, but a very crisp
sound, as loud as the wind bell, straight across the
sky, and finally caught by everyone.

"Broken sword." The housekeeper recognized
the voice. This sound is so strange that the general
material can not be made, but they have done a
collision with three ready—made weapons, and issued
a similar sound, but it is dozens of times weaker than
the current sound of broken edge hollow.

The broken sword made the crowd understand
everything directly, and there were still some voices
of doubt in the crowd because of impatience, now all
disappeared.

"She broke her weapon." "Said the noble man." It is prophesied that this will restore all the dragons to full action." A smile spread across his face. He had always thought this grand plan was impossible when it was made, but now he had no doubts.

With the master's signal, the old manager began to clap his hands, and soon gained everyone's attention.

"Ok, everyone, everything is going according to plan, there will be some dragons coming here, where are the people who were arranged to be unbound?"

The butler immediately began to take charge of his master, and surely he would not do the laborious work. Even though the master's family made the plan, at first glance, it seemed that he was the one with the clearest mind.

'Here! Several young men came forward, all of them able-bodied boys.

These are the same people who come here, or they are connected or powerful aristocrats; Or some big man worried about the country and the people; Either the people, but listen to the prophecy, come here to help with physical work, or to show fame, or with some mind... But no one ever went into detail. But what you can know is that they all have a good reason here.

"Remember, this is the last retelling of your mission, you wait by the altar, and as soon as the dragon arrives, use the pre-arranged mechanism to untie the three of them, and then immediately follow the predetermined route, without drawing any unnecessary attention." If the timing is right, they'll have to fight the dragon, and no one will care about you when they do. As for other matters, I have left them."

"And what if the dragon defeats them?"

Not everyone was up to speed on the organizers' grand plans.

"It doesn't matter, the woman of the Broken Sword will come, and since this voice has come now, it means that she has at least fought with the Immortal Dragon, and according to the route I gave, two dragons have died under her hands – she has this strength." Extrapolate that. If these three are killed by the dragon before she gets there, that's a good thing, too. If there's a fight, it'll be hard for either side, and she'll be able to handle the rest."

The old manager said a long list, and did not care about the audience's confused appearance, just paused for a moment.

"Even if the four witches get together, we can use the excessive dragon blood on the broken sword and the clothes to make her switch sides, you just watch." In short, the third party fights, and in the end, even if the dragon and the witch survive, they are half mutilated, and the dragon's blood is still there, and we only need to move our hands to deal with it."

The old steward explained patiently, but as he spoke, he made a sign about him, and the young men and the servants who followed him saluted respectfully, and then dispersed to set about their tasks.

"Of course it would be in our best interest if the dragon and the four wiped each other out."

With that, the old housekeeper said no more. Just silently stood next to him, sometimes his master did not know what he was thinking, but his tone was still as careful as ever. He just wants it to happen.

With everything set up, a few powerful voices began to gain attention.

"Gentlemen, we have nothing more to say." "Cried one of the nobles, who seemed to be the most famous, and even the old steward and his master had let him speak first. He stood on a rock and attracted everyone's attention. "Soon the important day of our life and death will come, and the end of the prophesied arrival of the goddess will not be far away, what will you do?" Sit and wait?"

He seemed to be good at speaking, and even better at inspiring people with his speech, his momentum was high, his arms were wiggling excitedly, and his body seemed to be full of energy.

"We are here and the answer is naturally, no! Fuck the end! We are here today and we are going to fight for it!"

The temperature rises, passions rise, and the crowd boils.

"Today we put an end to destruction!"

Applause such as thunder, after, the crowd began to disperse, but not because of the ambition to kill, on the contrary, now more need all people to cooperate with the plan, the people quickly left, like the tide into the endless night, the old manager and aristocracies are in the lead, only the few boys hid in the scheduled place.

"What did you do with that dress?" On the way, one of the companions asked the nobleman and the butler questions.

"The blood of the dragon eats away at you. It causes you to go berserk and die very quickly, remember?" The old steward stroked his beard. "I just put a little pressure on the girl in black, and then I put the dress and the goddess blade left by the ancestors in the cave long before the death of the dragon showed signs of awakening."

"I see that your family has made very careful plans. However, I have some vague concerns that the witch and the dragon are being used, not only for their power, but also for their behavior, and perhaps for their lives, is this really good?"

"Your fears are well founded, Sir." The nobleman, sitting on his horse, answered the man's question without waiting for the butler to speak, and with a relaxed look, "But what is that in the presence of the lives of most of us, and even the great justice?"

The noble man looked at the questioner as if surprised that anyone could ask such a simple question.

"Can you imagine, Sir? Most of the prophecies have come true, and the dragons and these witches are tangible proof that if the ancient goddess... Maybe it's just a hexenbiest or a ghost? Oh, who knows, her return to the world, it must bring only war and death, everything we see will be incinerated..."

"But where did this prophecy come from?" The other person then asked.

"......"

"Sir..." The old housekeeper saw that this person also wanted to open his mouth to ask, maybe it was a recorder, and he answered for his master, "When you are a person with a weapon, and fall in a jungle or desert, and only know that there are more people with the same or even stronger equipment, what do you have to do in order to survive?" Can you expect them to sit down and have tea with you? No, all you can do is kill them to stay alive, whether they try to kill you or not, for one simple reason: to stay alive. The more terrifying the weapon, the more you have to do it in advance, and you have to trust it more than you don't."

Time gradually passed, the voice of the chat gradually faded away, when the people disappeared, the world no longer came any redundant voice, the three girls who witnessed everything slowly raised their heads, three people six eyes, first exhausted the Angle of trying to see each other, found that it was very difficult to return to peace. Perhaps there was a gleam in the corner of their eyes, and on each of their left hands was printed a white ring and a diamond of magenta, yellow and black. They couldn't do anything, couldn't even move their arms or their bodies, their limbs had already made them feel numb beyond pain, and one of them wanted to say something, but it seemed difficult. But the more important reason is that they were tied to the cross for a long time.

Chapter 6: The Legacy of godness

By the time Azzurra climbed ashore, she was weak and unclothed.

Looking up, the top of the mountain directly concave into a large piece, and now you can vaguely hear the sound of some falling rocks rolling, which must be caused by the explosion, such a huge destructive force, although it is avoided the front, but also fell from a very high place, and even rolled into the river, you can survive is lucky.

She lay in the river, some of the luck of the rest of her life after the disaster, more is out of breath, for ordinary people, so must be crushed, but also some gap with them, but even so, look at the body, black and blue, and even some exposed. She relaxed her body, urging herself to ignore the pain, only to find that one of the broken swords was still tightly clutched in her hand, and the other was no longer in her hand, probably in the river or somewhere with the explosion.

Although he had escaped, his mind was in a trance, as in a nightmare.

But the tears were already flowing, and she could

not help sobbing, and the strength she had been pretending or imposing on herself was swept away.

Instead, he blamed himself for being blind and reckless.

Because of the previous movement on the mountain, it seems that there are some jackdaws in the sky, listening to the harshness.

"Excuse me…" She talked to herself with one hand over her eyes, but it was as if she were talking to someone.

"I'm too weak to help… Can't help you… I'm sorry…"

She knew that tears could not be held back, so she let go and cried. He had neither the strength nor the intention to reach out to wipe the tears that were sliding down his face, so he burst into tears and let his emotions take over.

I'm such a loser.

Big piece of shit!

"She shouted inside herself, berating herself for her recklessness and her unexplained naivete.

Stupid. So stupid. She was swearing at herself.

…

Like this, it seemed that the whole night, until the tears were dry, the hand holding the hilt of the broken sword was gradually losing its strength, and even the consciousness could not scold herself, she gave herself a little quiet time.

It \ 's cold here.

She sneezed, and had recently been nearly grilled by the fire of the dragon's breath, but that feeling of scorching heat on such a night seemed to be quickly forgotten. Little by little she sat up, trying not to think of all that had happened, trying to recover herself from her daze, which fortunately was not far from the place where the horse was tied, and slowly rose, and with the last rags she had left, covered some of her bare private parts again, though her physical condition was not so bad as to make her unable to move. Even burns from that kind of fire can heal quickly. But she walked slowly, little by little, back to the horse, afraid that she might break her leg again.

The medicine wine was bitter and still had a lot of strength, but it was no longer a problem for Azzurra, who put on her coat and finally felt warm and no longer exposed like a stripper.

Waste is waste. As the shock of the mixed emotions subsided in her mind, Azzurra began to enligh10 herself.

People are often like this, because some things will produce a particularly sudden and difficult to control, explosive emotions, it is difficult to say what is good or bad, the key is how to deal with their own calm.

And for Azzurra, now how to blame themselves, it seems not much use, just their own face with the dragon, is indeed a very failure, and the dragon's insight also let Azzurra impressed, even those small movement it can detect, she is also difficult to predict such a situation. But now that she's sure the dragon is so prepared, she's ready to make other plans. Naturally, she could not swallow this, but this time the previous tactics were too much to cope with, and she had to think of something else.

But before that, you have to settle your mind. Azzurra's eyes were still wet with this thought. If she had not yet experienced so much Azzurra, she would not have thought so much, but after so many years of separation, loneliness, and life and death struggle, she also began to fear losing them in her heart, as if she were covered in fire and then fell down the cliff, she felt that something in her heart suddenly burned up and turned into countless ashes, as if she thought she was going to die. This feeling of blood is thicker than water, as if to pass away completely in this difficult day.

The things that Azzurra could remember, who they were, how they had such extraordinary powers, everything that no one had ever told them, except that the markings on their hands suggested that they might be biological sisters, and the four had been searching for answers since they were children. At first it was just a little mystery to themselves, but then it mushroomed, and they had a lot of stories, some of which were widely circulated, the worst of which was that they were reincarnated as human beings and goddesses, and that prophecy, that stupid four-part soul, which to Azzurra was nothing but a conspiracy theory, the more detailed it was, the harder it was to believe. For themselves, the words of others can never really interpret themselves, and those meanings and reasons have to be found by themselves. She seemed to be the youngest of the four, and not as tall as the other three, but the first to be so aware, but now Azzurra felt that it might have been some curse, that if it had not been for the temporary separation in search of meaning, they might not be in such danger now.

But now it's over, and she's just trying to make up for it, Azzurra keeps telling herself, 'I'm not dead, so it's not over.'

That's got to be it.

Thinking of this, Azzurra seems to have some reasons to cheer up, in the face of such a dilemma, there is no brother, teacher to enlighten, self-guidance is the only thing that has to be completed. But even so, how to do it next, she can't make up her mind, not to mention whether there is any clever plan, her props are only some bombs. Other than that, there were a few fuses and a small detonator, two things that Azzurra rarely used or intended to use in any setting, the fuses that turned the bomb into a remote-detonated trap, and she had only used them for hunting, long ago. I almost lost it. I still have one... Half a sword. She still had it in her hand.

Azzurra raised his head, looked at the mountain soaked in the moonlight, and when he was blown up – or jumped down before being blown up – at the same time, the mountain looked as if it had been eaten by a hungry Wolf, and the smoke and dust did not seem to have completely dispersed, and there were some fine pieces of sound, far from it, and looked over the lake, it was some falling rocks rolling into the water. An idea crept into her mind, but it was soon half dispelled by her, although the feasibility was not high, but she still needed to go up the mountain again.

After a short rest, the Azzurra took all his equipment, waded across the river again, and began a second crusade. This time she did not have much confidence, the always quick battle, it seems not quite effective, and now failed once, it is more urgent. As she walked, her eyes kept searching for what she wanted. If you're lucky, maybe you'll have a chance, but if you're unlucky, you'll have to stab the dragon with a broken sword.

That's not much different than asking for death.

But so what? Azzurra was amused. I'm on the brink of life and death anyway.

As Azzurra continued on his way up the mountain, and the dragon more or less returned to its cave, the moonlight began to slacken a little, to take a rest after a good show, and to grow dimmer. She had to use what she had learned to observe at night. She had only one lantern in her hand, which was still hanging where the horse was tied, and if she carried it with her, the dragon might find it; besides, it was an important thing to find horses at night, and if she could return from this trip, she would have to save time to continue her journey. After weighing the pros and cons, Azzurra decided not to take it with her.

Even so, as if this wasn't the key variable in the plan, Azzurra found what he wanted to see.

Yes, the dragon's blow was like a thunder shock, and it can even be said somewhat jokingly that no one has experienced it more than she has. For others to see the power of that shot, all they had to do was find the Angle on the other side of the river where they could see the cliff directly, and look at the gap in the mountain near the peak. Luckily, though, Azzurra had seen the netted boulders before, and although the higher ones had collapsed with the shaking, becoming part of a myriad of falling rocks, there were still some left on the mountainside, but they also seemed to be crumbling.

Carla had taught herself a trap designed to catch big game —— a bomb and fuse she had invented, and some small stones as supports, connected the explosives to the fuse, attached to the fragile part of the stone grid that was about to break, and then attached the simple detonator. Taking it to a secluded mountain forest that Azzurra had found a few dozen paces away, she felt that the sequence must not be right. Carla used to emphasize that if you don't handle it properly, you can either burn dumb when you want to blow up or accidentally blow yourself up. But Azzurra thought again that she was not Carla after all, so she had to do what she thought first, and she was not confident that she would be 100% successful, and she had only fried wild pigs in this way, and had to eat rotten meat that night because she had not calculated the timing.

The memory stops here, and the trap is completed. The next step was to make some noise, but Azzurra was not about to take any chances. She returned to the pre-arranged spot, pulled out the broken sword, and took a final look to say goodbye to her old friend in her mind, not knowing why she had such an idea, perhaps she should have done it a long time ago. And cut off some of the excess rags on his body – perhaps these things will leave more smell – put the sword and cloth on the ground, and then walk out ten paces more, to the very outside of the mountain road, and then turn back, quickly recall the planned route.

Azzurra closes her eyes and prepares herself for the final moment. This time, it's do or die.

Then she activated the bomb in her hand and hurled it into the sky.

Baaaah!

Once again the silence of the night was broken by a great explosion, and something flew out of the jungle that seemed restless that night. The second she dropped the bomb, Azzurra pressed her body and mind in front of her face and started running. A few seconds later, when the dragon roared from a hundred meters above her head, she knew she had captured its attention.

She returned to the detonator and quickly pulled out the perfume.

It was discovered suddenly before, perhaps there was a factor that left a strong smell. She did not know how long she had been in the water, but she felt that it would not make her smell completely disappear, and that it would be necessary to cover up at least some of it.

With a trace of reluctance, she unscrewed the bottle of perfume, and did not consciously come up to smell it, it seems to have been put for a long time, and the strong herbal fragrance in the assumption has already evaporated, but if it is just to cover up and integrate into the surrounding nature, it is also appropriate. But Azzurra, not knowing how to use the perfume and not drinking it, simply poured some on his hands, then rubbed it on his body, and after a while poured it directly on his back.

She did not know whether such an idea was the best or not, and she was not sure that these things alone would make her smell clearer than the two broken swords and the clothes.

But now you can only gamble, winning is happy, losing most but lose your life, but if you do not try, the price would be too heavy...

She shook her head, thinking that it would be somewhat unlucky to go on.

In only three minutes or so, the sound of the giant dragon wings beating against the air reached my ears. Azzurra stared in the direction of the sound, very nervous, and hid himself in the grass in a creeping position, like a cobra about to hunt.

Don't smell me! Don't smell me!

As if in answer to Azzurra's silent prayer, the dragon quickly found the general location of the sound, but its attention seemed to be focused on the spot where Azzurra had broken his sword. After a brief glance, the dragon found something and slowly landed. However, the wind nearly lifted the forest where Azzurra was hiding. She did not decide in detail whether the dragon's massive body would have been able to stand on this small mountain path in the past, but it seemed that there was no reason to worry now.

The dragon was barely able to land on its side in this area, and the dragon's head was lowered, examining the broken sword and some blue rags on the ground, perhaps wondering, with the same familiar smell, why they had landed there.

Of course, what does it think? How does Azzurra know? It was all just a figment of her mind.

But that doesn't matter.

It is now or never again. Azzurra presses the switch on the detonator.

Paaaah!

…

After a few seconds, even if you listened, there was no sound except the breath of the dragon.

The bomb didn't go off.

Or it didn't explode right away.

Just as Azzurra's heart cooled, she was delayed by a loud crash, a crash like a sudden thunder, which startled her, but after the thunder began to roll again — and then the boulder fell.

A smile is on Azzurra's face. It's your turn to be ambushed.

The dragon had no time to react. Several bombs exploded near him, and the fire and shock almost erupted in his face. This was enough for him to drink a pot, but he had not yet played. Then the falling stones made him even more vulnerable. Azzurra had sprinted towards the top of the hill without even daring to look back, but it seemed to judge from the roar that the dragon had been thrown.

And so it was. Were it not for the fire that almost burst in its face, the falling rock might not have touched it at all, but at this point, it did not even recover itself, let alone make any movement, and then the chain reaction of the explosion seemed to go beyond what the Azzurra had expected, except for the huge stones that were caught in the net. Some of the rocks also fell off with the impact, and many boulders as big as the dragon itself came towards them, and there was no chance to avoid them.

With a bang, the earth shook, and there must have been a large enough rock that really rammed down on the dragon, hoping to break two bones of the dragon.

She ran frantically toward the hole, and the noise behind her soon died down, whether the attack had settled or was so far away that she was no longer aware of it.

At the moment Azzurra is truly unarmed and all she can do is run. She was hoping that there was something good in the dragon's chest that would help her turn the tide – she didn't expect him to be crushed to death, even if she wanted that to happen.

But unfortunately, it was not long before the voice she did not want to hear again came from the sky, and Azzurra was shocked in her heart, realizing that it was indeed impossible to overestimate the power of the trap, but still did not stop her footsteps.

We're almost there! We're almost there!

Azzurra rushed into the cave, immediately feeling the biting cold, subconsciously thinking that another plot was coming, and as her eyes gradually darkened, she had to slow down and walk in the direction of her memory or intuition. Walking, she already felt that the cold stone wall was close at hand, and she did not know whether it was done subconsciously in the darkness, as if someone was secretly guiding her, making her feel inexplicably confident. She reached up and felt, hoping that she remembered or guessed correctly.

Yes, there is something here. It was not made of the same material as the rock, and Azzurra was overjoyed when he touched the leather handle, which was probably some kind of suitcase, a long square, placed in a recessed spot in the wall of the rock, and pulled it out with a sharp jerk.

At the same time, the mouth of the deceased

dragon has fallen, Azzurra's trick it did not guess, but since there is such a known ambush, it must be this strange girl is likely to go to the cave, in fact, the dragon does not know who put something in the cave when they sleep, but this cave is a good place for an ambush, which cannot be refuted.

It's not rushing in. How you think, you have to learn a fall into the pit, such a situation even if people use their own feet to think that there may be an ambush.

Not to mention a dragon that has been proven to have human-like intelligence, and possibly even superhuman intelligence.

Ba-boom!

Without trying to pry too much, the dragon shot straight out of the flames, and the glittering columns of fire broke straight through the cold and darkness, as if there were many flaming hunting horses and knights in the flames, and with an impassioned roar of war, brandished their spears and rushed toward the depths of the cave.

Then the whole cave became a burning furnace, full of crimson flames as far as the eye could see. Then look carefully, as far as the eye can see, it seems that some rocks have been burned and melted into lava and fell to the ground.

For a moment, the dragon seemed to be calm, but

at this time it was a little angry, anger written on the face.

In the fire, the figure through the heat wave, the temperament is also very different from what has been seen before, there is a flame in hell can not hurt even half a piece of clothing, if you can describe the human expression, the dragon face may be white.

Azzurra, dressed in black with only a few lines of blue running through her trousers, has a good look and a very different pace. Even wearing a hood, it can not hide the cold intention of killing, the previous fear is gone, and now standing in front of the dragon, as if a Valkyrie.

In addition, she held a silver and white universe knife, one blade pointed to the sky, one blade to the ground, and gently waved it, as if to wake up the moonlight. Look carefully, if there is the light of the swimming dragon hovering on it, those patterns are also extremely delicate, most of them must be carved by the hand of God. The back of the double–headed blade also has a precision device, shaped like some hairpins, but also quite stylish, and inside the device, there is a long string, which can be attached to make a long bow, as is now done by Azzurra.

Oooosh!

Only listen to the hole came a wind whistling, accompanied by a faint flash, a blue arrow shadow tore the sky, rolled up a small hurricane, the flames along the way in an instant. Although the dragon responded by pushing off with its PAWS and flapping its wings, it was out of the arrow's path in advance, but it did not think that the blue arrow light would bend in an instant and draw an arc straight through the dragon's heart.

Nor was the arrow made of any ordinary piece of wood, stone or iron, but more like a crystal of frosted energy, which concentrated on the bow the moment it was drawn, and then dissipated as it hit its target — in fact, for a few moments afterwards, Azzurra was surprised that, apart from Carla's bizarre gizmos, she had only ever seen Nadia do the magic they were told about. Whether she was gifted or had inherited something from the goddess, as some claimed, she now seemed to be catching up with her.

Do not wait for the other side's reaction, Azzurra strides forward, just came to the dragon in an instant, at this time her hand, is already very different, only a slight jump, and a cross arm dance, under the silver moon, the blade light flashed, and even can only hear the wind whistle three points, but the person has landed. Then look at the universe of the knife with only a few drops of black blood, from the tip of the knife, but at the same time with the faucet.

At this time the world, there is only silence.

Silence is the mourning of the world, silence in mourning declared: death Xianlong, death.

The blade of Acageia and the sacred garment, a relic of the goddess and her gift to mankind, were left with a note called Azzurra somewhat unconvinced when the flame lit up the cave. I don't know what the old man's people were planning to do when they put these things here. At first she only thought they were imitations, after all, how could they be so easily found for themselves after thousands of years of theoretical loss, but now it seemed that they were genuine.

Chapter 7: Vine Hider

After beheading the fairy, fatigue swept through Azzurra's body again.

"I was not at all impressed by such a powerful artifact." She sat down on the ground for a moment to rest, taking the opportunity to examine the new equipment on her hand, which had been stained with blood, so she had to gently wipe it, and with great care, she noticed the rune on the knife.

The letters in the chest, and the bottle of black water, which Azzurra still had in his sleeve and had not been scorched by the fire, were taken out to examine, and these words, like the documents which were in hand, were all notes made by the old man or his master.

Ms. Azzurra:

No offense, I have tried to write the language succinctly and clearly, some words may not be familiar to you.

It's called the Acageia Blade, maybe you're familiar with it? Our people have been searching for this ancient relic for nearly a hundred years, ever since some evidence of it appeared, and the metal in this weapon is not the material we know it to be, perhaps the same as the equipment of the four of you… It's similar to the twin swords you might have broken, but maybe better. This sacred garment is handed down by our people, it is said to be the clothing given by the goddess to mankind in the year, and it was unearthed with this knife. But these two things in our hands, there is no power. And when we realized that you might be able to use them, you were already on your way, and I had no choice but to put it and this garment here before the dragon woke up. In addition, this potion is a potion that we specially modulated to strengthen physical strength and alleviate the dragon's blood effect for a short time, but the number is not large, and can only give you this bottle, which may not be used by you, but when it comes to the most critical time, it may also be able to help you. If it is placed in a conspicuous place, especially near a dragon in a canyon or desert, someone will steal it, please understand. If you are reading this letter, it means that you have killed the Meteoroid, or that you have acquired these things by a strange skill and will kill it. There's a price to pay for its power, but it's worth it, right?

Let me tell you something: I fear the prophecy will come true, your swords have been cut off as part of the prophecy, and we have found the rest of the dragons stirring, which has already proved that you are the daughter of the prophecy, and if the prophecy is to be followed, the dragon will next go to the altar where the goddess came, which is where your companions are now, At this moment, the nearest dragon must be less than 800 li.

You may not believe it, but my master does not, let alone one of our people. It is clear that people do not intend to remain indifferent to such threats. Besides, you need to reunite with your partner, who you haven't seen in years, right? Get on the road, or it won't be that simple for years, decades, centuries or even thousands of years.

Azzurra mused for a moment, but some of the words were so unfamiliar that he felt there was no special need for them, and he tilted his head back and forth to read them again, still a little confused. I don't know how the old man knows so much. But she knew that this series of events had already taken place, and there must be some truth in what he wrote and said. Put down the paper and stand up. She set her mind ready to go down the mountain, reached out to pull up the Acageia blade inserted on the ground, but did not want to fasten her index finger to something on the middle handle, her wrist was habitually twisted gently, and a force went up, which triggered the organ, only to hear a very clear "click" sound, the double-headed knife was split in two, and for an instant thought that she was careless, Accidentally broke it, but after confirming that this was also a use, Azzurra was somewhat surprised that the blade could not only be near or far, but also be used as a double sword, so that it was even more convenient.

After the surprise, without stopping too much, she quickly walked down the hill, thinking of continuing on her way.

Feasible to halfway, the Azzurra, who was paying attention to the road at the foot of the foot and calculating where to go next, suddenly felt dizzy climbing the upper body, gathered in the brain, she felt unstable, as if drunk, the head became heavy, a stumbling, almost stepping empty.

"Well…"

Strangely, she had never felt anything like this before, as if there was a burning heat in her chest, her mind began to become blurred, and after a few more steps, she leaned against the tree, feeling every cell inexplicably stirring, as if there were some fire in her body, about to burst out, and when this feeling reached its peak, Azzurra felt for some reason that her whole body was about to explode.

However, this feeling is both strange and familiar, if you think about it again, it is very familiar, but some can not be said. But just like this dizzy feeling came suddenly, dissipating is also instantaneous.

Azzurra shook her head violently, and in a moment she woke up. She found herself lying on her stomach, but the uncomfortable feeling that every cell was stirring was now gone.

Maybe he was too tired, too tired. She thought, slowing down a little, the previous part of the road has been blocked by falling rocks, can only go further, down to the foot of the mountain, the sun has spread over the whole continent.

Azzurra looked at the water in front of her. Subconsciously, she should wash herself and close her eyes for a while if she could, but when the words flashed in front of her, she began to complain about her laziness.

The few remaining dragons had begun to approach the altar, the nearest one less than 800 miles.

It is now known that only the Dragon, a creature of the same origin as the goddess, has the ability to harm herself and her three companions, and those who wish to harm them will naturally take advantage of it.

Because of the bullshit prophecy, they're reincarnated from the goddess of death and war. Azzurra does not like to discuss these bizarre theories, and does not want to believe too many of the so-called facts that people have told him, perhaps the more convincing and clear the conspiracy theory, the harder it is to believe. All she can think about right now is saving the three of them and getting away together, preferably off this damn continent.

A desert island, maybe an island, maybe a forest? Somewhere hidden enough for Nadia to provide some material with magic, for Carla to work with, for herself and Gemma to do some manual work, and for that, at least for each other, for a few thousand years, it's not a problem, and don't get involved in all that weird stuff.

She took off the hot holy clothes, and suddenly felt a cool body and mind, as if the air was sweet. Her previous clothes were thoroughly worn out, so she decided to change them. She looked around to confirm that no one, then took off the underwear, went to the river, quickly washed some, in fact, the spring cold, the water is really cold to some uncomfortable, as if still stay in winter.

After taking care of herself quickly, Azzurra continues on her way. According to the map, he was already halfway there, and if he did it quickly enough, it would not be impossible to intercept the dragon halfway, although Azzurra knew that such things were not easy to chase, and if the old steward's claim was true, and his two swords had something to do with the dragon's awakening, which they probably did, After all, the meteorosaur who had been sleeping was able to fly again in the last encounter. However, the reality is still more optimistic than their own calculation, first of all, their shallow browsing of all the next opponents, at least the preliminary judgment, are not as good at flying as the meteor fairy, Tianyu, and does not rule out the situation like Tianyu dragon has not fully woken up, flying is not moving. Starting here, you can take a shortcut, and within two days, you can directly arrive at the approximate location of the next dragon dozens of miles away, and the other side as long as you stretch two more, you can ambush in advance.

But if you were any slower, it would be difficult.

Oh, yes, the next dragon's intelligence, I have not read carefully. It's not right to forget something so important.

"The vine surrounds the mud and the dragon hides in the marsh."

Rattan Yinlong, the completion of the portrait is not as good as the meteor, but it is also one of the best clear. It seems to be the one with the deepest integration with nature among the seven dragons, because when you look at it, you will find that the whole body is stained with the leafy green of the jungle, and the leafy green is also tangled with some flowers and plants, and as the name says, accompanied by many vines, these things are all that can be found at a glance, and it is difficult to even identify where the eyes are. If you look at the map, it is not difficult to find its hiding place in the wetland jungle ahead. On the one hand, Azzurra unfortunately, may also get dirty, but on the other hand she seems to have some light happiness, thinking that if the jungle is set on fire, presumably this dragon will break most of the way to live, but after reading those words, or feel not to light the enemy.

The records about the vine hidden dragon roughly say that since the war, it dragged the semi–mutilated body to roost here, when the surrounding nature experienced a round of aging, whether or not in line with normal biological decay, the dragon fully restored its vitality, but such a large–scale withering, soon led to the discovery of the sleeping dragon. For the sleeping seven dragons, naturally not many people dare to rashly try to attack, but it is true that some people have tried to hurt Rattan hidden dragon, but do not think, even if it has been sleeping, people are trying to attack like a person' s chance to shock the tree, even if it is a scratch that nature gives the outer armor, can also grow back quickly, obviously this is not a good deal with the Lord.

After walking a little further, the jungle was in front of it, with countless huge trees growing out of all sorts of different places, and it was estimated that this forest had been covering the sky for many years. There's a little bit of blood light that gets through. But there is still no way to change the wet and cold environment here, although it is not what ice and snow, but it will also make people unconsciously shivering.

Azzurra did not urge the horse, walking, always paying attention to the mud under his feet, looking up, even the sun can not fully penetrate, the world before him is a green, there is no excess color.

Azzurra didn't think much of it, just kept his mind on what was going on around him. In any case, the fight was inevitable. The only question was when it would happen. This place is by no means safe to describe, there is a giant dragon circling, it is even worse, but I do not know where it will come out, if some poison from the bottom up, through the heart, it is not impossible. Perhaps a long time ago, Gemma told herself the story of the jungle predator, which is basically to ambush the wetland or the jungle with a highly poisoned trap, waiting for the prey to pass, and then launch a surprise attack, in just a quarter of an hour, you can kill them. I had listened to it with interest before, but now I didn't feel that way at all.

At this thought, Azzurra could not help but shiver, and his eyes seemed to be a little blurred, but he was alone in this place, as if he were in another strange universe, and did not know when he would encounter a black hole.

But suddenly, with a faint twitch from the corner of her eye, there seemed to be some undercurrent floating in the middle of the shallow water, so slight that it was almost impossible to hear, Azzurra jumped off her horse, picked up the REINS and tied them to the nearest tree.

"Don' t make a sound, little fellow." Azzurra looked serious and whispered to the horse, "I' ll come to you when I' m done with this guy." I do not know whether the other party can understand, can only see it some spiritual nodded.

Let' s just hope this little pony doesn' t get caught up in the dragon' s eyes, and then we can just sweep it away and eat it for dinner.

Then Azzurra moves silently through the jungle like a shadow, the air is also depressed, and she removes her hood, as if she were more aware of the wind. Eighty steps ahead, the thick jungle looked even more grim, with a faint wooden house hiding in it, which must have been deserted for a long time, and the pool where she was now lying between it and the jungle was so peaceful that ordinary people would have thought it was no big deal if they had not known about this crouching Tiger, Hidden Dragon, but once it was certain that there was a murder hidden here, Even a man of Azzurra's extraordinary abilities would break out in a cold sweat, and maybe the noise on the horse was a warning.

But only a moment later, Azzurra already noticed that there was something strange about the jungle ahead. In such a weather, there was no wind or waves, but there was still a breeze that blew the hair. Along the way, there was a lot of swaying of the plants, and if the wind was in the direction of the forest, it was not moved, but slightly undated.

Like the breath of some creature.

'It's you!

Azzurra shouted in his mind, without hesitation, straight across the bow on the knife, the condensation of the blue crystal in the air instantaneously formed, only to do a moment of concentration, an arrow shot, curled up a spray and flying leaf, hit the target.

There was a howl in the jungle, and Azzurra thought he had hit some sea creature. It took him a moment to realize that it was the sound of a dragon. Looking in that direction, however, an object seemed to be missing from the shadows.

Damn it, Azzurra muttered. Pull your head back.

In other words, it is not so simple, the enemy into my retreat roundabout tactics, she is also a lot of use, but the dragon's behavior has made Azzurra some surprises, she always felt that this hit down, not dead also have to be a semi—disability, but in fact, it seems to be deeply injured, in fact, it will recover for a moment, it is estimated that its head will be cut off, in order to effectively cause damage. Azzurra listened to her inner self.

Suddenly, there was a faint movement beneath her feet, and there seemed to be an undercurrent in the muddy pool, and Azzurra jumped up, and sure enough, out of nowhere, some long vine sprang up, and whipped it against the place where she had stood. This didn' t seem like a particularly clever choice, as she switched the trigger to a double sword and extended countless "vines" through the jungle and mud — until Azzurra cut one with her knife and the black blood gushing out made her realize that it might also have been a dragon' s beard covered with plants. I do not know why there are so many, so long, and constantly crazy and barbaric growth, she already knew that the position was exposed, the other side would never let go of themselves, and so careless, I estimated that it was somewhat angry.

When she regained her strength, her figure was not at all slower than before, but she was a little more agile, and in the twinkling of an eye, the invading dragons fell one by one, or all fell into the pool, causing a splash of water and dust, a flutter and a struggle, and then motionless.

After a few moments, Azzurra noticed that the whiskers didn't seem to have diminished much, cutting off one and pulling back, only to have another one come at him within seconds, perhaps thanks to the regenerative power. But this guy doesn't show his real body, he uses all this stuff to deal with himself.

It occurred to her that Gemma had also said that predators, in addition to stings and traps, were true. But if they want to capture their prey alive, they will find a way to wear it down before they strike to defeat it. In such tactics, the physical disparity will make the prey almost no longer have the strength to resist, bringing the reality that although they are reluctant to admit it, it seems that the current situation is indeed.

She leaps backward, slashes her head in front of her, then stares at the three whiskers in front of her, and before the next blow comes, she leaps forward and, with a flick of her left arm and wrist, lands another beard.

Some light wheezing in the mouth, she knew that she could not consume it, and the enemy of such creatures, the number has always been difficult to determine. Although she was already very light, but for a long time still feel a little weak, something quietly scraped from the waist, she realized that it was a dragon's beard, seemed to have some spikes, if not wearing this holy garment, she would have been chafed, indeed, this dress did make her feel more flexible, and seemed to be more resistant to sharp objects quality, But after all, it is just a foreign thing, and the consumption of the body can not be alleviated.

Immediately, Azzurra buckled two sword handles, the three fingers in the left hand, and returned to the Qiankun knife form. Just in this gap, there is a black mass in front of me, and it seems that there are countless dragon whiskers stretched out towards me, but Azzurra can be counted as accurate and deadly, two legs, a small waist turn, a horizontal arm, and then, at that time, the knife light flashed towards the root of the dragon beard, and the speed of the attack, even she herself is slightly surprised, it seems to be an extraordinary play. The numerous pressurized whiskers, fragile like flying paper, break with a wave.

It was also taking advantage of this gap to observe the source of the densest of these whiskers, which was probably the position of the dragon at this time.

Hiding in the pool, huh? You think you can hide?

"Snap", Azzurra kicked off his feet on the stone, the whole person became high, in the air in a very elegant posture half circle, like a dancer to adjust the posture, with ordinary weapons, may need more power, even can not play this move, although Azzurra knows that the dragon is not ordinary things, but in any case, She's not kidding around with that weapon.

What she did was amazing, by turning in the air, she shot a crystal arrow in front of the predetermined position, and the arrow was tilted into the soil, and before the energy of the crystal was dissipated, she followed the trend of an upside down gold hook, and her foot stepped on the tail of the sword, and in this direction, two pieces of kinetic energy ensured that the foot would directly insert the arrow into the soft soil of the wetland.

There was only a dull sound in the soil, which made people feel really uncomfortable, and this move was actually won and lost, Azzurra herself knew that, as the ground under her feet began to shake violently, she knew that a move was successful, and she changed steps to the space behind her, and her mouth was already some uncontrollable complacency.

When the Tengyin dragon will be full body out of the ground, Azzurra's heart is a little gloomy, perhaps because she saw in front of the body of the dragon to block the few lines of light, foot countless mud, lined with the surrounding environment, is her green hell.

Although the drawing is roughly the same as the dragon itself, short and slender compared to the celestial and celestial Fairies, the details are quite different from the drawing, and Azzurra never expected to see so many tentacles in one creature, nor did he ever think that any creature would make him feel sick to his heart. The dragon's body is dark green, but the texture is mixed with mud and wet, I don't know what the name of the plant, from the elk–like horns, thick head and neck, down through the body, all the way to the four PAWS still soaked in water, those tentacles see that this is actually its beard or body hair, not thick but also dense, then grew a lot, The rate of regeneration is terrifying. Perhaps it had no wings, but in Azzurra's view it was just two green blankets draped over it, still covered with moss, dripping with a green liquid that was not stomach–churning. Only the slightly gray belly and hidden in the green head, the dark red eyes can still see some biological appearance, not like the dragon wearing green camouflage, but like this green has been parasitic on the dragon.

This is it. There's only one war.

No one could have imagined that Azzurra would attack this time, picking up the blade and cutting forward, leaving a large wound in the dragon's body. This time the other side's action is too easy to guess, the claws in the water are stretched up, the sound is not small, and the pressure is not very good. At first, she flits about like a child, and more often, the dragon flips its neck and hurls all of its thick tentacles toward Azzurra, but she quickly suspects her opponent's intentions, seizing the right moment to step on a tentacle that strikes her where she was standing, and once again thrusts her legs up and back into the air, in the posture of a dancer. Drawing a graceful arc with her body, she held the blade in front of the air and objects she was bound to cut through, and this time she turned in mid—air, landing perfectly with graceful grace, with some cut pieces falling from her body. After that, the Azzurra tried to keep her distance, too close to her PAWS and many whiskers to handle. Every time she dodged a blow, she left several wounds on the other side of the body, but even so, the head hanging on the neck, is still the focus of her staring, obviously there is not enough space at the moment.

When the fight rose, I could not remember when I changed the double sword, even if I would sweat in this environment, it was difficult to distinguish what was flowing on the forehead.

Why don' t you just stick your head out here and let me cut it, and you' ll be dead!

Although it is so thought, but the other side naturally can not be obedient, the dragon still wants to consume with themselves. Adjust the method of battle, it must be a better option, steady and steady, for this opponent who likes to consume his physical strength, maybe it will take several hours to wait for an opportunity. When Azzurra struck, she pressed her weight on the right side, so as to avoid the next volley, and her left hand was more smooth, more than the right side of the front, and then immediately upward, the force from the ground, looking at the height of the sword, the knife light went straight to the neck of the dragon, the effect was surprisingly good, but she slightly miscalculated, This part is also full of blood, he is almost in the bottom, in the instant decision just now, the light to think about what kind of damage, a knife in the past, the target, her heart dark cool, this is enough for you to suffer.

But the next moment there was an unexpected situation, or one that I should have considered in the first place – the wound was there, but the black dragon's blood poured out and fell all over me.

"Ah, ah, ah!

Her face suddenly turned pale, as if she had been splashed with concentrated sulfuric acid, and the black blood was like a basin of dirty water directly splashed on her clothes. She retreated from the pain, covered her head with her hands, and screamed aloud. The garment seemed to have little protection, and she felt her skin burn all over her body.

What followed was a riot in every cell, and she could feel every inch of skin, every muscle, every bone now becoming a shell as thin as the wings, and what was burning in her chest was what seemed to be her heart or some organ, as if she had been living with this time bomb, and now it was about to tear apart the outer shell of her body and burst open. And the same dragon's blood but somehow, this pain is more intense than before, and with the previous pain is not gradually increasing accumulation, but suddenly there is a qualitative improvement.

That's what it feels like!

Azzurra suddenly realized that such pain was not the first experience, although she was not good enough to forget the scar pain, but the consequences of contact with dragon blood, she may have never thought much about it from the beginning, and now this time, it is more than before to let themselves suffer, the previous dizzy, there is a sense of strangeness, this time feel a strong, I immediately realized that this was the pain I had suffered all along because of contact with the dragon's blood. What could have been a great opportunity for an additional attack went down the drain.

Fortunately, vine hidden dragon is not good, addicted to the aftertaste of pain, both sides did not harm each other's time.

Azzurra's knife seemed to have cut into a major artery, or a respiratory tract, or something important close to the head, and though she hadn't thought it through, the effect alone was remarkable. It almost killed the dragon, leaving it limp on the ground, its hind legs flapping, its front PAWS covering the wound, But because some of the panic in the superfluous action led to the intense pain worse, even if there is a self-healing ability, against such a serious injury is also quite difficult, this is also a natural truth. If you cut flowers and leaves, it does not have much impact on the whole plant, but if you attack the branch or near the root, it can cause more damage, if the root is damaged, life and death can only be left to fate.

At this time, whoever recovers from the pain first has the advantage, that is, the advantage of killing him while he is sick.

Azzurra knew this, of course, and in the midst of the brain-tearing pain and the flickering hallucinations, what was left of her mind and subconscious mind told herself that she would at least hold on to this creature, and she dropped her hands, covering her head, and smashed into the pool with such force that if she looked below the surface, she would break the rocks in the water. And embedded in the soil.

Fighting fire with fire, pain with pain, the pain of the hand seemed to make Azzurra a little more conscious, she pulled out the falling hand, groped out of the corner of her eye, and touched the handle of the Acageia blade.

'Ah!

She cried out again, not knowing whether it was a cry of pain or a cry of war. It's as if there's an infinite force, a thousand veins, twisting straight up into her legs, and when she lifts her head and gazes at the target, it's as if she's about to kill it.

'Kill!

The long-accumulated power burst out in an instant, she broke out of the water, and this walk was an arrow from the string, the dragon seemed to know that it was difficult to stop, but it still stretched out the tentacles with hidden pain, but everyone knew that this was just a fight between trapped beasts.

She wielded the blade vigorously, as if every finger, every turn of the wrist, every wave of the arm, is against great resistance in action, if someone looked on at this time, some people will see these actions as an understatement of the attack, heroic appearance, but before long, surely some people will think that this is an angry person's crushing charge.

When Azzurra cut off all the obstacles, the dragon is already calm, and if there is a dazed look, it seems to have made a decision, the original offensive is immovable, but do not want Azzurra not much, until the other side's eyes have been in the distance, it only thought of waving claws swept away.

And this moment of stunned, seems to have been

captured by Azzurra, even if it is a flash of fire, a fleeting second, but also tightly clutched in her hand, her blade has been out, the pain has all blossomed, became the power of anger. Left arm sideways, blade straight into the dragon's neck, bleeding.

As if that were not enough, Azzurra could feel a constant, seemingly endless energy in her body, but whether it was anger or some other feeling, she then wielded the knife again, like a drunk angry woman, who looked helpless. In addition, her face was constantly stained with new black blood, the end of her sky-blue hair was now dyed black, I do not know if there is blood flowing into her mouth, she shouted something, or rather it is an involuntary cry when venting, the content is difficult to clear, but in the eyes of Azzurra, it is like engraved into the bone marrow.

She cut the knife.

'Carla!

Another stab.

'Gemma!

Then an unstoppable force gathered on his arm.

'Nadia!

With the last stroke of her knife, she cut the dragon's neck, and with a throbbing sound that seemed to be a mournful whimper, the dragon fell and another warrior fell.

But she still does not intend to forgive it, even after it is separated from the head, killing the red-eyed Azzurra, for a while will not stop, there seems to be some endless fire on the body, she still uses the knife to keep inserting the dragon.

"Die! Die!"

Until really really did not have a trace of strength, she did not stop, this only realized that the other side has long been dead.

But even then, she didn't forget to kick it again.

Chapter 8: Carla

The wind here, it' s really cold. Carla thought this with a shiver in her body and in her heart.

Especially when you' re out there, when you' re a prisoner. If you don' t count the people lurking around to observe, there are only three of them here, their clothes are not particularly warm, this is their favorite dress on weekdays, and do not expect someone to "pity Xiang Xiang Yu" , hand over three blankets or something, and can not rub their hands to be hot, after all, hands and feet and even waist and neck are tied to tight bands. The wind blows, the cold straight into the heart bone, it seems that soon after, the sky is about to enter the night, when the wind cold reaches the top, the blood of the whole body can be stopped.

Although there is no SOB, there is no whine, but the long-term accumulation and exercise of the strong, is gradually consumed, maybe, just maybe when the last trace of heart exhausted, fill may only confusion and fear.

Although the physical strength and will in a little,

little by little, it seems that the last day is in front of us, but the three people are not able to see through it, although in such a dangerous situation, or do not destroy each other's will.

Don't think too pessimistically, Carla told herself, opening her eyes a little and turning her head with some difficulty to break the long silence.

"You two, how are you?"

The cross that held them in a square, facing outward on all sides, so Carla could not see the two men behind left and right, and the other, too, had to wait for the familiar voice in her ear to know of each other's existence, but the greeting seemed to be a blank sea, and after a few moments of silence she even wondered if she was too tired to remember. They're not actually there anymore.

If that were the case, she would be the only one who would suffer, and in a way, she thought, that was just as well.

Maybe that's good news after all.

Unfortunately, it backfired, and Carla felt a little disappointed when she heard a voice as weak as her own, but it was all too much.

"Not so good." Even though Gemma was dying and had lost her old aura, she was still outspoken.

"What a surprise..." Nadia on the other side also spoke, "This is how we can be reunited."

The three spoke in a very soft voice, and sometimes they even had to prick up their ears to hear a rough idea, and they had to guess three or four points, and they had no extra physical strength. But now that the silence had been broken, they were not willing to remain silent any longer.

"It's been years, isn't it?

"HMM."

"What's going on here?"

Although the topic is a bit obvious, Gemma blurted it out.

"The prophecy." Nadia used all her brain cells, recalling her experiences and judging the messages she had recently received from people. If you put everything together, it seems to be a complicated situation.

"It's a conspiracy."

Nadia, to make a long story short, wasn't sure that was the whole truth, and thought she could dig deeper, and not just to satisfy her curiosity.

"Are we witches?" Gemma's voice shook as she spoke. "Why would they say that about us..."

You can hear it. She's pressing herself.

But Nadia didn't answer directly.

"For people, fear mostly comes from the unknown, and they will always believe something unknown, as long as there is a plausible explanation, they will use it as a reason, an excuse... Now it is our turn to suffer."

"Oink..." Gemma snorted twice, indicating his unhappy agreement, "In my opinion, maybe they don＇t care about what the world is destroyed or not destroyed, so much trouble, so many reasons, what prophesies are quoted, or what famous sayings, to put it bluntly, just think that we are witches from another world." Witch, nature must destroy..."

She still could not help complaining, and did not want to take special care of the sisters whether there would be a feeling of pessimism, after all, their previous impact is too great, at the moment the desire to complain has occupied the whole body, and why hide it.

"Zula..." Carla suddenly thought of something. 'Zora＇s not here, is she? She＇ll come to us, won＇t she?"

"I＇m sorry, if you＇ll excuse me for saying so, but none of us have taken advantage of these conspirators, so even at the last moment I＇d rather she didn＇t come."

But Carla, Gemma may not be too concerned about these words, it is also, they are just four girls who live a little longer, at most have some extraordinary physique and skills, but in the matter of stratagems, they can＇t do everything they can and almost the whole world. Yes, maybe it＇s something they＇ve all been through, and it's similar and very difficult, and it's not something they can talk about easily.

She'd better get out of the way now, go to another continent, or find a place with no fancy prophecies, take on a new identity, or at least settle down. If you find a good man to marry, it is also a good choice. Here, we've become enemies of the world. "Nadia thought.

"I'm the one who should be sorry..." Carla feels guilty, too.

"I should... I should..."

There was a whimper in her voice, and she told her sisters what had happened to her.

Carla was the first to be arrested compared to the other two.

But she did not know this at first, after the four decided to separate for some time to explore their own lives, she had a short time to go around, and then set her mind to start to make some small inventions and sell good money to live.

She found a village to settle down in, which is near the mountains and rivers, with some small Bridges and water houses, and near the main road of communication, and can also go to the market on weekdays to buy some materials. She had lived there for about two years, and felt relatively popular. Perhaps in the eyes of the villagers, the girl played very well with the children, neither a housewife who was driven out of the village, nor a beggar who was dirty and begging for food, which was probably not a big deal, but if there was something serious in the village, such as a child being carried away by a Wolf, she would even pull out a fire-burning blaster from nowhere and lead a team of strong men in the village into the mountains to find it. And because she always wears a magenta crop top and carries a large musket, it creates such a visual gap that people often refer to Carla as "the Big Matron".

Of course, the most important thing in everyday life is that she always comes up with something new and a little strange, but extremely useful.

In this regard, she has always had a superior mind, but also to make a lot of wonderful things, from some toys, well-designed storage boxes, to the use of simple geometric structures to strengthen the village bridge. The explosives used to open the road are even more elaborate. Later, with the help of some introductions, I made some contacts with the outside world, and with the passage of time, I had some fame in the business circle, which in a sense is the most nourishing. However, Carla still doesn't quite understand the idea of her sisters wanting to move apart. At that time, for some reason, she always feels that there is a dangerous smell, faintly approaching, so she is the only one among the four who shows a slight attitude against living apart, but she is not stubborn but the sisters. She also wants to find them to experience this pastoral life together. But it seems that they all mind a little, even if the heart is unwilling, finally can only give up.

But there is always a common saying: "Do not have the heart of harm, do not have the heart of defense." Carla agreed with only half of it, the first half was too crown, or too good, after all, but the second half was the essence, especially Carla, who thought she had a great sense of smell. So when finding that all kinds of topics that seem to be related to themselves and their sisters have been transformed into a discussion of the concept of prophecy, her mind is aware of something wrong, and as the inventor of the manufacture, it is necessary to go into the village and town to purchase some raw materials, and some other people' s eyes are reflected in the peripheral vision, Carla has a plan.

Maybe it' s time to take a break, get your things together, and get ready for the rain.

But even though she was so sensitive and really sensed the danger, she did not warn her sisters scattered around in time, and she ran into trouble.

Or rather, they were attacked.

At that time is also a dark night, looking at the stars like all fall, have disappeared, only a dark moon, taking care of the world.

Always feel that something will happen, at that time she thought so, although there is no conclusive evidence, but finally some vague premonition, hope that they are too worried. Unfortunately, earlier in the day, she had been busy making some novelty gadgets for people.

'Miss Carla! Miss Carla! '

She still remembered that when she went to the market this morning to buy meat, a young man who could run fast in the village came to her.

"I want you to help me design something..."

Carla is actually not very willing to accept this commission, and the other party requires the design is really complicated, but also helpless to the other party out of the reward is really rich, this young man is also very proud, facial features, or one of the few blonde hair in the village, so that he has always been quite favorable, and it is not a stranger, the request is tacitly, but also his old customers, "You're also a great inventor. You wouldn't turn down a challenge like that, would you?" Words like this to tease Carla. After thinking about it, perhaps there is such a heat in her heart, she finally chose to take it.

"I'm really bad at saying no." That's what Carla says about herself later in the day, when a flicker of regret starts to creep in.

But that being said, she can be said to be busy to some delirious – in fact, the time limit of the commission is sufficient, the conditions are not particularly harsh, but when it really begins to work, there is always a strange motivation, the work is rising, and the inspiration seems to be endless.

"Cut a hole in here... Connect a wire, yes... And design a switch. Nice, nice... Do you want two designs?"

The creator' s mind is hard to fathom.

After a busy day, it was already sunset, and when she sensed something was wrong, she realized that it was impossible to stay up all night to prevent it, even though she went to bed in her usual work pants and blazer, with her belt and weapons within reach.

The words were engraved into Carla' s mind like a rule she' d recited every day since childhood, and every dark night, Carla did the same.

So when a group of men crept into the small village where she lived, she was already hiding in the jungle.

It was a party she had never seen or even heard of, dressed like police detectives, with blunderbusses on their waists and backs, and some hounds, all that Carla needed to write on her face was that they were not good.

Through the telescope she made, Carla could

see exactly where they were going, but she was still stunned. In her field of vision, the teenager she had seen during the day came running over. Judging from the reaction of the detectives, it seemed that this man was not one of the targets. But then the teenager did something unexpected: He pointed in his own direction, motioned to the detective, and started running.

Carla is taken aback and takes a moment to realize she's been sold.

This son of a bitch.

She immediately took action, running in the direction behind, did not frighten a piece of flowers and birds, things to now go to the road, but more unsafe, into the mountains will be a better choice.

There was, of course, a more important reason: it was a predetermined and even simulated route, and Carla was somewhat pleased as the noise behind her drew nearer.

You've all been tricked, she sneers quietly.

Yes, there was a popping sound, and they stepped on their own elaborate smoke traps, which were not deadly enough, but on top of them were cages hanging from trees, deep pits hidden in the darkness, and even small organs, which together were enough to delay.

Running, they entered a narrow valley, a hundred meters high, the road is still narrow, the widest point can pass about three people, she grabbed a handful of small iron ball from one of the waist pack, behind the dirt road a sprinkle.

I want you to do something more exciting.

Carla thought, but her pace slowed. The faint footsteps and noise in her ears seemed strange. She reached behind her back, removed her big gun, and shut off the safety.

Yes, there are flickering lights, flickering in the dark, and there are ambushes ahead, and those people may have heard the noise, and they are heading for this place, in other words, they are double-teamed.

Well, that's a surprise. Normally, not many outsiders know about this route, and even if the detectives had that bastard kid leading them, they wouldn't have been able to get out early and ambush them in the middle of nowhere, unless...

Carla's heart cooled. Earlier fatigue did cloud her judgment, and there was one possibility she hadn't thought of in advance.

It's not just one person who betrayed himself, it could be half a dozen, it could be the whole village.

Baaaah!

When the first person appears in the eyepiece, Carla fires, her fire weapon is extremely powerful and penetrable, and although it is not easy to change direction in this extremely narrow place, it does not seem too difficult to first resist the way, and the mechanism has been improved, eliminating the cumbersome reload step of the traditional fire weapon. Then she fired several shots, I do not know whether all, but warned the other side not to act rashly, enough.

There was a sound behind her, which was both good news and bad news, the good news was that the rear pursuer had hurt his invention, the bad news was that the rear pursuer had also come up, and those traps that had been laid earlier were used, so from another point of view there was nothing to stop the rear people.

The situation is still unfavorable to themselves, and it is difficult for a single person to contend with the attacks before and after, not to mention the other side also has gunpowder weapons.

A shot of buckshot passes by and Carla realizes something is wrong. She reaches into her waistband with her left hand, takes out her grape-gun, and aims it at a small platform above the ravine. This is a small passageway that was originally used to build a bridge over the ravine. In less than half a second she is up high. After all, they could not come up, without the passage above the canyon, and without the aid of tools, from below.

But a moment later, Carla realizes how wrong she

was.

As soon as she had climbed onto the platform, before she could go further into the passageway, there were flickering lights, which meant that someone had been ambushed. Carla was about to shout when a strong man swung his fist at her. She knew that the blow was heavy and that behind her was the high cliff of the valley, so she had to bend down at a very difficult Angle to avoid it, but she was almost lying on the ground. She simply flew directly to the enemy' s life is a foot, through the strength of the leg, quickly got up, pulled out the knife on the belt, stabbed to his neck, then pulled out the second knife, threw to the front, hit the next person' s head, two people fell down, and then took out the main weapon from the back, the next person rushed over, the bullet has been called to his body.

Damn it, she muttered to herself.

Carla hesitates, then realizes the truth, and now there' s a bloody fight. She then opened fire, bullets in the fire to tear the air, whistling hit their respective targets, to kill one, but the other party to take the crowd tactics, until the bullets are out, there are desperate people to come forward, she turned to avoid the attack, the butt of the rifle hit the other side, and drew the dagger to make up three knives, and then a foot, the man kicked down the canyon.

There's someone back there!

A good move, but can not take a break, behind the sound of tapping. Carla had just turned around, her mind already prepared for every possible attack, but the result is something unexpected — she just grabbed a small bucket and threw some liquid at her from a distance, like dirty water on her body.

What is this move? Are you trying to drown me with this water? She laughed to herself, but only for a moment, when she wanted to say, "What are you doing with me?" But unexpectedly, the words to the mouth, completely changed a shape.

"Ah, ah, ah!

Carla felt her body burn in an instant, as if she had been splashed with acid!

She suddenly felt dizzy, as if she had been seriously injured, and only felt that the strength of her body was gradually dissipating. Then came the sensation that every inch of her skin was burning. She covered her head, her legs went limp, her weight wobbled. Then he took a few steps back, and the movements were even self-conscious.

"What have you done?

She could only feel herself growling, and there was no sense of blood or gas flowing from her body.

"Dragon's blood, it really works."

The man who poured the liquid on himself spoke

in a very sharp tone, and from the scene that swayed before him, there seemed to be something sinister about him.

It seemed to Carla that the whole thing had gone horribly wrong, and that she was now more than likely to fail.

"So the prophecy was right after all, ha ha ha, ha ha, ha, ha, ha, ha, ha, ha, ha, ha, ha, ha, ha, ha, ha, Carla? The orchestration paradox, huh? See where you go today!"

The mocking voice is constantly in the ear and echoes in the brain, and the bad premonition hidden in the bottom of my heart is indeed fulfilled, Carla holds on in pain, trying to reach into her pocket to take out something to counter, while condemning herself for not thinking of all this in time, and she has always been good at collecting information, this time is overwhelmed by the huge intelligence. But as if she didn' t want to give herself too much time to change her mind, she kicked Carla in the lower part of the body and felt a sudden pain. She lost her balance, stumbled backward, and fell straight down the valley...

thump

When I woke up, she was here, in this desolate place.

"Those who hold me and guard me have revealed things. The blood they used to subdue me, for example, was collected by men who risked waking the dragon, and there seemed to be some cases of insanity caused by accidental exposure to the blood of the dragon. They said it could harm us, and now it seems so…"

Carla MUSES, recalling everything she's known since she was brought here, but as time goes by, the scenes come back to her.

Yes, after that, she saw the beaten unconscious Gemma and imprisoned until even the fingers are locked, Nadia has been marched here, and she can do nothing but scold in her heart. In a way, it was the most desperate Carla had ever been in her life.

"I should have come earlier to warn you… But I didn't trust my instincts in time…"

Chapter 9: Gemma

'It' s all right, Carla.'

At the end of Carla' s story, with her guilty cries, Gemma comforted.

"At least you' ve tried hard... Unlike me..."

Yes, compared with Carla' s all-out and resourceful resistance, what she has experienced and some choices she has made feel more stupid, and after listening to Carla tell her story, the bitterness that ripens in the bottom of her heart has completely opened up after being stirred up.

"Unlike me, who did a lot of stupid things."

Gemma, in a way, is the most unrestrained of the four, and it' s OK to think so, even if you say it to her face, she' ll give you a simple smile, her eyes narrowed, her mouth closed, and she' ll hum. She also understands sarcasm, but has never felt that some of the statements used to evaluate themselves are mixed with a lot of derogatory meaning, such as "honest" , "silly" , or even "loose" flow, no, she never mind, always laugh it off.

Because if you do, you' re not gonna get an

easy joke, you're gonna get a punch of nearly 9,800 pounds.

Fortunately, none of her sisters had ever seen anything like this happen, at least not to a human being.

So in a sense, she is indeed the best of the four, and it can even be described as such: if her character and some deeds are masked, and the words that will obviously detect gender are blocked, it must be nearly 80% of people can not guess that this is a girl.

The idea of living apart was first suggested by her, and Nadia supported it because she wanted to see the outside world herself. Azzurra thought about it for a while, always felt that the so-called independent life for girls like herself, after all, it is a relatively foreign concept, and no outsiders have told them, but from all these years, even in this day and age may not be clear. But Gemma manages to persuade her sisters, and even Carla, who initially disagrees, is lured into agreeing because of her interests.

But now it seems that perhaps Gemma is the one who regrets it the most.

Back to her own, in that year, after the separation, she was a long tour, to find some poems left by the ancestors contained in the mood, while self-cultivation, while looking for the mountains and seafood, as for those consumption, she was not very worried. Because Nadia, the only one of the four who has mastered the secret magic, knows how to use the magic to create gold, silver and copper coins, so the four travel almost rich, Gemma is a lot of extravagance, and does not travel like the itinerant Azzurra, and does not settle down like Carla to start a business. After a long time, he also saw the bottom of his pocket.

Fortunately, one day she heard that in a piece of land not more than a hundred miles away, there was a hexenbiest dressed in black and holding a scepter, helping the villagers there to adjust the climate, and even when the storm was coming, it was changed into a breeze and drizzle, and her heart made up its mind, and then she took a carriage on the way out of the camp, and within half a day, she saw her sisters. This is also the first time since the four were separated that two of them were reunited.

Gemma didn' t even make much effort to ask, nor did she have to hide anything. Once inside, villagers noticed the rings and diamond marks on her hands, not too different from the "weather goddess" they knew, and immediately took her to Nadia.

At that time, Nadia was living in a small treehouse built by herself, without any steps, and could not go up. Near the foot of the tree were piles of various gifts from the villagers, but she refused to accept them.

Only when the villagers prayed for good weather or to survive the drought, would she perform magic on the small platform exposed by the treehouse. But because of the height and the wild growth of the branches, Gemma had to give up, but regardless of these, two legs kicked, jumped up, directly in front of Nadia.

'Ah!

Nadia was still cooking, wondering why there was so much noise down there. Just turned around, there was a sound on her face, Gemma this directly gave her a shock, the whole body shudder, the food on the plate flew out of a piece, almost fell to the ground.

Gemma sees the moment and throws her neck forward, opening her mouth wide to catch the flying meat.

"Well... Since when did you learn to cook this dish... It's delicious!"

As she savour it, her eyes narrowed and she gave an involuntary thumbs-up as a terrified Nadia clutched her chest and gasped for air.

"Can't you just say hello and come back up?"

"Heh heh." Gemma rubbed her head sheepishly. "I thought I'd see you."

"Uh-huh." Nadia recovered, and seemed to be getting over her surprise. She turned, put what she was holding on the table, and greeted Gemma.

"Try my ribs... Don't worry, I'm not making this

up. If you're short of coppers or something, there's pockets in the corner over there that'll last you forever."

Nadia said, thinking about how to add rice halfway. Gemma was still thinking about how to ask nicely, but now they see through, can only respond to a simple smile, and then move to the direction of the bag bit by bit. Even though Nadia doesn't care about the money, she knows it.

"Have you been a little extravagant with your investments?"

'Nadia asked.

"Indeed... If you want to say so."

"What else do you do with it, besides travel and cooking?"

"Oh, what can I do?" Gemma sat in a chair in the wooden house, brushing her hair in front of a nearby mirror.

"It's not a business to partner with someone and plan to do some business." Gemma said, "Mainly do some hunting, and then stay and eat some of the leather and meat to sell, of course, when it comes to tigers, leopards, bears and worms, I always put up the rear or clean up the whole thing, you know... But you have to exercise."

"Is that not the only reason?"

"Why else?"

Gemma was so caught up in the memory that she didn't even notice how flushed her face was.

"What do you think?" Nadia puts the tea on the table, but doesn't take her eyes off Gemma's face.

"Alas..."

With Nadia still so good at reading people, Gemma felt she had nothing to hide.

"I'm in love."

"Huh?"

As Nadia looked at her sister, her eyes flashed first with fleeting complexity, then with strange curiosity. It's not a big deal. Nadia herself has experienced what it's like to be in love, though she hasn't been too excited about it since.

"But that makes sense. What about the man? Is that worth the expense?"

"I'm actually quite a person." Talking about his favorite object, Gemma was a little shy, "Originally a poor family, but also some ideals, when his civilization went wrong, those so-called upper class people were silent, he always stood up." All in all, in my opinion, he really deserves the help of my own assets."

"That's all right, as long as it's not some cheating, philandering man with a heart..." Nadia had a few more words of blessing, but they slipped back to her lips.

After a moment's reflection, she asked cautiously,

"He knows you're actually thousands of years apart, right?"

'Er... It doesn't matter. '

Having said that, Gemma didn't know exactly how to respond, and could only rub her head in embarrassment.

"And... After he dies of old age, you can live another thousand years... Even longer."

"I'll think about it... Maybe."

"That's good." Nadia wasn't going to ask, and maybe it was better to leave it at that.

"Did you hear? The latest prediction, which seems to have been made before, is getting more and more popular."

"Yes, a little." "I guess it's just talk," Gemma said. "When I travel, I've been to places where dragons are sleeping, and there's always a lot of legends, and recently when I heard about these things moving their eyelids, the legends started to pick up, and then there's basically no one there."

"I think so, perhaps more people have recently gone to test those sleeping dragons, and some people have come to me from far away to ask if they can cure those who have been affected by the dragon blood effect."

When Nadia said this, Gemma was a little surprised. She opened her mouth, but she didn't seem to say anything. It took a while before she could get out a few words.

"Can you do that?"

"How can I say…" Nadia thought for a moment. "I'm not a magic doctor. I can only change the effect, and I have to be very careful."

"Especially careful?"

"Yes, if anything goes wrong with my spell, it could literally turn a person into a dragon."

Gemma froze for a moment before forcing an awkward smile.

"What a joke you make…"

The two sisters talked for a long time that afternoon, and they always seemed to have a lot to talk about. But before the sun goes down, Gemma declines Nadia' s invitation to stay the night.

"No, my camp is not far, and my partner is waiting."

She does not plan to stay too long, even if the other party repeatedly retain, but also insist on first withdrawal.

"Well, don' t bother, I' ll find Carla and Azzurra and come back to you later!"

She said this before she left, not expecting to see her again soon.

"After I get back."

Back in the present, the bound Gemma opens the next memory and tells the sisters about it.

"My camp was eerily quiet, except for the crackling of the bonfire. I thought he had taken a break, but when I opened his tent, I found…"

She choked up at this point, and Carla, who was nearby, guessed what had happened.

"He was lying in a pool of blood, not moving, coughing… They killed him, I wasn' t there, they killed him!"

Earlier that night, a group of people had arrived at the camp where Gemma and her boyfriend were staying, some of them carrying buckets of water, Gemma' s boyfriend thought, but after negotiation, he realized that the other party was looking for the "boxing girl who is in deep desire" , and when he heard that she had been in the area recently some signs of activity, he thought something was very bad. After all, it' s not just one or two people who have trouble with Gemma. After thinking for a moment, he pretended to be foolish and pointed in a random direction, thinking that he could be fooled, but someone in the group recognized him.

'I remember you! Aren' t you the guy who helps fight the girls?"

When he said this, his heart was a little panicked, he also wanted to fool, but the crowd was not sure who brought the wind, and they all felt that he was the "male traitor" , and then they began to scold, and their emotions were even more irresistible, he saw that it was difficult to appease, and he wanted to go to the tent, trying to avoid these people, but he did not want someone to follow behind, not forgive. Seeing that he seemed to take something out of the tent, he thought it was a weapon, so he shouted.

"What are you doing? Get a weapon!"

This voice, like a ball of gunpowder on fire, at the sound of such abuse, some people were scared out of their mind, and after a few seconds, he did not respond, so arrogant that those who came to the visitors were completely angered, they rushed forward, did not give time to react, and directly threw people down, first surrounded by a lot of punching and kicking, and beat them until they were black and blue. In the heart is not enough, and took out a knife to cut, almost cut people into several segments.

After the incident, those people did not go far for the first time, after all, this is also a place outside the law, even if there is really in charge, they must always be able to give sufficient reasons. Besides, order only binds those who obey it, let alone in the face of the so-called end times. Because there is more than one tent, it means that there are people outside this camp, and after confirming the identity of the person they have just killed, the gang began to consider whether there is any other protection relationship with the so-called "fist woman" , and they ambushed nearby.

Gemma returned a short time later and directly verified their hypothesis, and when Gemma lifted the tent and screamed, they rushed from behind the bushes and rocks.

"I was... I was completely shocked that someone would do such a cruel thing, I had no idea they were right behind me, and the next thing I knew, they were throwing something on me, like you said, Carla, it was dragon's blood, and I felt my whole body burn, and it hurt like hell, and before I lost consciousness, I was still punching, There was some blood stuck to my armarmor, I don't know if it was human or dragon, but then the strength got weaker and weaker, and then I couldn't hold it, fell to the ground, really really no strength, only felt a punch and kick... They kept beating me until I passed out, and they kept pouring dragon blood on me... I really don't know why these things hurt us so much. I don't remember anything after that... When I woke up, I was here."

The more she thought about it, the sadder she became, the more her grief, the more her anger burned inside her, and Gemma struggled, as if to break all the chains and organs, to tear these people to pieces, as they had done to their lovers.

Chapter 10: Nadia

"People hate what they don't understand."

After listening to Carla and Gemma's story, Nadia sighed deeply. She shook her head. What else could be done if it was too difficult to break? Looking at the fading sunset before her, there seemed to be something moving in her crystal eyes, but at last it all turned dark, and the rising night wind messed up her hair, but she could not comb it.

She tried again to gather the energy of the whole body to help herself free herself, but again failed. I can't help it. The previous consumption was too great.

"Forgive me, Carla and Gemma."

"It's all right, Nell." Carla says: 'We're all doing our best. We didn't know it was happening.'

"Yes," he said. Gemma chimed in.

"At that time, there were any prophecies, we do not know whether it is true or not, now we know that dragons really exist, and their blood is harmful to us, even if we are really as they say, what is the so-called reincarnation of the goddess who will destroy the world, even if the evidence is solid, I think we have no reason to bear what they say... Sin?"

"Gemma, you' re right, you didn' t do anything wrong, for us, there are no relevant memories, we are just relatively not so ordinary four sisters, why should they have to bear their so—called fate..."

'No, Carla,' I said.

Nadia interrupts Carla.

"Maybe I did one thing wrong."

As mentioned earlier, Nadia' s career of good deeds has also had a certain negative effect, and she doesn' t seem to have noticed much of it herself, or didn' t particularly care – if you want to find her, you can hardly find her. But from another point of view, she is rather difficult, for in the first place, even if there is sufficient intelligence, it does not change the fact that she lives everywhere on high ground, let alone whether there is any way to bring her down from above, any movement under the trees can be easily detected.

More importantly, Nadia' s greatest difference is her mastery of magic, the principle and origin of which is not conclusive evidence or clear research at present, can only assume that she is really a goddess reincarnated, and inherited the goddess' s magic powers. She carried with her a long staff, all black but made of unknown metal, with a sharp blade extending from one end, inlaid with blue gems, and extending to the sides. No one has ever seen her use it to stab people, but she has seen her swing it, and it makes the sky cloudless. It does not seem to be the source of Nadia's supernatural powers, but it is a very good guide and aid to help her play.

It also makes her harder to deal with.

But people have long made up their minds, although not by force, but can choose the path of wisdom.

And they have leverage.

Two days after Gemma's departure, it seemed like it would be a normal day again. Nadia is sitting in the room drinking tea. An old man came to visit, dressed as if he were some sort of noble butler, escorted by an escort, and behaved politely. Nadia had received similar people before, but this time there was something different.

Because of the relationship of the tree house, she often talks with others on the ground by making an identical body, she has read some poems, books and scriptures, and is also a little elegant. But the man dressed up as an old housekeeper didn't seem to want to be too polite with himself. And also saw that this is not the real thing, insisted on meeting her face to face, and also took out an item that she could not refuse.

"Go ahead." Nadia sat down in front of him and took another sip of her tea. "Why do you have pictures of Carla and Gemma?"

The pictures of four people were specially made for someone to do when they were separated, basically to leave a thought, and the so-called photography was not developed at that time, so they had to make do with it. But the artist's technique was also quite exquisite, and although it was four similar pictures, it was also considered fine, and these things were supposed to be carried by the four sisters.

"Madam, would you like me to explain it to you as gently as possible, or would you like me to say it directly?"

"Call a spade a spade."

"Miss Carla and Miss Gemma are in my hands now. Or, I should say, in the hands of my master."

As soon as she heard this, she stood up, she had always felt that the comer was not good, and now she saw that it was true.

"You kidnapped them?"

Nadia already had some bad hunch, heard this is directly angry, but the other side is calm as usual, which makes her more angry, was about to hand him in the space to pinch, but the other side's next sentence made her hesitate.

"With their lives in mind, you'd better not do

anything."

The butler said it with a blank expression, like a machine.

'Why are you bothering us?

Nadia was still on guard, her palms sweating, still not letting go of the idea that she was ready to strike at any time and kill each other.

"I could ask you, why are you bothering us?"

There was a lot of noise below, and the old housekeeper's tactics worked. Several ladders were placed on the side of the tree house, and soon several large men with weapons and arms to the teeth climbed up.

Nadia rolled her eyes.

"You think these guys can stop me?"

"No, no. I feel that for every piece of armor they take away, your sister will be doused with more dragon blood than dog blood." The other side smiled bitterly.

The dragon Blooood?

The familiar words reverberated in her ears, bringing back bad memories, she had healed countless lives soaked with dragon blood, and she had been a little hurt because of slight contact, but it was only a small dose, but it made her feel like she had contracted some major virus. All in all, no one knew better than she what dragon's blood could do to any creature, including herself and her sisters.

"What do you want me to do?"

Nadia seemed unprepared for the sudden change, and there was a palpable anger in her tone.

"It' s not so easy for me to go with you!"

She held out her hand behind her, and the staff flew into her hand, and then began to fight.

"It' s not really a big deal." The butler is as unhurried as ever. Reaching out to one of the attendants, he took his knapsack from him, unbuttoned it, and pulled out a square, spotless black awning.

"I' ll be polite. Please, please do something to this dress."

'What do you mean? Nadia was puzzled.

"I have heard that you have helped some people get rid of the harm of dragon' s blood, so we respect you and do not intend to fight with you, but I also know that you have made mistakes, in the manufacture of drugs to try to reduce the effect of dragon' s blood almost made people become dragons, at least led to some people delirious, killing each other, but it is true." But I' m not here today to chastise you about it. Instead, I want you to cast a similar spell on this dress."

"Whether I do it or not is up to me, but why should I help you?"

"Oh… My dear young lady."

The old housekeeper remained expressionless, but his tone began to take on a threatening tone.

"The lives of your two good sisters are still in our hands, and even if you destroy us, I believe you have the strength to do so, but after a few days, if my master does not see a reply, the consequences can be unimaginable… Even if you can find them, our men are still waiting, and I must tell you that we have gathered enough dragon's blood, at great risk, to take you down. Now please tell me why you want to help me."

Nadia was still staring at her, but her grip seemed to loosen.

…

"So…" "Gemma asked.

"You did?"

"The spell? Yes."

But to Nadia's surprise, her positive answer did not seem to provoke a radical reaction from the two sisters, and even she felt that she should have been scolded for doing this kind of thing.

By this point, with a note of trepidation in her voice, she said she wasn't sure if those assumptions were true, but it wasn't going to be easy.

"I didn't know what they were going to do with it, but now maybe we all know."

"......"

The three returned to silence once more.

"Call me names, call me names. I know I have failed you." Nadia's heart trembled, the first to break the silence, word by word apology, "I know, no matter how to choose, may hurt you, I have no choice."

But still silence.

When the spell was done, the old housekeeper, with a look of satisfaction at last, walked over to the side table and respread the clothes, bit by bit, folding them as if they were an expensive dress.

Nadia, too, guessed what was about to happen, and slumped on the ground, her head bowed, her eyebrows locked, nearly crushing her teeth, she secretly confessed, cold sweat rising from her forehead and back.

"Thank you very much, Miss Nadia, but it's not over. Please come with us."

As soon as I said that, two men in armor rushed forward, one of them grabbed Nadia directly, whether she was too light, or he was too strong, she looked up, her neck was tightly locked, and then her legs flopped for a moment before she realized that she was being held in the air.

"Uh... Ahem, ahem..."

She soon felt a little difficulty breathing,

subconsciously open her mouth to breathe, but in fact, this is not difficult for her, such a dilemma, just...

Before she could finish thinking, the other man took out a bag of dragon's blood and poured it into her mouth as she opened it.

Nadia's eyes widened. As the black, salty liquid flowed from her throat into her body, she realized she was done. Almost immediately, she felt a fever in her chest, as if her heart had stopped for a few seconds. The hand, which wanted to manipulate the mind to break free, subconsciously struggled to protect its throat, its lower body shook violently, and its legs fluttered more violently.

She still wants to struggle, yes, struggle, of course, what's the use? Only let their pain last a little longer, maybe that's all.

Under the tree house, other villagers crowded around the butler's entourage, wondering what was going on above. There was a lot of talk.

Suddenly, a dark shadow flashed down from the tree house, slamming to the ground, and when people looked at it, they found that it was the fainting Nadia. This moment caused a stir in the crowd, after all, everyone knew how much the man had done for his village. People began to oppose, denounce, and even want to fight, but it was soon suppressed, after all, even she has been defeated, what can these ordinary people do?

The old housekeeper slowly climbed down the ladder. He had looked rather fearful before, but now his face was full of joy. He unhurriedly arranged his clothes, his followers cleared a path for him, and some villagers wanted to resist, but it was of no avail.

"Just as planned." The old steward mounted his horse slowly, and his attendants were instructed to move. One packed the clothes into a long box and fastened it securely to the saddle, while the other lifted Nadia from the ground so that her companions could tie her up. Then he threw her onto the horse like a sack of rice, and the rest of the men made sure the villagers didn' t do anything.

"Team one, take her and return to her master, team two, take the chest to the Meteoryron, you have the map, and meet us as soon as you' re done." The sooner the better!"

"And you, old man?"

"Me? The old housekeeper stroked his beard.

"I' ll talk to the last lady in private... Miss Azzurra."

Chapter 11: Blade Twister

As the night wore on, the three of them lost count of the number of nights it was. Every time at this time, several human soldiers lying in ambush around will quietly leaning out to ensure safety, and carry out a very clear division of labor, this altar, no matter how large it is, but more than one acre of land, but their actions can always be seen with a little uneasy. Four people started from each side to re−light the torches around the altar to ensure enough light, and three went to the center.

One of them is responsible for checking the mechanism that holds Nadia and her men, making sure that it works properly when the dragon attacks, to unlock the cross that holds the three men. On one side of the cross there is an armory, but the shelf contains only Carla's firestick, Nadia's staff, and Gemma's armarmor, and there are grooves made for each piece of equipment, like some kind of formal storage shelf, but there are two empty grooves, both in the shape of identical swords. The second person's job is to check this part.

The third was a tall man, who seemed to be the leader of the group, with a somewhat sinister face, and stood upright in a state of deep stop. But he had the thankless task of going up to each of the three prisoners, looking scornfully at each other and holding out his bread.

This is the requirements of the old manager, but also the details of the implementation of the plan, after all, the ability of three people or to use in the end, but can not give too much supplies, this time every day to two pieces of bread is enough, but in view of the three people are imprisoned, so he has to do some nanny feeding work.

Carla had always been reluctant to talk to herself. When food came to her mouth, she closed her eyes, instinctively opened her mouth, chewed and swallowed quickly, and then took a deep breath, keeping her eyes closed and saying little.

Gemma hated this gang of people, who abused herself and her sisters, and fed food like dogs. So the small captain of the feeding had to use some means, at first, Gemma was quite resistant, when he saw his outstretched hand, he subconsciously craned his neck forward to bite, but the person did not always take it seriously, and he also felt that he was not good to frighten, when she wanted to attack his fingers, he caught the right time, directly squeezed one side of the bread into her throat.

Generally, when these noises were made, Nadia would always be heard mumbling something very unwillingly, and he always felt irritated in his heart, but this was not a bad thing, it was possible to negotiate with her, Nadia always pretended to sleep a few times, he would directly use bread against her face, or poke her stomach, and when he could not hold it back, he would basically speak. That's when I put the food in her mouth. Or she'll say something provocative, and she'll always be tempted to say something back, and that's a good time to do it.

It was one of the few opportunities the sisters had to engage with the group, but they had no right, or even interest, in answering their questions, and were mostly silent, scribbling a few words.

After all the work is done, the group quickly regroup and withdraw as fast as they can. From Carla's point of view, they can see that the place where they are squatting is behind a hill not far away, which is a good place to keep an eye on them, to prevent anyone from making a move, and to evacuate in case of an emergency.

They were always moving faster and faster, getting more and more anxious every day, and this time it only took ten minutes, as if something were coming if it were any slower.

But it may be true to think so, after all, they are a generation of people who are wary of safety, even if it is harsh to say, they are also some people who are afraid of death, but sometimes they can live longer. At least it seems so now – because there is something coming, the faster you act, the earlier you run, the easier it is to avoid killing, this truth has been confirmed at this moment, don' t believe it? Nearly two quarters of an hour after they left, a loud noise echoed.

"Boom..."

A dull thunder rolled across the sky, it seems that with countless echoes, the ensuing breath of disaster evil can not help but the bottom of my heart heavy, subconscious will frown. All eyes looked in the same direction, and though the dark night did not reveal what was hidden, the sound of something fluttering and rolling and coming closer and closer echoed in the ears.

Dragon, coming.

Hearing the noise, the three quickly realize what is about to happen, but all can do nothing about it. There is a noise from the other side of the hill, and Carla perches her ears as if she could spot the collision of POTS and pans. The overseers must have waited a long time and made so much preparation to complete the key part of their grand plan.

"Captain." The operator of the cross was in his

position, and he looked at the tall leader, who was looking through a telescope at the dark flow of sky in the distance.

"Wait for my word." That' s all he said.

"Rumble..."

It seems that Zeus has dropped the punishment for who, so that the world is filled with thunder rolling, can look out, vaguely can feel the world has been surging, but not a lightning across the night sky.

Maybe it wasn' t the work of the gods after all.

"It' s the blade back dragon."

In addition to the tall leader, Nadia on the cross can see in that direction.

"The dragon' s body is full of strange, sharp-edged crystals, not as sharp as the jaws of the Meteorite, but with some control over the surrounding force field, so it can float even without wings."

Nadia used all her thoughts to reveal all the information about the dragon hidden in her memory pack.

"Geographically, if this is really the altar of the goddess' s arrival, then this dragon is the second closest to us, but it is the fastest." On the other hand, the leader is also explaining to his subordinates.

"This means that Azzurra did not catch up and that at least two or four dragons were coming."

"Can you still fight?"

There was an unmistakable heaviness in Nadia's tone that made Gemma shudder.

On the other side, with a deeper but heavier heartbeat, the dragon emerged from the dark clouds. From the appearance, it seems to be an Oriental dragon, but it is different from the image of the legend, now there is no way to observe whether there are dense dragon scales, but it can be determined that it is stout, the skin is light blue, and there is no long dragon horn, instead of a lot of crystals derived from the body, most of them are blue, green and purple four colors. But the claws also have additional crystals, which appear to be mutated long-nail devils, and perhaps the eyes are hidden in the crystals, but it is not easy for people to find it.

'Let them go!

At the command of the leader, the operator started the switch connected to the cross, the current through the wire, the unlocking "instruction" is passed to the organ, in fact, when making this device, the light is considered solid and convenient, and did not solve the problem of some leakage, coupled with the electrical technology in this era is not particularly developed, many things are still in the experimental stage. So the three sisters on the Cross suffered a little bit.

But they don't care that much.

"Uh—huh!

The sudden electric current let the three shout out in unison, the weak body was suddenly stimulated, unexpectedly restored a little excitement, while they could vaguely feel the hands, feet, waist and neck locks are unlocked. But they were still a little height from the ground, and they had no way to control their bodies, so they fell forward and fell on their backs. This time, for three people really eat pain, or, after such treatment, and old injuries and new injuries together, it is the kind of pain that is worse than death, when falling on the ground, subconsciously will move the limbs or simply curl up the body, but be imprisoned for so long, even if it is only a slight movement will bring a huge sense of pain.

But they soon got up, although a little embarrassed, but they are all in the heart chanting, even if it is under the endless numbness and pain, must stand up, even if just to live, they have to survive.

The old man's got a good idea. That's a good idea. Carla thought, even if there was a little reluctance or unwillingness. Although her body was still in pain, her brain was racing. We only have so much time left in this state, and when disaster strikes, even if we want to run, we can't get far. What do we do?

She had some ideas about what to do.

Gemma tried to squeeze out all the remaining

energy in the body, and urged herself to act with a stronger posture, which also led to her fastest action, first quickly supported the body, and then slightly staggered to help up the two sisters, while acting to confirm each other's state, and also wanted to say "I'm OK" to each other, but when it came to the mouth, Seems to be stuck there again, choking up. Nadia is still weak from the energy she expended trying to break free, but Carla recovers faster and will soon be able to help Nadia.

The three depended on each other, but none had completely shaken off the earlier excessive numbness. They seem to be back to the age of toddling, the heart is forcing themselves up, but the real step out is a little limp, like three drunk girls supporting each other to go home.

But that' s not the case at all, the weapons racks are right next to them, and they need to be ready as soon as possible.

On the other side, the stronghold behind the hill, those watchmen have run out of sight, flying in the face of disaster, to save their lives.

"That' s it." Carla told the two sisters that they were leaning against the arms rack.

"I' ll deal with the dragon, and you both have a certain amount of time to fight head—on and recover. I'll buy time."

Nadia looked over at Carla, who was talking tactics without stopping in her hands. She expertly fastened her belt and checked all her equipment, then picked up her big gun and made eye contact.

It's been a long time since they've looked at each other like that. Carla still has some scars on her face, it is estimated that she has suffered a lot, and her face is dusty, but through all this, she can see the determination and determination of her eyes.

"Is that OK?"

"Asked Gemma, also armed with armouring.

"I was the first to be captured here, in other words, the dragon's blood effect has passed in my system for a long time, so I should recover faster than you."

"Carla." Nadia looked up and there was a twinkle in her eye.

"Please."

"HMM."

Carla answered briefly, met their eyes for the last time, nodded, and turned away. In order not to interfere with their recovery, Carla must at least pull a distance from the sisters to ensure that they have enough time to recover, and perhaps against such creatures, Gemma's sheer strength and Nadia's powerful powers would be more effective, but it is clear that in their current state, they have neither. Her first few steps were still a little staggering, little by little, one after another, then she forced her body to move faster and her steps to gather.

That's right, perhaps comforting herself, Carla said to both of them. But I'm the one who can buy the most time out of the four of us, so at least I can get some more opportunities... Even though I might not make it back.

Little by little, she returned to her normal gait and became more determined. Then he started to walk quickly, accelerated a little, a little, and finally let go of his legs and ran. She clenched her teeth, every second reminding herself to put the pain behind her, the more this time, the more must not appear weak. She took one of the parts and yanked it, and it popped.

No need to say more.

Among the clouds, countless air surges, thunder strikes through every piece of time, cascading storms sweep every inch of the sky, the dragon is coming, all sentient beings are suffering.

Carla was soon in her ideal position as the wind was rising from the ground. She looked behind her, her hair blown up, and could only see the figures of her two sisters swaying in the distant wind, a distance from which the fight should not affect them, and had better be.

A faint smile lay on her face, though she knew

they could not see it. She turned round, squatted on one knee, took out some small device in her waistband, and fiddled with it, and was glad that no one else had touched it – or else it now seemed that it did not matter whether they had sent herself to the West or not, and that the execution of her tactics was a little troublesome – and, having prepared herself, laid down the device on the ground, and then removed the blunderbuss, and examined the ammunition one last time, And thrust his eyes into the scope with all his attention.

Fortunately, she caught up, she said in her heart, the dragon is about to enter their effective range, if later, may miss the best attack time.

This fire blunderbuss after Carla's special modification, its range is already very far, ordinary people carrying this weapon, a little careless will be unstable center of gravity, even more can directly press their shoulders and arms to dislocate, but in her such a strange girl's hands, it is light as a feather.

Fire!

The command flashed in her head, and she pulled the trigger.

Baaaah!

The first shot, recoil let her some not adapt, but this time there is no time to re-check what is the problem, she stabilized the structure of the body, and put more energy into aiming, continue to fire.

Several more bullets tore through the storm, leaving traces in the air, whizzing like dead souls, and striking the dragon with sharp spikes, but even so, their power was already worn out by excessive resistance, and Carla knew this, but that didn't seem to be the most important thing.

The dragon felt a slight itch on her body -- or so she guessed -- and looking in the direction of this mosquito-bite sensation focused attention on Carla, who, despite having no conventional wings, was able to fly quickly just by manipulating her own force field, Now it might chuckle to itself when it finds itself tickled by a bug at its destination.

Of course, that's Carla's guess again.

In the air, the Bladeback dragon has begun to dive down, in a crushing force towards Carla's position. It was greeted with more bullets, mostly to no avail. Carla felt more cool air coming her way and shivered. She had not expected the dragon to be so fast, while continuing to fire to meet the attack, the other side was ready to pull out the grappling hook at any time.

As the dragon approached, dust and debris flew from the vicinity, and the dragon roared against the earth with a chilling roar. Carla had to furrow her brows and endure the debris, tensing her body even more as she fired more shots.

In the distance, Gemma and Nadia are a little stunned to see all this, in fact, this is their first time with the dragon positive hand, really to the moment of war, or some dream-like feeling. They were anxious, their hands shaking, their hearts dying with excitement, and they wanted to rush in and help, but their reason told them not to, at least not yet.

At the same time, Carla also encountered the dragon's counterattack, perhaps as a return for bullets, some crystals fell from the sky like hail, Carla suddenly took a breath, in place a tumbling, just a place more than three knive-like crystals, jewel-like luster, but appear murderous, directly inserted in the stone ground, deeply embedded in it.

She sidestepped a blow, looked up, found that the dragon has been in sight, suddenly took out the grappling hook, to the stone pillar that was previously optimistic, and immediately transferred. When the claw hit the ground and made a big hole like lightning on the ground, only a piece of flying dust rolled into the soles of her shoes.

She moved quickly with her grappling hook, saw the dragon fall, released her hand and rolled over, quickly standing up, and at the same time a small switch came out of her other hand.

Blooooooo!

She pressed down, and the square inch where

she was and now the dragon had just landed was submerged in fire and smoke with a loud explosion, and she thought that even if you were smart, you would not have thought of my move, and she could not help but feel proud and her spirit was also refreshed. But even so, such damage estimates are far from enough, and the continuing dragon mouth confirms her point of view, but this is also expected.

Before the black smoke cleared, a few more crystals flew out, and Carla, quick with her eyes, raised her hand and shot the strongest one, then brushed her head to avoid the other two, then pulled out another clawhook, aimed at the next pillar, and continued to flash, while the dragon rushed out too, not wanting to blow it again, and now somewhat irritated, So this is good, Carla thought, and behind the pillar to avoid a wave of crystal attacks, a bomb placed behind the pillar, the dragon took advantage of this gap to kill again, she jumped to the side, can avoid a blow, but also some of the dragon's sharp crystal claws on the cold shock, perhaps there is so little to do it? But Carla immediately dismisses the idea and uses her grappling hook again to move to the next location.

Baaaah!

Less than half a second after she left, the dragon was once again thrown into disarray by a bomb beneath her feet. Seeing its blank look, she once again celebrated a little in her mind, but only out of encouragement, she did not intend to be careless. The good news is that after these rounds of observation, if this is what the dragon is capable of, then this is the cycle that will kill it even if it fights a war of attrition. Yes, just buying time may not be a particularly safe plan, but if you can seize the opportunity to directly kill a dragon, it will be a big deal.

But in spite of this thought, her hand holding the grappling hook suddenly had a bit of strength, there were so two inches of nerve from the faint pain, and by the time she shouted bad, it was too late.

She still forgot that she wasn't at her best.

Goddammit!

The sudden mistake makes Carla swear in her heart. After letting go, the kinetic energy has not dissipated, and she has to play a few rolls on the ground. When she stands up, she feels that the world in front of her is already spinning.

'That's terrible!

Gemma saw the situation is not right, a scream blurted out, also rushed to help, but just run a few steps, the belly began to some tumult.

"Ugh!

She fell to her knees with a dull hum, a feeling of vomiting, the body has been warning herself, but the heart is still unable to swallow this breath.

At this time, Carla's skills are not like a person before, the evening wind is weakening, and it is sweaty when it is hot, the previous body is like a dragon playing phoenix, and now, the dragon grabs the space to attack, she had to passively roll defense. So you have a little bit of recovery time, but in the end it's just a little bit of respite before the storm.

As the sharp crystal passed over Carla's face, she felt less calm than before, but the attack was certainly less severe. She still raised her blunderbuss, and as she ran with all her might, she fired, this time with the more penetrating bullets she had made only a short time before, but now ignoring the risks of exploding the chamber. He emptied his pockets of the rest of his lethal weapons.

The dragon "curses" as it tries to get back in mid-air and lunges at Carla, but even without a grappling hook or something, she barely escapes and scurries around like a rat. The dragon then slaps its claws to the ground, turning itself sideways with the help of a force field controlled by the power path and crystal. Trying to hold Carla down directly by rolling, Carla naturally sensed the action, and could only force herself to hold her strength and jump up with all her strength, although she was physically and mentally exhausted, and her strength was not as strong as the dragon, but her keen power was becoming stronger and stronger in the increasingly difficult battle.

The dragon did not think that this move was empty, but in the eyes of outsiders, it seems that there is no good surprise, after all, Carla can not do anything, but let her jump to avoid this move, but also consume that little physical strength, Carla fell to the ground, the leg is half soft, almost unable to hold the weapon in hand, the whole person lies on the ground.

And at this moment, Carla also found a new guess, while the dragon adjusted its body, and took out a bag of bullets from the bag, this small bag, she always hid in the belt in the most edge of the wallet, not only has the same penetration as before, but also dyed highly toxic, using some simple matching tools, she loaded these bullets up, He lifted his gun and aimed it at the crystal on the dragon' s head.

Bang, bang, bang!

Firing a dozen shots until the bullets ran out, she did not intend to let go of the dragon' s exposed weakness, and did not expect to hit many shots, but did not think that the dragon just one move a little angry, just turned to roar, several bullets straight to the head, shattered the protective lens, two of them embedded in the dragon' s skin, One shot even went straight through the eyeglass-like lens and into the eye.

Carla's move surprised the dragon, too, but it made sense considering her excellent ability to detect weaknesses. With a successful strike, she was slightly surprised and happy, but on second thought, knowing that such a giant creature would not be killed quickly by the deadly poison, she directly dropped the fire spear, took out the last claw tool in one hand, and pulled out the knife in the other hand. She aimed at the dragon head again and grabbed it, and this time she could not miss, she told herself in her heart that her fingers were dead on the claw tool.

By this time, the dragon had taken the blow, the poison had begun to spread, she was a little dazed, but then began to convulse and struggle with pain, Carla's aim was perfect, and at the right moment, she jumped straight on, pressing her body against the dragon's neck like a matador. And he's not gonna waste any time once he's stabilized. She raised the knife.

The dragon, on the other hand, fluttered about in midair, crashing on the ground and rolling twice from time to time, and Carla was rocked as if she were in a spaceship that could travel in the clouds, perhaps a million times worse.

'Ah!

She saw where there was no crystal protection, gave a loud roar, stabbed the blade into it, and forcefully rotated the blade at the wound, and the pain was more intense, directly spreading through every inch of the dragon's nerves, but the work was not finished, she in the violent shaking, grabbed a small bomb from the bag, inserted it into the expanded wound, and activated the switch.

"All the way!"

Carla didn't know what she was feeling when she said these words. She just let go and fell to the ground, either in a new spin or out of closure, closing her eyes and letting her body sink into the moving air.

Ba-boom!

The violent explosion had sent her ears ringing, and now she felt nothing but a sharp downward push of kinetic energy and a slightly glowing energy.

Blade back dragon, its soul must also go to heaven, and those friends reunited.

Chapter 12: Voodoo mage

Carla hits the ground hard, shattering a piece of rock and kicking up a cloud of dust.

'Carla!

Nadia and Gemma arrive late. They go straight forward and drop to their knees beside Carla, all four hands on Carla, swaying slightly, and shaking in unmatched steps.

"Not dead."

In a moment of faint consciousness, Carla felt her sisters near her. She coughed lightly, squeezed a few words out of her throat, and tried a wave of her hand, which she could no longer feel, to show that she was OK, at least not in a way that would kill her.

"Thanks for your hard work."

It took Nadia half a day before she spoke. She looked at Carla's bloody body and tired eyes, which were almost closed. There was a SOB in her mouth and her eyes were all red.

"I'm sorry." Once again, her mind was gripped by a wave of guilt.

"We're sisters." Carla looked at her and said,

without hesitation, "What's to be sorry about?"

Carla didn't make another sound.

Somewhere a hundred miles away, Azzurra dismounted and raced to the dragon's perch marked on the map.

"Damn it... What the hell... It's bad."

She had been saying these words when she woke up in the marsh beside the headless body of Fujiku, along with some vague insults that kept rattling around in her head like a mantra, making Azzurra more and more irritable. She had a splitting headache for some reason, and there was an anger in her heart that could not be vented, perhaps it was really going to erupt out of the flame. After that, she kept galloping all the way, covering a distance of several hundred miles in half a day, and now she has come to 澪 Dragon. But at this time to see the dragon has left, she can not help but to take something to vent.

There should be nothing wrong with the map, but the dragon is not here, and the only possibility is that it is headed toward the altar, and she stifled her anger, and flew over the horse, and punched the horse's ass.

'Chase!

She almost bellowed, but did not notice that her voice had changed in tone, as if it were no longer the sound of a normal female vocal cord.

At the altar, the three of them only rest for less

than half an hour, given Carla's injuries, and Nadia exclaims that something is wrong as the hysterical roar rises through the clouds.

"From 澤 dragon." Spotting the confused look in her sisters' eyes, she explained to Gemma and Carla, who was lying on the ground, "Beasts like dragons, which I wasn't really interested in at the time, didn't study much, but it was an exception."

"How do you say?"

"I touched it, but that was only when it was asleep, and that was a long, long time ago. And for medical reasons, it has a lot of toxins in its system, most of them deadly. Some of them are not well known at the moment, so it is difficult to find a cure, and I often encounter people who have been harmed by this toxin, and there is little I can do. Now I have to fight it head-on, and that's what worries me the most."

"When the fight broke out, could you give me a protective charm or something in advance?"

Gemma was not deterred by this, and even after a certain degree of recovery, there was already a sense of excitement in her tone, in fact, she had begun to wipe her hands after listening to Nadia's introduction.

"No."

"Huh?"

Nadia shook her head.

"A spell that can protect you both, but it can't

make you waste your energy too." You keep an eye on Carla, this guy, and I'll take care of it."

"Well..." Gemma had wanted to ask why, as usual, but now she may have already had the answer in her mind.

"If that's your decision, I won't oppose it, but I can't promise I won't do it."

She smiled mischievously.

"Mm-hmm."

Nadia nodded.

"This... I'll try to stay away from you."

She said that, lifting the staff close to the two, one hand holding the staff, one hand knot seal, blue energy with white patterns in her delicate fingertips flow, interweave, condensation, Nadia raised her hand, gently to the heart of a blow, two snowflake thin prints like feathers falling on Gemma and Carla. 0

"Protect yourself." A feeling of safety and warmth wafted through Gemma's heart, but she had no time to pay attention to these, but continued to look at Nadia, with a reluctant tone of voice.

"I know."

Nadia sighed secretly and said yes, her eyes continued to lift to the sky, her expression also became serious, thinking of the current situation, she eventually felt a little sorry, but now that the enemy has come again, the opportunity to make up for it is in front of her, such a big event, she will no longer hesitate and compromise.

But even as she added to her resolution, something ominous seemed to echo in the depths of her brain.

She rose, riding the current of the air in the direction of the dragon, some moist but still hot air curling her hair and robe, and she realized that she hadn't felt anything like it in a long time, and she made up her mind that if Carla could kill a dragon under extreme conditions, So how can you also exchange for the same death?

Even she did not know why she had such an idea.

When I came to the clouds, I looked at it. In the distance, the scene of mountains and rain did not dissipate at all. It seemed that the heaven and earth could not penetrate the moonlight at all.

That's a quick fight!

Once again, Nadia began to inject magic into the staff, and the three sapphires set on the tip of the staff flashed like lights in the night sky, and a light was born from it and reached the higher sky, and in an instant the whole sky was illuminated as bright as day.

The dragon also saw this side of the wind and clouds early, a woman dressed in a black short robe in the clouds, then turned the spearhead to kill the past.

And seeing the other side's fierce approaching, Nadia waved a large hand, from the palm of the countless cold arrows to the dragon shot, these attacks naturally can not hurt the dragon, Nadia also understand this truth, but can sedition the dragon's attention, luck to slow down the speed of the other side. She doesn't know if the dragons think like humans, but if they do, then these pig-eating tiger induced attacks seem to work.

At this point, the distance between the man and the dragon is no more than a few hundred meters, and it is time to really strike. Nadia stops shooting cold arrows like water, and with both hands on the still powerful staff, she pronounces words but cannot hear the sound. Then she turns her wrists so hard that the tip of the staff makes a beautiful arc in the sky with blue energy. She slashes the staff down like a slash, and the skyward energy spreads out over her, and a huge column of blue light bursts out of it, rushing in the direction of the dragon.

Strike!

As envisaged, a huge column of energy is firmly beckoned upon the dragon, so that even its figure is completely engulfed in blue light.

But it's not over!

A green flash of light comes out of the blue column, and Nadia quickly reacts and ducks, which gives the dragon space to escape. While the caster was disturbed, it left the attack range from one side, then raised a little higher, and then began to hover over Nadia with a continuous attack.

Nadia knows that the energy or spore spheres thrown by the other side contain a huge amount of toxin, so she has to put more energy into the control of the air flow, she keeps an eye on the position of the dragon, and while dodging, while fighting back in the space, some green objects and flashes around her, some of them almost brush past. She's putting all her energy into it, keeping her eyes and ears open. But this is not the way to go, after all, the dragon can be hit countless times, but it is dangerous to be hit once. Out of the corner of her eye, she saw the cascading clouds not far away and flew there.

From 澪 the dragons followed, one after the other diving into the clouds. Nadia laid her net again, using the cover of the clouds to occupy higher airspace in advance, and once again waving her staff to cast a spell. By the time the dragon's voice came from directly below, a blue and black energy net had been laid out.

Go! Go!

She pointed in the direction of the attack with the staff, and the net went directly down to cover, and when the dragon reacted, the top of the head was already a black piece of its own, it was caught off guard, and the huge grid covered the dragon, and it almost instantly lost its balance and ability to act, and the whole body was compressed with the net cage, and began to fall down.

"Now look where you're going!"

Nadia says it doesn't matter if the person doesn't understand her language. She immediately seized the opportunity to cast a spell, drew another circle in the same way, and then stabbed down hard, draining her body and driving huge energy downward. Like a god sent down, she was accompanied by another pillar of light hit the dragon, the huge wind covered her and the dragon's roar, and there were bursts of fire when it fell down quickly, you can vaguely see the dragon's skin is more fragile under the impact of the two energy columns, so it was directly burned through the half. From a distant land, if a meteorite falls into the earth, it will bring the air of destruction and impact of life.

But even though Nadia delivered all the power he had on this strike, with time and decay, the desired attack effect fell far short.

When she was a few miles above the ground, she distinctly felt the energy exhaustion, the holes in the web of gathered energy that was ready to burst.

Oh, no!

The sense of foreboding that Natonya had hidden so deeply was fulfilled.

A few cold sweats crept down her forehead, and

she began to feel more and more frightened, and more and more powerless, and the fear gradually crept up her body and gradually seeped into her bones.

At that moment, the whole world in front of Nadia seemed to stop, everything stopped in this second, everything stopped in this second.

Only one thing moved, and that was the dragon rising in her eyes and the corners of her ghostly smile.

Ba–boom!

The dragon instantly burst through the energy net and the weakened light pillar, so that Nadia was helpless, and was directly sent flying by the powerful shock wave, and the protection spell she had placed on herself was broken.

"Ah, ah, ah!

She felt that the organs in her body had been torn apart, but this was not the end, just when the dragon broke free and released some toxins, some of which fell on her body, and her consciousness was suddenly blurred, as if the brain had suddenly broken down.

'It' s over!

Gemma, who heard the movement on the ground, looked up and saw Nadia moving rapidly down from deep space. She looked at her and saw that she was falling so fast that she had no intention of stopping, but the place of her fall seemed to be out of reach, and Carla was still unprotected. She stamped her foot so fast that she had crushed the ground on which she stood.

Nadia, however, seems to have subconsciously sensed that she is falling, and the instinct for survival begins to play its role. She uses her full willpower to try to launch a counterattack and regain the dominance of her body, and the dragon also starts a counterattack, and seems to plan to fight fire with fire, pulling up a short distance. Then he took aim at Nadia, which was falling, and went straight down with greater speed, revealing his venomous fangs.

One kilometer to go.

Nadia has been desperately trying to wake up from this deep sleep.

Eight hundred meters.

C 'mon! C 'mon!

Five hundred meters.

The fingers began to move a little, the eyelids jumped, but in the obscurity of reality and fantasy, the fangs were close at hand.

Three hundred meters!

'Oh!

Nadia took a sharp breath and opened her eyes, only to be greeted with a sharp pain almost at the same time.

A hundred meters!

She spun her hands quickly in her palm and pulled

a javelin with energy.

Fall to the ground!

Baaaah!

There was dust and smoke.

'Nadia!

Gemma was startled, and then she roared, unable to bear her patience any longer, and rushed to her. Carla stood up too, unable to believe what was happening.

'Nadia!

Running, Gemma came to the place near the fall, but also was confused by the clouds of dust in the night, looking left and right, I do not know where to go, had to shout a few voices, but also because of the big breath inhaled some smoke, and soon began to cough, can only use the corner of the coat to cover the mouth and nose, while continuing to look for, but still nothing.

It' s fucking quiet.

But fortunately, a short time later, another cough attracted Gemma' s attention, although very weak, but hearing this sound she seemed to have found something great excited, busy in that direction, with the sense of the looming figure in front of Gemma felt more and more hopeful.

'Nadia!

"What? Did you find her?"

Gemma was disappointed by the tone of her voice.

'Carla? What are you doing here? Go and have a rest!"

In the midst of the smoke and dust came Carla, who had been limping behind her, her eyes still a little hard to open, and now I guess she had not recovered, probably fighting to get here.

"How can I rest?" Carla asked back. They said nothing more, and if they had, it would have made no difference. They continued to look around until a late evening breeze finally blew away the smoke.

'There!

Gemma pointed in one direction, and Carla slowly turned her head along her fingers, her eyes suddenly glistening.

It was Nadia, sitting next to something huge, breathing heavily and bleeding a little, but not dying at all, moving her fingers slightly to heal her wound and trying to force the poison out of her body.

But they came closer and stayed: the blue energy javelin still stood a few feet beside Nadia, to be exact, it was now blackish—brown and full of dragon blood.

The dragon was directly inserted into a string, and Nadia must have just driven the javelin into the ground with the kinetic energy of landing, and managed to bear the impact, and quickly dodged and rolled to the side. Although she was injured, her body was still light, and the strength of her physique would not directly fall to death, but the dragon was not so lucky, and it opened its mouth. You want to eat your prey or kill it with the poison in your mouth, with the impact of the landing, but you don' t want to put a sharp energy javelin directly in front of you, stick it in your throat, and directly cut a hole near the base of the tail.

Do not know why, even if it is not human, and is to harm their opponents, looking at the dragon' s death, Carla and Gemma stomach-churning, a burst of nausea, but they still endure this uncomfortable feeling, back to Nadia side.

"No matter what." "Gemma said softly. While preoccupied with her wounds, Nadia noticed and listened to her sisters, waiting to be condemned for their carelessness and ultimately for their counterattack.

"Well done."

Chapter 13: Thunderbolt Rusher

"So there's only one dragon left, right?"

The spies in front brought the information to the camp, the old manager said, and habitually stroked his beard, and put on a look of confidence.

"In that case. We've almost done a good part of the job, okay?"

"Yes, Sir." "And two of the three witches are so doomed that even if they are not mortally wounded, they will not be able to walk, and the other one will encounter a Dromaire, which, though closest to the altar and of all the dragons, has no ability to fly, and which, in my opinion, is the most violent of the eight dragons, even in its sleep. The sound of the breath was like thunder, and there was no inhabitant for ten miles."

The noble master stood up from the wolfskin chair, with an irrepressible sense of excitement, hearing the good news, and almost danced.

"But Sir, forgive me for saying so. So far, everything seems to be going the way we expected, but please don't get too excited." The old manager's words turned, and a basin of cold water poured out.

"Until the last moment, we never know what will happen, let alone the end."

As soon as these words came out, the man who was called the young master showed some embarrassment under the eyes of everyone, and temporarily suppressed the slightest bit of pleasure in his heart, or the slightest bit of anger that emerged after the pleasure was suppressed.

"I'm sure you know that." The old manager did not stop talking, "We have to be realistic, rational and objective to analyze the current situation, no matter what other versions of the legend before, there are really dragons in the world, and dragon blood will hurt people, and there are four magic women with strange abilities, these are all facts, although we have reversed the coming things to some extent," he said. But the most important part is not over yet, so please be patient."

Listening to the old man's words, he said nothing more. He sat back down somewhat sulkily, crossed his legs, paused for a moment, spread his arms, and shook his head.

There doesn't seem to be much he can do now.

"Then wait for news of the next spy!"

The sky has been spooked by successive changes, and the altars have been shattered by successive battles. Even though the torches were still lit and the world around them was still dark, the three sisters sat and rested under the cross that had imprisoned them. Carla and Nadia are both wounded and now can only close their eyes. Gemma was embarrassed and her brain was burning with anxiety, but she couldn't bother her sisters. After fidgeting for a while, she wandered around, unable to take her eyes off Carla for even a second.

She felt a growing anger she had never felt before, and she could find no reason to suppress it. In this case, something might be needed to distract you, or you might end up with some rocks or something.

And they do not know what will be the first to come next, in the end is the dragon, human or Azzurra, but from the status quo it seems that which is not a particularly good thing, Gemma just also advocated the two people transferred to other places, but because of the two people's injuries can not say, it is not easy to hold out a word and forced back.

I'm so indecisive, she cursed to herself, and began to think again. Why don't I just leave them both and save my own life? Noooo! Gemma, what are you thinking? What an asshole!

She tossed her head and pinched her face hard, not only to punish herself for the horrible thought she had just had, but also to stay awake.

Carla, on the other side, notices all this and thinks thoughtfully for a moment before making up her mind. She gestured to Nadia, who was sitting opposite her, and she quickly understood what she meant.

"Gemma."

'What's the matter? What's the matter?"

Hearing Carla call themselves, Gemma, who was walking along the side, rushed over, bent down, a scared look, and thought that Carla had a problem with her body.

"You must go!"

Carla thought for a long time but couldn't think of any euphemistic words, so she began straight away.

"I don't know what will happen next, if we can still save some fighting power, we won't all be here, and now Nadia and I even if we can go is a burden to you, so you go quickly, to find help, if there is anyone willing to help us!"

Gemma stands still, unable to believe what she's hearing, but Carla seems to detect difficulty on her face and tries her best to be tactful.

"This..." Gemma's mind is confused. She has the right to make decisions, but she hesitatingly faces the decision, glancing away from Carla and Nadia's eyes.

"Nar... Is that what you think?"

After a moment of silence, she could ask this question, and immediately regretted it.

"Yes."

Nadia answered her question almost immediately, almost as if she were trying to answer it, and in case Gemma didn't believe her, she looked at her with sincere eyes and nodded.

"If it is true that destruction is coming, but any of us can survive, I hope it is the most likely you."

Gemma was stunned.

But perhaps fate does not intend to give him too much time to think, in the distance, there are some "dong dong dong" sound, at first only faintly visible, but then more and more intense.

No animal would make that noise unless it was the footsteps of a dragon.

"Stop fighting and make a decision. After all, it is also the preservation of our strength, and we will not blame you." Carla gritted her teeth and stood up, breathing in her lungs but forcing a smile.

"We can buy time here and, if we're lucky, connect with the Azzurra, in which case we can come to you again."

She continues to lie to Gemma, but when it comes to her ears, it is immediately revealed.

"If you leave their plan, it won't work."

But at the cost of both your lives!

Gemma blushed all over her face, Shouting back from the bottom of her heart, both refuting Carla's somewhat self-deprecating words and repenting the thoughts she had just revealed.

"The same words."

'she said, in a tone that could not be contradicted.

"We' re sisters."

With that, Gemma looked at her sisters for a long moment, then turned her back to flex her muscles.

The heavy sound that had originally come from a distance had now become a series of dull thunderbolts, like a series of heavy blows to the mother Earth. Looking at the distant forest, in the purple flash, birds flew, trees fell, and the earth shook. Wherever the dragon goes, it destroys the dry and the rotten.

"Are you sure you want to do this?"

Nadia asked again tentatively.

Gemma was about to stride out to meet her, when she heard this, she stood there for two seconds, turned her head slowly, and responded with a kind of stilted smile:

"I don' t want to make a similar mistake again, and the price I don' t want to pay is the people I love around me." Just let me go."

She didn' t say anything more, but ran in the same direction as the dragon.

Carla and Nadia grab their weapons and try to keep up, only to find that they can' t run at all, but they have no intention of stopping.

Gemma realized the sisters' actions, and accelerated the speed, she looked ahead, a dark night in front of it seems to have a lightning on the road, over the grass is not that kind, that is his opponent, some blood boiling it, Gemma thought.

Looking carefully, it seems to be a Tyrannosaurus rex wearing conductive armor, with a ferocious face, a long horn extending out like a sickle on the head, and the back of the body as if all the bones were thorns, there are countless electric currents sizzling on the top, emitting a strange purple light, and the roar of the dragon is like a thunderbolt. It seems that the gods and demons of the ninth heaven and the eighteenth floor of purgatory tremble at it.

But Gemma just ran in its direction.

As she ran, she quickened her speed, and soon the scene around her flashed before her eyes, like a life that had flashed before.

She ran, as if for the last time, toward the edge of the altar, beyond the altar, toward the wild purple thunder that rolled across the ground.

As she ran closer and closer, the two sisters behind her could not catch up with her, but they seemed to appear in front of her, along with Azzurra and the familiar boy.

"Give me strength."

As she approached the dragon, she said to herself,

her brain flooded with the transformed power. Maybe it's not my fault that the person I love is gone, but I wasn't there when it mattered most. 'she said to herself. So this time, I'm not leaving!

It travels through the blood and nerves, and eventually to the swinging fist.

I'll fight it out!

The dragon has come to the front, it is estimated that breathing has become very difficult under the huge sense of pressure, but Gemma was unmoved, I saw her jump up after running, issued a powerful battle roar, and will condensing countless strength of the fist according to the dragon's face swung past.

Ba-boom!

Two powerful forces collide, the shock wave directly lifted the land, Gemma after a period of rest, the strength has been restored, nine times out of ten, the punch is also powerful, straight into the dragon's forehead like a sickle-shaped Angle, like a bullet through glass, In the crackling sound and flying debris in the sky to lightly break it, and even more power to greet the door, directly let the dragon stand unstable, backward several steps before stopping.

"Is that all you can do?"

Gemma glided to the ground and sneered, "You're the kind of person who deserves to be eaten like breakfast in my house!"

The dragon was also surprised by the huge fist power and the easily broken horn just now, and it is estimated that it has not recovered its strength, and it threw its head and does not know where it is facing, but after seeing that it is a human girl who has beaten it, it is estimated that it should be somewhat angry and hear the other side laugh aloud, and whether it can understand human language or not, and do nothing. Naturally, it feels like a mess.

It has not recovered from the pain at the moment, so it condensed electric energy in the mouth, and released it, but it was quickly avoided by her eyes.

Gemma is well aware of the truth of taking advantage of its illness to kill it, jumping up and ready to give another punch, but this time there is obviously no estimate of the distance, the dragon saw the other side's attack, but also found the flaw, turned around and raised the tail is a sweep in the air, and when Gemma saw the wrong trend, it could not hold back, and it was a boom. She was shot straight out of the air.

Baaaah!

Like a meteorite impact, the nearby hill was smashed into a crater, sending debris flying. Gemma got up from the middle, but instead of straining, she pulled down her skirt and stroked her messy hair.

Now that's more like it.

The dragon rushed over again, in her perspective,

its expression is roaring to tear her into pieces and swallow it as a night meal, this time Gemma turned to defend, set up a combat posture but did not take the initiative to attack, and the dragon is a foot, accompanied by purple thunder, and smashed the ground into a big pit.

She missed Gemma, and the thrill of the action only made her more excited.

A moment ago, she rolled and dodged the past, and swung her arm armor against the other leg, causing the dragon's face to be fierce and mixed with some color of pain and wailing. Imagine if there was an insect, not only powerful, but also running over and under you and pushing you, maybe you can understand how the dragon feels right now.

Gemma struck, while she was still directly below, and jumped up, punching the dragon's abdomen, its force is so large, almost knocked the dragon on the spot, but still opened a certain distance.

In her opinion, how much of her set can make the dragon out of breath, I do not know whether it is lucky to deal with the weakest dragon, or it is really not so difficult.

But in fact, in the view of the dragon, the worm is a worm after all, causing a period of pain almost got.

Now, getting serious, that's the big deal.

The dragon rotates its body, trying to launch a

fierce offensive once again, and the purple electric wind whistles past Gemma's ears, but it is still very close – how can it not be seen through under such a big turn?

But is that the end? It can't be that simple. The same move won't work the second time, but what if it doesn't work the same move?

Sure enough, the dragon did not stop, and did not give up the attack because of the sweep of the tail that poured most of its strength into the air, but when she had just avoided the heavy blow and had not recovered, she turned back with amazing speed, opened her mouth, and took a big stride in the direction of the tangent of the rotation, almost against the ground, straight at Gemma, who had just recovered. When she reacted, the sharp teeth were almost attached to themselves, and the unavoidable Gemma subconsciously jumped, but was just picked up by the dragon's mouth.

'Whew! She used her whole body to support the mouth the dragon was trying to close.

"Your breath stinks!"

That said, the force of the bite gradually wore her down a bit, and at first she was able to make a few wisecracking remarks, but gradually, her breathing became heavier.

Crocodiles typically have a bite force of 2,000

pounds, or even several times their body weight, and dragons are even more so, with tons of weight, a conservative estimate of 100,000 pounds of bite force.

As the sweat dripped down Gemma's forehead and her face looked very different from before, she quickly assessed the possibility of letting go of her support and making a quick escape, but even that slight slackness would have swallowed her whole person, so she immediately rejected the option.

Maybe if I hold on a little longer, it'll break? That's what she thought, but she clearly misjudged the situation.

The dragon did not intend to let go of this hard stubble, but began to concentrate the body's electrical energy, sending it all around the head and teeth, Gemma can no longer stretch her arms to support, and has been cold sweat. She was stunned for two seconds when she saw various purple flashes coalescing in the dragon's teeth.

"Damn it."

Zizla Z la la la……

"Ah, ah, ah!

In an instant, tens of thousands of volts of current output to her struggling to support the body, she almost immediately felt the loss of strength, the broken line of the body, her legs began to tremble, gradually shrunk into eight, and gradually unable to support the hand, soft down.

"Aaaah!

Not far away, Carla and Nadia heard and saw the sound and the light and cried, "Oh, no!" but they couldn't hurry to help —— if they had, their wounds would have opened again.

And Gemma, already on one knee, hands no longer able to support, can only use the back to hard against, but she knows that in a short time, if not by electric scorch, she will be bitten by the dragon.

'Come on!

Carla has fired, and Nadia, ignoring the risk of imminent reinjury, casts spells and throws power balls, but these attacks are only scratching the itch of the full-powered dragon. Carla again tries to pull Gemma out with a grappling hook, but after aiming for a moment in blurred vision, she discovers that she is on the point of giving up resistance and curling up.

"Maybe this is the time to say goodbye?"

Gemma blurted out the words before her consciousness grew weaker, but she didn't know if she actually said them or if she just kept thinking about them for a while.

'No!

Nadia seems to sense the idea of the other side, exclaiming, but also let Carla who is still trying to save completely give up the way of hard pull, can only continue to fire, two people are full of red face, tears flying.

Gemma began to regret, first the carelessness of the moment, and then the fact that she had never seen her sisters again. There are too many things in the memory, those things seem to be in the mind, her life has begun to flash.

"So be it!"

She let go of her hand, and now she was ready to die.

But even if I die, I' ll take you with me!

I don' t know what sustains her. Anger? A will? Or is it just survival instinct?

She clenched her fist, down the throat of the dragon, one punch, two punches, in the dark she did not know whether she hit, can only have been blind four attacks, each punch, she felt her heart slowed down a point, but she did not seem to care.

Carla, on the other hand, watched in despair as the dragon swallowed her whole body and left her limp on the ground, but the dragon' s movements made it clear that things were not so simple – she was writhing in pain and could even see something hammering inside her.

"Hasn' t she given up yet?" Nadia can' t read Gemma' s mind and can only give herself a comforting answer.

But the dragon soon broke her there is so a glimmer of hope fantasy, the entire dragon began to condense purple electricity again, and is different from the past, it seems that even the internal organs are from the inside out of the powerful light, even the destruction of the dragon body Gemma found wrong.

"Is it going to explode?"

Nadia realized that something was wrong and immediately went into action, placing the staff on the ground and reaching out to form an absorbing phalanx.

"I' m going to suck the energy out of it."

Nadia shouted.

"You won' t make it!

Carla was only more anxious.

"You' re right, but I can hold out for a while."

The huge light will shine through the sky again, and the hair of both of them will fly behind them with the howling wind, but they also see each other' s eyes.

'End it!

Carla made up her mind to rush upwards.

Pain mixed with will, determined to suppress the fear of death, the three of them shouted in unison.

Can not wait for three people to play the final desperate offensive, a knife light has already flashed on the neck of the dragon.

Chapter 14: Farewell

Ba–boom!

The dragon had been killed before it exploded, but the excess energy was not recovered, but was about to explode, and Gemma, who should have been at the center of the explosion, that is, the dragon' s belly, suddenly found her eyes illuminated by something, different from the dragon' s purple light from the inside out, this ray of light, seems to hide some familiar blue, Then came the night, which had been illuminated almost to the point.

A hand in a black glove took hold of her, and then a force pulled him out and, without stopping, threw her violently into the distance.

This familiar feeling she knew, she knew too well, at that moment, the appearance of this person, really like an angel to give themselves the hope of life.

It wasn' t Carla, who was hit by the oncoming Gemma, and they both fell flat on their backs, just enough to cushion the damage Gemma would have suffered by hitting the ground.

Nadia, on the other hand, also rushed to break the

spell, if she had waited any longer, she would have been completely torn apart by the violent energy.

The dragon exploded directly in place, died on the spot, Carla busy on the milk strength turned over, Gemma protected in their weak arms, and immediately withdrew back, Nadia also rushed up, in the explosion of energy spread to the three of them, in time to extend the shield, while the cross bar pointed at Gemma, blue and black energy, It flowed out of her arm like sweat, crawled down her arm to the other end of the staff, and then all the way into Gemma's body.

Carla watches the process, the impact of the explosion seems to be silent in his ears, Nadia is blocked by the shock wave, but still does not stop the transmission of energy, she can seem to hear Nadia's increasingly heavy heart rate and continuous outflow of cold sweat, when the shock dissipates, she turns her head, Gemma's pupils, which were about to dissipate, gradually coalesced back.

Nadia is sharing her life.

Without a moment's hesitation, Carla placed Gemma safely on the ground and gently approached the staff.

"How can you do it yourself?"

As she spoke, and drained her words of any possibility of retreat, Nadia seemed to understand her meaning, but did not answer, except to nod her head so gently that no one could tell.

Carla also put her hand on the staff, letting her life energy flow out, and she began to feel her heart beating out of her chest, her lower limbs still unable to support the weight of her body, but still clenching her teeth.

They were so silent, but they could hear each other' s groans clearly. Until Gemma moved her fingers and her eyes.

'Whew!

Seeing each other recover vital signs, the two people found themselves and each other are still breathing heavily, when the transmission of life energy stopped, the body directly soft down, they both fell to the ground, the expression is as painful as just gave birth to a child. Gemma sat up slowly, unable to believe she was still alive, but seeing the looks of the two beside her, it was clear to her what had happened.

The three exchanged a look, all smiling slightly at the same time, but I do not know what they are laughing about.

Rumble on

The place where the dragon exploded again came a huge sound, and also let the three people look in that direction simultaneously, and the smile on their faces seemed to solidify.

The dragon has exploded into a flying blood clot,

the black dragon blood directly constituted the rain in that place, the familiar figure, is dressed in black, holding a double-headed knife, his back to them, and half kneeling on the ground, do not know what to do.

But she didn' t put her hood up, maybe it was just blown off by the shock wave? That haircut. Three people know each other. They know each other.

A name appeared in all three of their minds at the same time, and more coincidentally, they blurted it out at the same time.

"Azzurra!

"It' s the last step of the plan." The old housekeeper closed his eyes, "Let life and death be by fate."

He has been nervous and restless, the dragon is dead, the four witches will regather, now can only hope that he left behind the hand...

"I hope I' m right."

"Azzurra!

All three are full of joy, seeing the return of the last sister after a long absence, and the scarred body no longer seems to be a factor hindering their action.

Yes, it' s true. It' s Azzurra. It' s true. She was the one who killed the dragon at the critical moment and pulled Gemma out with half a foot already in heaven.

The three of them helped each other and reluctantly

stood up together. Seeing that Azzurra did not move, they moved forward little by little.

"I missed you so much!"

Gemma was the first to speak and couldn't hide her excitement.

"What are you still doing there? It's us!"

Carla went on Shouting, not expecting to hear the Azzurra when it was quiet and the nearest torches were the only sources of light again.

"Hey, hey… Yaaawn… Aaaah!"

A sudden scream startles Carla and Gemma, who are yanked to a halt and pinned behind them by Nadia.

Nadia wanted to say hello together, but did not think that the previous word had not come out, and was forced to be pressed back into the trachea by what she saw.

Because just now, she saw the Azzurra dress, and I don't know from what moment, fear crept back up her fragile spine, and the cold wind blew again.

'What's the matter?

Carla, sensing the ominous air, asked cautiously.

"That dress… That's the old bastard who forced me to use a spell to tamper with the dragon's blood effect… They let Azzurra wear it!"

The three people realized the seriousness of the problem in an instant, just froze for a moment, and then began to stride forward.

"Azzurra! Take off that dress!"

Nadia shouted, using up the rest of her strength and trying to rush forward.

And at this point, Azzurra finally turned around.

She... doesn't seem to be Azzurra anymore.

Kill each other? Maybe it's already started.

Azzurra's eyes, fierce, manic, bloodshot, oozing scarlet, had a glimmer of sanity when she pulled Gemma out, but when the last dragon fell the blood of the dragon once again may have changed her completely, releasing her repressed demons.

The last rain of dragon's blood, the last straw that broke the camel's back, the last qualitative change in the dragon's blood effect, made Azzurra what it is today.

Now the affected and changed Azzurra just wants to bleed again, she moans, she contorts, she stands up bit by bit, like a robot, stiffly, turning round bit by bit, like a walking corpse, like looking at some prey, smiling with a kind of human tinge.

She sensed their presence,

"I never should have done that spell..."

Nadia had been frightened by Azzurra, and now she was angry.

"Only the soul can destroy the soul... If the dragons are dead, then the only people who can hurt each other are ourselves..."

She murmured to herself.

"If the four of us really are separate bodies of the goddess of Destruction, perhaps only one of us needs to be changed to prevent her coming, as they say..."

Whether the prophecy is true or not, we are all checkmated.

She began to recall what she knew, but to the other two she was just talking gibberish.

"I don' t care about predictions. But maybe if you hadn' t, the four of us wouldn' t be here today."

Gemma is ready to fight again, and it' s too late to say anything else.

"Only now we need to wake her up."

"Well, that' s the only way." Carla also takes up arms again, "We don' t have to live with the fate that someone else has imposed on us."

Carla, Gemma, and Nadia are all ready for battle, even though their bodies are broken, and even though their physical wounds heal quickly, they will be alive again in a few hours. But in the face of back–to–back battles that are so tight, that' s only a small help beyond doing our best to keep them alive.

They knew, or perhaps they believed all along, that, unlike fighting a dragon, the Azzurra might not be able to make much of a difference in the face of it. Just knock her awake and try to keep it under control.

unless

Nooooo. Nadia pushed back the thought that popped into her mind. It's not gonna happen like that.

Azzurra smiled grimly and launched her own fierce attack, starting with a bow, and for some reason, three crystallized arrows of magical energy turned the same scarlet color in her eyes.

Three scarlet bolts of lightning struck where they were, and they all ducked out of their way.

"These are not Azzurra's two swords!"

"Gemma shouted.

"It's the weapon of their legendary goddess." "Nadia replied.

"That's very reassuring."

Gemma whispered to herself, then pulled herself together, shook her arms, and clenched her fists.

Carla takes aim as soon as she's ready, but she knows exactly where to hit.

A few rounds whizzed by, but Azzurra did not panic, letting the weapon slits calmly, as if it had cut through a large hole in the air, and after a rattling noise, the broken bullets fell to the ground.

But Carla does not stop the attack, Nadia also begins to make a spell, Azzurra, knowing their intention, lunges forward, and is about to stab Nadia with a knife, but is also charged by Gemma's elbow directly into the air, she slides across the ground, the knife into the ground to slow down, but also produces a lot of sparks, Gemma once again came up with a punch, Azzurra sidestepped, and then, with both hands, the second punch did not go out, followed by a positive push on Gemma, but kicked in her timely lower arm armor, but this force is enough to open a distance, Azzurra turned to save distance for his knife, ready to return, Instead, it was the talisman that Nadia had put on Gemma.

As Azzurra tries to pull out her knife, she hears the sound of a flying rope, and then Carla comes out from her left side and kicks Azzurra in the neck. Gemma also comes in with a punch, a bang, and a solid bump in the stomach, and a sonic boom. Azzurra stepped back in pain and used all her strength to regain her position after taking the blow, but Nadia did not give her the opportunity, she flew directly into the air, turned the wand, and the black energy array formed immediately, and before Azzurra could regain her position, she shot out the light beam.

As the energy swept in, Azzurra tried to guard against it, ignoring the other two hidden in the shadow of the beam.

Carla lifted the butt of the gun, Gemma clenched her fist, and attacked from both sides, while Azzurra caught a glance out of the corner of her eye that something was wrong, but there was no more time to adjust the posture defense, only to lower the center of gravity, but still was beaten a lurch, and fought back with a knife, but the two had already fled. And when that fails, Azzurra no longer has the ability to defend against beams.

Ba—boom!

The huge beam of light hit her directly in the face and then swallowed her whole body.

Nadia controls the power output, and after all, does not intend to use all the power to harm Azzurra, but it seems to give her some opportunity, engulfed by the light of the figure, now again to emerge, watching next to Carla and Gemma are staring in disbelief.

Nadia realizes that things have gone a little beyond expectations, and is thinking about increasing the power, but who knows when he reacts? Azzurra's blade was already in front of her face, but she woke up, cancelled the spell and sidestepped in time to avoid it, but also knocked Azzurra's elbow and nearly fell out of the sky.

The Azzurra landed unscathed, though not in a head—on battle.

Nadia's whole face was written with anxiety. Although she had the advantage of numbers and tactics, she was actually supported by three wounded men. If she continued like this, the situation would be completely reversed in less than half an hour. Well, it seems we have to change tactics now, instead of subduing her and then casting a spell to undo the dragonblood effect of that dress. Must change the offensive thinking, the other two can also see that there is a faint sense of unease and pain in her eyes, that is so why not fight so.

Gemma rushes in again, and Carla takes cover as usual, but this time they don't consciously try to take care of each other.

Azzurra wields the knife with incredible speed, and Gemma, who at first thinks she has some strength advantage, has to fend off the blow. After making a lot of sparks, the armplate of her left hand has more and more cuts, but Carla's bullets are in time to support the Azzurra defense to create a space, and in the blink of an eye Gemma's punch is under her eyes, and she hits her jaw so hard that Azzurra is angry, a fire bursts in her chest, and she raises her hand, Unexpectedly took the punch, but because of the pain, the face turned white for two seconds, Gemma did not want to fight, while Azzurra did not catch himself, ducking away to let the family, Carla flew up with a grappling hook and a leg to Azzurra's chest kick, then quickly backed away with momentum. Then Nadia fell from the sky, one end of the staff to the ground hard touch, with a huge force field, the four figures in an instant as if fixed and did not move, and then were shocked to fly away, but except for Azzurra, the three people were prepared, but Azzurra himself was shocked so that the weapons were out of hand.

You're gonna have to wake up now, aren't you?

As Carla steadies herself, she runs to grab Azzurra's weapon from her hands, and Nadia and Gemma rush forward. Gemma flies directly at Azzurra, and before Azzurra struggles, she tightly locks her arms and legs, only to find herself at the underhand of her power. Carla throws Azzurra's weapon into the distance, turns back, and pulls small chains from her pocket. As soon as Azzurra tries to free herself, her hands and feet are tied again, and Carla holds her down.

'Come back!

Nadia immediately cast a spell to eliminate the dragon's blood effect of the garment. The spell did not require a particularly long preparation time, and she began to build up her power early, which will bring Azzurra back!

But who knows, several bolts and bullets hit Nadia's body.

"Ah, ah, ah!

The sudden pain interrupts Nadia's movements and Carla's impending smile.

"These bastards! We are not the only ones who remain in ambush!"

Gemma exclaimed, both of them panicked at that

moment, completely unaware of the Azzurra who was still trying to struggle, she directly broke the chain, a roar echoed through the clouds, three legs and two fists dried on Carla and Gemma, making them back again and again, the help indirectly "save" their own human team has only a few back.

Carla and Gemma help Nadia up, and fortunately, there is a certain energy position to protect the bullets and bolts, which do not directly cause fatal injuries, but some of them still hit Nadia's lower abdomen and limbs, Nadia is quick to react, and immediately cast a spell on herself.

Taking advantage of Nadia's spell to heal, Gemma is wary of Archuela, but he doesn't seem to be doing much else. So the three confronted Azzurra.

"Azzurra!

Nadia did not let down her guarded eyes and called out to her sister.

"Look carefully! It's us! Don't do anything stupid! '

Kneeling where she was with Azzurra, she seemed to be a little more awake, and there was a little less scarlet in her eyes.

But it's not over yet.

The more you worry about something, the more likely it is that something will happen, and Nadia didn't really believe that until she saw Azzurra pull out the bottle of medicine in his pocket.

"It's broken! Stop her!"

Hearing this, Carla rushed out first, followed by the other two.

The dragon's blood effect had been so amplified by her spell that the Azzurra had not been completely eroded, which had been a blessing to Nadia, but now the bottle of potion in Azzurra's hand, which she recognized clearly, was not a cure for the dragon's blood effect at all, but rather a failure of her own in making medicine for people. The bottle in Azzurra's hand was probably found in the house when he was taken prisoner and given to Azzurra by the old bastard. It must have been like this.

But now, close at hand and seemingly far away, even if they tried to run as hard as they could, the three failed to stop Azzurra from putting the medicine into their mouths.

This is over!

That was the last thing Nadia wanted to see happen. Such a distance, want to immediately arrive is impossible, although their idea is very fast, but ultimately powerless, and at this time, heaven and earth and as if the earth began to shake, Azzurra was eroded by drugs, this is not the so-called last straw to crush the camel, but can completely destroy the camel's body pressure at this moment came to her body.

The shaking of the ground also seems to be her, three people feel bad, not so hard to stabilize the body, they feel that there is a mountain and sea force grab before them, so that they run unstable, uncertain, like drunk, one after another lie down on the ground to stabilize the body.

But it doesn' t give them any time to relax, and an even more terrifying scene ensues.

There seems to be some bone or stone friction sound, the three looks are more and more frightened, can not stop the cold sweat, look up, as if the eyes of a black — if so, perhaps it is good, but in fact, their brains quickly flashed the information from the eyes: from the back of a grandfather, a pair of bone wings are growing.

Not only that, the blood of the dragon, the blood of the dragon all over the ground, at this moment as if it were alive, as if it had heard some command, it flowed in the direction of Azzurra, Azzurra' s look as if there was a little panic, but it was powerless to help, the blood of the dragon climbed up her calf, flowed and congeared on her body. In a few moments Azzurra was beyond recognition, and the sacred garment that had reinforced the effect of the dragon' s blood was now useless, torn open deep enough to reveal not her skin, but a belly made of dragon skin and scales. Black blood covered her distorted face and refilled her frightened eyes – perhaps at the last moment, Azzurra had her consciousness and her last chance to see the world, but all she could feel was fear and pain.

When the dragon blood effect is maximized, coupled with a little assistance, people can be turned into dragons alive, or, from now on, the shell of the upper dragon will be set on the basis of people, and the consciousness of the new dragon will devour the mind of the original owner, and then slowly transform the original body into nutrients. This is Nadia's theory. She had devoted all her life to making up for what she had almost done, to preventing this from happening, and now she was watching her sister turn.

She wanted to stab herself right away.

Carla wanted to come forward to stop, but found that in front of the mutation, they can do nothing.

And now the Azzurra has the shape of a dragon.

Chapter 15: Cannibalism

Another spy relayed the information back.

He saw everything through his telescope and set out, riding the fastest horse and taking the shortest shortcut from the altar to the battle base, which under these conditions could be reached in less than two quarters of an hour.

"It's changed! It's changed!"

Out of breath, he fell off his horse in a long span and rushed into the camp with no regard for the dirt on him.

"Changed?" The old housekeeper still can't believe his ears.

"It was really close just now, fortunately we still have people lurking nearby, they are really too brave!" Interrupted the key movement of the Witch in Black's spell, allowing the Azzurra to break free, and Azzurra drank the medicine you left behind, and has now mutated into a dragon!"

The old housekeeper slumped in his seat, rejoicing that his precise calculation was still the same.

"What did I say?"

Everyone around him looked at each other for two seconds as he spoke triumphantly. I realized what had happened, and I began to glow with joy.

"All roads lead to Rome! As long as our own planning and execution is in place, no matter what happens, we can achieve what we want!"

The nobles were already dancing and celebrating in advance.

"It worked!

"Yes! Let's just say we did it, and whatever happens next, whoever wins, the four witches are dead! The goddess of destruction will not come!"

"We saved the world!"

Winning the jackpot, everyone hugged each other, cheered, was like a military base of the general camp, the news after ten hundred, suddenly up and down the jubilation, became a large party scene, men and women all felt relieved.

"All right, all right! The aristocrat finally took charge.

"Thank you very much for your support and contribution! We made a good, good plan, even though we knew it would lead to the witches destroying each other and saving the world. But we still have a little finishing touch to do! Get out of here before they kill each other and us, and the rest of this fight, win or lose, doesn't affect the final outcome, and even on the winning side, we have a special team ready to clean it up. We'll send someone back to collect the witch's body after a while! As for the reward, it will not be less than you!"

"Yes!

Burning into the ashes of life, only the vast soul — Vast ashes, the eighth dragon, opened its scarlet eyes, with the dragon whistle through the sky, to the world announced that he had stood on the earth.

The dragon's body was bloody, and its size was greater than ever before, thanks to the blood that had congealled from the bodies of different dragons. Its two horns were frighteningly long, and its wings seemed to cover the glorious days of the sun, the moon, and the stars. At the top of its wings were the sharp, scorched horns, and its scales were long and sharp, and its claws were dreadfully sharp. And the tusk–like carapace, the broken sacred garment and the little piece wrapped around the dragon's neck, that might be the last thing Azzurra has left.

When the flesh and blood are cast, the spirit of the Azzurra has been completely cast out, and whose consciousness is occupying everything in this twisted and distorted body?

Nobody knows. There's no way of knowing.

This might be the end of it.

"What should I do?"

Carla was in a state of shock, her thoughts all mixed up and completely at a loss.

"It' s all my fault."

Nadia said to herself, and the other two looked at her with complicated expressions.

"I' ll put an end to this. It' s about time."

"What are you talking about?

"Weakness, Gemma, my weakness." Nadia turned to look at her.

"Stop beating yourself up."

With that, Nadia rose into the air, slowly closed her eyes, and slowly opened her arms, her staff out of her hands, spinning, and finally settled in front of her.

"What are you doing?"

"Anti-dragon Blood Curse." "Try," Nadia said. "It' s better than waiting."

She did not say more, gently moving her hands, leading the boiling energy around her body, Carla took out all the explosives in her bag, and gave a little to Gemma, and the two people kept throwing them to the dragon, and did not care whether it was tear gas or smoke bombs, what was used.

The dragon also knows that these two people are delaying time, and do not intend to fight with them, there is no excess rage, straight at the Nadia still in the capacity to rush to kill, Gemma looked at the footsteps of the dragon step by step, soon came to himself, the first lunge forward, raised his fist to hit, but have not yet achieved, The dragon gently raised a paw, slamming her away.

Carla, in an ominous situation, makes her good grappling hook shift, leaving a few smoke bombs in place, but just as she rolls, she turns around and is stunned: the smoke does stop her pace, but it quickly spreads out, and when the outline appears in her eyes again, she discovers that the dragon has opened its bloody wings and directly brushes the smoke aside.

But that was enough time. Nadia pointed forward, the tip of the staff pointed in the direction of the dragon, and the blue and black energy of the explosion reached its peak.

"Ha!

She launched a hand, gambling on the whole body heart of a blow, the dragon also knows that the arrival is not good, the mouth of the dragon, the reaction of Carla and Gemma also rushed up at the moment, trying to interfere with its attack, but the injury is placed there after all, the more intense the movement, at a critical moment may be easier to drop the chain, just like this time, they still did not catch up.

When Dragon Yan launched, Nadia's menacing attack was not far away, and the two energies collided almost immediately.

Ba—boom!

A huge explosion immediately took place, directly rolled up the altar stone, the light of the aftermath blew out a lot of torches, Carla and Gemma struggle to grasp something to stabilize the body, eyes are still straight toward the explosion place dead staring.

Tonight I do not know how many times after the smoke of the fire, an incredible scene appeared in front of two people.

Nadia! She seems to be hanging in mid—air, but look carefully again and you can see that her staff has penetrated deeply into the dragon's abdomen, and a thin trace of energy is gradually injected into the dragon.

But the two soon realize that Nadia's look is very wrong, they did not think much of anything, ran forward a few steps, suddenly froze, Carla is too scared to speak, Gemma is scared directly to cover her mouth, there are already tears can not stop.

Nadia did indeed Pierce the dragon's skin, at the cost of a claw that went straight through her heart.

Even more desperate, the dragon only slowed for a moment, then moved again, it snorted to pull out the stabbed staff, throwing it on the ground, and then looked at Nadia on the claw — her pupils have been slowly disappearing, losing luster and color — as if there is no relief and revenge, the sharp claw of the thumb from the bottom up, from Nadia's lower body straight into the stab.

Nadia, who had already lost most of her life, gave a sharp upward thrust, her mouth was wide open, but there was no cry, and her hand, which wanted to summon the staff, was loosened, and she hung feebly with her bowed head.

'No!

The remaining two men went berserk and desperately raised their weapons against the dragon, who hurled the dead Nadia into the distance, leaving her body to fly off to nowhere, and continued spewing dragon fire.

Gemma also no matter what to avoid what, roaring, a blow on the fireball, but this is undoubtedly set on fire, the hot flame directly crawling over her body, Carla also heard her screams, the anger in the heart as if by hesitation poured out some, then burning more violently.

But Carla can't do much about it, so she turns around, takes a simple ice bomb from her waistband, and flings it straight at Gemma. As the dry ice projectile landed and triggered, the solid originally hidden in the projectile was directly vaporized by the organ, and soon the white fog covered Gemma, and the fire on her body was gradually weakening

"That's terrible."

Aware of the possible consequences of this moment of distraction, Carla thought to herself, and sure enough, the dragon seized the opportunity to try to do some harm. Carla knows she can't withstand such a powerful impact, even if the dragon's speed is visibly slowed, and she lurches away as the dragon plunges into the white fog.

'It's not over!

In the white fog, there was also a Gemma, and as the dragon rushed to dissipate the fog, her hand was fast as electricity, and it was extremely accurate, "dong" hit the dragon's neck, just a few centimeters near its wound. Even if the dragon was Azzurra's transformation, she was beginning to hate the creature. See Gemma start, Carla also continue to join the fight, flying to, a blasting bomb thrown in the dragon's back, after the landing out of the weapon will shoot, the bullet against the dragon's face and weak parts of the body to play in the past, but also some results, but also can not cause any great damage. Then, the dragon began to counterattack, hit a few rounds of dragon fire, Carla eyes and hands quickly hid in the past, but do not want to those rounds do not seem to really aim at themselves, the corner of the eye to measure, the body seems to be surrounded by flames, nowhere to go.

Gemma see Carla's position is not too good,

basically cornered state, the bottom of my heart made up my mind, anyway, he should have died, maybe this is really able to try to protect a Carla.

"Azzurra!

She shouted at the top of her voice, but succeeded in attracting the attention of the dragon, but I do not know because the voice is big enough or why, the dragon did not hesitate, even directly after Carla, the side of the heart cold, although in a sense to get rid of the impending disaster, but for the change of form, she seemed to do nothing.

Gemma turned and ran, running in the direction of the remaining several torches, although her speed is not slow, but after all, it is not better than the dragon, less than a moment, the distance is getting shorter and shorter, almost to be surpassed by the rhythm, she is well aware of this, but she naturally can not give up, suddenly stopped the pace, turned back, instantly flew out a few feet away, straight into the past, Dragon nature is not stupid, to greet the dragon, Gemma in the face of this move did not escape, this time is not to turn back, at least his own this time not so indecisive before.

Risking your life will at least save your soul!

Ba–boom!

Carla's heart is already cold, after all, she is not

aware of the hot lava and the flames of the body out of the rush, but can only despair to watch Gemma engulfed in the ball of fire.

Carla, there's nothing I can do to get you this far. Go. Go under the sun. Go.

Gemma closed her eyes, but this time was unusually calm, she chose to feel the terrible temperature with her body, and then her eyes suddenly opened, but only bright, she is indeed a good hand of brute force, but now she is not going to win with strength.

She gently condensed the flames around her, the burning ends of her hair and fingers with the drainage fire, slowly pushed towards her front.

Then she hit the dragon with a hot ball of fire.

'Gemma!

The storm whips up hot waves and even extinguishes the flames that remain on Carla's way.

Sometimes the last person left is the most unfortunate, she watched the dragon was badly beaten, but not happy, after the flames dissipated, Gemma has fallen to the ground, no more movement.

Carla didn't take the opportunity to run away. On the contrary, she couldn't stop herself from moving in the direction of Gemma, who seemed to see her figure coming closer and closer in the fading vision, but couldn't find the strength to stop her.

Gasping for breath, the battered dragon gritted its teeth to grab Gemma, who was already dying, and Carla fired frantically, to no avail.

Longyan climbed on Gemma's body again, and the last breath in his chest came out, but it turned into a scream.

Her life had burned away with the flames, leaving only her broken body, which the dragon had thrown into the distance like garbage – and it seemed Nadia had thrown it in the same direction.

'No!

Carla is totally crazy. Go to hell! She flung out everything she could lay her hands on that could be used to kill the dragon, and roared without hesitation, like an angry woman who had lost all her mind.

Bombs one after another in the dragon to blow up, one after another to expand the dragon body is not small injuries, remarkable results, but after all, there is no number of Carla will soon run out of ammunition.

However, she did not intend to stop so, can throw out the destruction of weapons lost, the bullets are also played out, so pulled out the knife behind the knife, through the hook line to pounce on.

Before the dragon could recover from some of the rapid fire, it whirled around for a moment, almost losing its footing and falling to the ground, when it suddenly saw a mad girl poking a knife at her near the wound on her back, roaring and reaching back in anger, it pulled Carla alive, and Carla fell to the ground in pain. And he was going to get up and attack again.

But right now she's a spent force.

Using what little strength he had left, the dragon snapped a shot of Carla before she could get up.

"Ugh!

Carla took the blow, unable to stop herself from screaming. Her chest and abdomen were the hardest hit, followed by her lower body, which was lucky not to be crushed directly under the huge impact, but even after she had carried it, her limbs felt numb.

But this violent movement also affected the dragon, and the widening wound caused more blood to spew out. But he wasn't going to let Carla go.

Baaaah!

Instead of using the claw, the dragon clenches its right paw into a fist and smashes it down on Carla.

"Ah, ah, ah!

Carla's cries were even louder this time as she was slammed into the rocks and felt blood rush through her body as the altar began to crack under the force.

Baaaah!

The third punch, let Carla completely give up any idea of fighting back, full of eyes only their own fuzzy flesh and blood.

Fourth punch down, the force has been greatly weakened, excessive blood loss so that the dragon also began to blur consciousness.

Paaaah!

The fifth blow was no longer a fist, just a claw on the ground where Carla had sunk, and it didn't even have the strength to lift it up again.

Carla lay sprawled on her back, crushed by the claws, beaten so hard that she could hardly feel her body, and the pain of the dripping dragon's blood didn't even compare to the pain she already felt.

"Ahem..."

She braced herself and slowly lifted her arm and laid it on the dragon's claws.

"Uh uh... Please wake up... Wake up... Zula."

As soon as the words were finished, a blood gushing out of Carla's mouth, but it seemed to calm the dragon a little, gently lifting its PAWS and looking at the tattered, half-dead Carla under her body, there was no anger in the eyes, even a hint of emptiness, or familiar confusion, but then replaced by pain.

The wound no longer allowed the dragon to move. It took a few steps back, staggered to the ground, and finally couldn't hold on. It was already in danger, but now it was even more irreparable.

As the light within the longan faded, the body

formed from the dragon's blood began to fall apart, and the blood-stained, scarlet, sharp bone claws dissipated.

Carla slowly turned her head to see the dragon's unsupported wings collapse from the pit, and she knew, knew the damn reality. The fall of the last dragon will take the life of his last sister. =

Azzurra's life.

Her hand, which she had been able to raise a moment ago, lay feebly on the ground, and Carla laughed involuntarily as she felt her life dissipating.

This is the end of our journey.

"That's just as well." Carla sighed to herself. "We'll meet again in heaven."

Somehow, she felt a warmth in her heart at this moment, and if they were still around at this moment, she would speak out. But now she had never felt so peaceful.

When they closed their eyes, the far side of the altar was no longer shrouded in night, and the sky, which had been brightly illuminated again and again as it had been throughout their lives, finally ushered in the true and long rising sun.

Chapter 16: New Life

......

No one knows how long has passed since then, but it must have been many years, and there was a gentle breeze, and a new wave of wheat began to sway. This time there were no children sitting beside the grain, enlarging the eyes of the water spirit, looking forward to the next old man' s story.

But the old man sat there, alone, as he used to tell stories. He kept spinning some ball in his hand, and his eyes were fixed in a certain direction, never moving away. He learned the news thousands of miles away, the terrible news after the drama.

"Old man! Behind him was a young man' s voice. "Are you staring at the altar again?"

The old man closed his eyes and seemed to be angry with the person who interrupted his meditation.

"You' re not still thinking about that, are you? How long has it been?"

That ignorant young man leans in.

"You don' t understand..."

"Do you really think that your untruthful version of

the story is still going to happen? Please! Be objective and rational! We have avoided the prophesied end, and it is time for you to come out of the fairy tale!"

"What reason do you have for saying that this is just a fairy tale? How do you know what you're saying is true authority? How do you know if the witches and dragons you speak of protected your ancestors thousands of years ago? No, no one knows, but if they were the threat you say they are, they would have been killing and burning by now!"

The old man finally opened his mouth, he was obviously worried, but when he said this, he was like a "childish" smelly child, unable to defend anything in front of ironclad evidence.

"Save the world! The old man! What a noble reason for you to ask why we are fighting?"

"No, no, no..." The old man bellowed in a hoarse voice.

"We just do what we have to do..." Hearing that the old man's attitude was becoming more and more wrong, the young man also lost some confidence.

"Let me ask you this: do not count us to bleed others, did the dragon take the initiative to harm us?"

"This..."

"Prophecy, prophecy, all day long, do you know where this prophecy comes from?"

"And more." He didn't give the young man a

chance to interrupt him.

"The witch you speak of, has she ever done anything homicidal or illegal?"

"How can you be so unreasonable... I said it was for the peace of the world... Have you ever heard of the phrase "majority rule" ?"

"We' re just making a convenient excuse to wipe the blood off our hands, as we always do, so why talk so noble?"

The question was answered no more.

"These four?"

On the shattered altar, a team is putting the finishing touches to the cleanup. The sky was gloomy, there was only a little daylight, and when I arrived here, I could not see any human activity.

"Yes, those are the four."

The teenager answered his teammate, but did not take his eyes off what he was seeing.

The last time I saw Azzurra was in a pub a few months ago, and if you have to compare her to now, she was still very much alive.

I told you, you could die, stupid. "He said to himself. At that time, when the old housekeeper asked him for help in the morning, he always felt that something was wrong, as if he saw that something similar might happen today – but these are only after the fact.

"Just four ordinary girls, I don't know how to describe them... Like four female ghosts. But I think, on the other hand, they're in pretty good shape."

The teammate was a little fearless, and while saying some strange things, he gently kicked his foot toward the body and took two steps back, as if he was afraid that they would come back to life.

"Don't look down on these girls."

"That's true." His teammate nodded, "After all, it is the Lord who can destroy the world."

"Alas," he said.

The boy let out a deep sigh and shook his head slightly.

Not long ago, they had come here to see what had become of the place after the last battle, and there was no doubt that the result now was the most perfect development that the nobles who had planned it all wanted to see, so that the dragon would be killed without a single soldier, and the four "witches" would be killed together.

In front of them, the bodies of the four sisters were placed there, with different death forms, but surprisingly, their remains had not decayed. Gemma and Nadia were found some distance away at the entrance to the edge of the altar, Carla was fairly easy to find, lying directly in the stone pit, and Azzurra, almost naked in the dragon's blood, probably after the dragon's body had fallen apart and not completely eroded away, of course, Nadia's fatal blow seems to have worked, but only to save Azzurra's body. The blood of the dragon was now dry, as if someone had poured several barrels of black dye on the ground, and what remained were the bones of some giant dragon, but most of them were scattered all over the place.

Their weapons were there, too, and they had been picked up from every corner of the shattered battlefield.

"How do you use these things?"

"The people at the top said, you can leave it here."

He looked at the equipment strewn across the floor. Except for the blood-stained Acageia blade, which was still fairly intact, everything else was completely broken –– Gemma's double, outrageous armplate was so full of scratches and holes that they weren't even going to pull it off her body. Carla's blunderbuss were completely broken and covered in dust, making the already complex mechanism even more impossible to study and of little reference value. Nadia's staff was still intact, but what was the use of it? Now it's just a stick with no magic.

"Anyway, it is almost useless, and it is so heavy that I am afraid someone will steal it and rob it."

"So it is."

"As for these four, leave them here and feed them

to the beasts."

"Huh?"

"What do you think? Cut off the head and take it home for a reward? Come on, we're not ancient people, that would be cruel after all."

'Cruel?

"Otherwise?"

"Uh uh... A little." He hesitated at the word, not knowing for a moment who it meant.

"Let's go as soon as we're ready." His teammate patted him and waved to others in the distance, "What are you still looking at?" The four of them are pretty, but we don't lack for girls."

Half-joking, he leaned forward and added softly.

"You don't think that about them, do you?"

"No." The boy replied, "I have never seen anything like it... Sorry, I'm just in a daze."

He replied, and the other person patted him on the shoulder, with some malicious smile on his face, and turned away, while he looked again, feeling more or less mixed feelings, he looked at the others, and seemed not to notice him, so he gently stepped forward, crouched down in a sneaky manner, and seized the Azzurra's hand, which was already as cold as ice. She placed her hand gently on one side on the equally cold Nadia's, and her other hand on Carla's on the other, as well as on Nadia and Gemma. He sighed, stood up, and then turned slowly away.

This place still vaguely makes people feel that they do not want to stay, if you imagine that there are some witches or dragons in the vicinity of the ghost floating, as if this feeling seems to be more intense now, this is not an auspicious sign.

A moment later.

More daylight came at last, but it could not light up the dead land, and the breeze that had been hidden was now free to blow.

It' s just a pity, a pity, a pity. There was once a man filled with hot blood, but now a cold; Some people once believed in the star river, but now they can not feel this slightly warm sunlight.

It had been so long since they had held each other' s hands that no one remembered. Now no one can say whether they can still feel each other. It seems that no one except the people who designed it could have imagined that they would find peace in this way, including themselves.

They must have met again, right?

The light touched the dead skin of the four people, as if God had finally seen the poor daughters, but this time was different from the past, as if there was finally a layer of luster on the skin.

It doesn' t seem like an illusion.

From the other side of the sky came birdsong,

near, little, little. But they were not crows, nor vultures, nor demons, but tiny birds, white and yellow in droves. What they bring is not any dark clouds, but a gentle wind, and their existence is completely unrelated to this dead place.

Then came the butterflies, one of the most unlikely creatures to appear in this dead land, from nowhere, which also came like a flower cluster.

Then, the altar that was smashed into countless rubble actually grew some flowers and plants, and did not worry about the block of stones, barbaric growth, growth, it seems that there is a little firefly burning around for a moment, emitting a fascinating golden light.

A few vines grew out of the flowers and plants, which also grew rapidly, and gently lifted the four girls as if they were well rehearsed, and fixed their hands.

More light blows away the clouds, unleashing a warm glow on the meadow.

Nature seems to finally remember this place, it seems to roll away the red dust lie, it seems to read all things are safe, it seems to sing with sentient beings through the light of heaven.

Countless butterflies and kingfishers also came to help them, lifting little by little higher by the wind, lifting in the direction of the sun... Their bodies seemed to be gradually illuminated, first to regain their former lustre, then to shine more and more...

Until the four of them became one with the golden light they were bathed in.

The prophecy did happen, and it was wrong.

In the light, she opened her eyes.

The wind is blowing, the grass is dancing gently, greeting her return after countless times.

The white wings opened, and she saw the world again, the same as before, but it seemed very different.

She fell softly to the ground, her long blade standing before her eyes in a sea of green.

She began to remember something.

She fell into this world with seven dragons, fighting for the people at that time, fierce battles, they went to various places, some to survive and integrate with nature, some to protect the village burned their skin, and later, the dragon fell asleep and fought for a long time.

She remembered that she had come alone that night to this altar, which was then built to commemorate her descent into the world, and which now has the same atmosphere of birds and flowers, and at the last moment divided her soul into four.

They will inherit their courage, magic, power and creativity.

They might live well, she had thought.

But now, with four souls and four memories in her heart, she could not give herself a positive answer.

The last thing she remembered was her, no, their names.

Acageia.